Touching Evil

追影子的人 2

触·摸·你

[美] 凯利·布兰特 著
陈磊 译

百花洲文艺出版社
BAIHUAZHOU LITERATURE AND ART PRESS

图书在版编目(CIP)数据

追影子的人.2，触摸你 / (美)凯利·布兰特著；陈磊译.-- 南昌：百花洲文艺出版社，2017.8

ISBN 978-7-5500-2345-1

Ⅰ.①追… Ⅱ.①凯… ②陈… Ⅲ.①长篇小说—美国—现代 Ⅳ.①I712.45

中国版本图书馆 CIP数据核字(2017)第 175325号

江西省版权局著作权合同登记号：14-2017-0355

出 版 者　百花洲文艺出版社
社　　址　江西省南昌市红谷滩世贸路 898号博能中心 A座 20楼　邮编：330038
电　　话　0791-86895108(发行热线)　0791-86894790(编辑热线)
网　　址　http://www.bhzwy.com
E-mail　bhzwy0791@163.com

书　　名　追影子的人 2：触摸你
作　　者　(美)凯利·布兰特
译　　者　陈　磊
出 版 人　姚雪雪
出 品 人　连　慧
责任编辑　陈　园
策划编辑　李　艳
封面设计　林　丽
经　　销　全国新华书店
印　　刷　北京雁林吉兆印刷有限公司
开　　本　880mm×1230mm　1/32
印　　张　9
字　　数　180千字
版　　次　2017年 9月第 1版
印　　次　2017年 9月第 1次印刷
书　　号　ISBN 978-7-5500-2345-1
定　　价　36.00 元

赣版权登字：05-2017-294

献给约翰——和我一起生活，

一起欢笑，一起爱的人。

序　曲

“对不起，妈妈。我真的，真的错了。”

他凝视着她，在那个漆黑的屋子里，他的心怦怦直跳，是那样的剧烈，都快从他的胸膛中蹦出来了。妈妈什么也没有说，只是瞪着他，瞪着他，脸上写满尖刻，眼神里也是。

恐惧让他的皮肤刺痛，那些话像是从他的嘴唇里滚出来的。

“我不是故意把棒球手套丢在公园里的。我现在回去还可以找到，我敢打赌。好吗，妈妈？我能不能骑自行车回去找？我很快就回来。我保证。”

但是妈妈没有回答，他的心仿佛沉入了海底。他才只有五岁，但却已经明白，当她拿那副表情看着他的时候，会意味着什么。

别人的妈妈会给孩子拥抱和亲吻。他有时在公园里看到那些妈妈带着孩子，她们微笑着，或者开怀大笑，要是她们生了气，声音就变得又高又尖。而他的妈妈要是不说话，那就糟了，非常糟。不说话就意味着妈妈会打开他的卧室门，让怪物再次钻进他的房间。一只又大又臭的怪物，一只会在他的私密之所伤害他，吓得他尖声叫喊的怪物。

他跑去躲在卧室的衣柜里，但是妈妈比他更先到达。她站在柜门前，抱着双臂，还是那样瞪着他。

于是他就转过身，朝床边跑去，钻到床下面，快得像只小兔子，蜷成小小的一团，继续抖个不停。

妈妈的脸看不见了，只能看到她的脚和一截牛仔裤。

“嘿，科特！”她大声叫唤，“来认识认识我儿子。”

他的短裤湿了，尿顺着他的大腿流下来，打湿了他身下裂了缝的油毡地毯。门厅里传来重重的脚步声，在他的门口停了下来。

怪物。

门吱嘎一声打开，妈妈向床边走来，蹲下来冲他微笑。一个丑陋，可怕的微笑。就在那一瞬间，他意识到，妈妈也是怪物。

而有一天，她将不得不死。

第1章

“得了吧，乔纳。别跟个胆小鬼似的。”

“你试试在肩膀上扛个小啤酒桶，在林子里穿行，而且还是夜里。”乔纳·戴维斯喘着粗气在歪歪扭扭的路上绊来绊去。矮树丛的枝子刮在他胳膊上，钩住了他的牛仔裤。他被困在这档子事上，而斯宾塞·帕尔斯却能搀着特里娜·亚当姆斯避开每一根断落的树枝，绕过每一丛荆棘，情况是怎么落得如此的？

因为他乔纳就是个蠢蛋。他以为展示展示男子气概什么的，就能给特里娜留下好印象。好啊，那等他因为心脏病发作而摔倒，啤酒桶砸到她的小翘臀，那她可真就印象深刻了。

她拿着手电筒转过身，冲他露出一个动人的微笑：“你确定你没问题吗，乔纳？你该让斯宾塞跟你换着扛。那东西太沉了。”

他挺起胸膛：“我吃得消。你只管帮斯宾塞照着亮好了。他觉得那林子里有鬼。要是有什么风吹草动，他准会吓得尿裤子。”

“去你的。”斯宾塞说道。

她发出爽朗的笑声，那声音直入乔纳的腹股沟。在今天之前，特里娜·亚当姆斯在山谷中从未像现在这样正视过自己，不过没有什么场合能比啤酒聚会更有助于人们交朋友了。虽然他一直在关注她，经常看她。她有一副詹妮弗·劳伦斯般惹火的身材，要是被压在他身下，还会更美呢。

在今晚结束之前，他就将亲身体会了。等这桶酒灌完，她就会对把那该死的酒桶扛了一路的他刮目相看了。

“嘘——”斯宾塞突然伸出一只胳膊，挡住特里娜不让她继续前进。或许等他走在前面时，他也会有那样的感觉，他就是那种人，“我想我听到什么声音了。”

“咱们停下来吧。”乔纳说着将小酒桶放在地上，即便他们并未抵达平时的派对地点，但他并没有感到太歉疚的样子，“是鬼的声音吗，斯宾塞？或者是僵尸？”他悄悄地对特里娜说道，“等天亮了你该看看斯宾塞，他看起来活像《行尸走肉》剧中的临时演员。”

她又笑了，于是他的老二鞠了个躬。感谢上帝，她看不见，她叫他的裤子乐成了什么模样。

“听着，绿巨人——前面好像有人。”

乔纳瞪了斯宾塞一眼。他讨厌那绰号。不过就在这时他也听见了那声音。不过因为太远，没法听真切。

“你觉得会是其他人抢在我们前面占据了地盘吗？”他不确定地问道。

浣熊河边的这处地点一直是他最爱的啤酒聚会地。但今晚要来的人，并不是全部都知道那地点，他还不得不发了地图。

“我想不可能。”特里娜将手电筒递给斯宾塞，“不管是谁，我们悄悄溜过去，吓他们一跳。”

“好啊。那脚步要非常非常轻才行。”

她看到斯宾塞模仿傻兮兮的卡通人物的模样，捂着嘴以防笑出声来。两人谁都没等乔纳重新把酒桶扛上肩，这动作差点把他心脏病给压出来。

然而实际情况却并不像斯宾塞计划的那样。

等他追上那两人时，背上已经大汗淋漓了。甚至就连他牛仔裤下面的短裤也汗湿了。他做了个嫌弃的鬼脸。屁股出汗真是最糟糕的。

斯宾塞和特里娜同时嘘了一声。他们蹲着藏在一块岩石背后，于是他再次把该死的酒桶放了下来。他的肌肉颤抖了一下，整个人放松下来。不过他们应该挑个更好的位置的，这地方臭死了，像是附近死了什么动物似的。

当特里娜抓起他的手，将他猛拉到那岩石背后待在她身边时，他的烦恼一扫而空。

"你不会相信的，有一对男女在那边亲热呢，那男的看起来……很老。"

"不是说年纪真有多老，"斯宾塞小声说道，"他年纪应该和侯斯顿差不多。"

特里娜将一只手捂在嘴上，掩住咯咯的笑声："如果那就是侯斯顿先生怎么办？"她和斯宾塞笑出声来。

乔纳伸长脖子去看。侯斯顿是健身房一位教练，是个还不错的人，而且他也不老，大概和乔纳的妈妈年纪差不多，四十来岁的样子。不过侯斯顿已经结婚了。而乔纳还从未看过已婚者在浣熊河的河岸上做爱的。当一对夫妇有自己的房子和床可以干炮的时候，来这里干有什么意义呢?

特里娜和斯宾塞挑的这地方不是最佳位置。他们完全被那块伸出去的岩石挡住了，那两人就在他们下方，近在咫尺。乔纳从特里娜身边挪了挪，好打量岩石周边的地界。

不过他们能听得很清楚。不是女人发出的，而是那男人，似乎大多数时候都是他在说。

“今天只能是我们像这样在一起的最后一次了。我知道，我知道，我也感觉得到。嘘，亲爱的，你哭了吗？别哭。”那家伙碰了碰女人的脸，但在这黑暗中，乔纳看不太清那女人的脸。不过这也不打紧，月光足够明亮，他时不时都能瞥见那赤裸的肌肤。

能把他的阴茎刺激得站起来就足够了。

“别哭，我们还有今晚。再来一次，用我们最爱的方式。”

当那男人将女人翻过身来时，乔纳的眼珠子几乎都要瞪出来了。那家伙是要操她的屁眼吗？哦，老天呐，这可比黄片精彩多了。比斯宾塞从他老爸收藏的DVD中偷出来的《破解后入式》还精彩得多。

“准备好啦。”

乔纳脑袋后仰，以示抗拒。“别啊，老兄。让他们干完吧。我讨厌在别人做到半路的时候去打扰。”这一条应该写在男人守则或者类似的什么玩意里。这么做就是不对。除非是讨厌的罗兰·奥特，那家伙一连试了好几个星期，想把手伸进乔纳妈妈的裤子里去。那样的情况乔纳倒是会不遗余力地干扰。

但是斯宾塞和特里娜都没有接话。

“数到三，行吧？一、二……”

那两人站了起来，用手电筒照向那对男女，同时高喊着：“去开个房吧！把拉链拉好，长腿大叔！”

最后一句是斯宾塞喊的，因为，好吧，他就是个白痴。但是乔纳不想错过好戏，于是也站起来，希望能更清楚地看到那裸女的样子。

那男人跳了起来，一把提上裤子，从地上抄起什么东西：“该死的小杂种们！我要杀了你们！”他骂骂咧咧地往岩石斜坡这边他们的方向冲来，斯宾塞像个娘们似的尖叫起来。

“枪！”

特里娜就着手电筒的光看了那女人一眼，然后也尖叫起来，仿佛看见了斧子杀人狂。乔纳抓过手电筒拿稳，因为那女人还躺在原地。那男人说不定给她用了麻醉药什么的。

但就在这时，乔纳也大叫起来，声音也和斯宾塞一样尖得像个娘娘腔。

因为那躺在地上的女人，应该说是僵尸，而不是女人。她浑身都肿胀起来了，坚韧得像是皮革，乔纳一下子明白了那臭味的来源。

那女人是死人。

“快跑！”乔纳丢掉手电筒，抓起特里娜的胳膊，把她一把拉起来。返回树林，冲过灌木丛，跳过断落的枯枝，擦过身旁的枝杈。他们一直跑到公路上。斯宾塞已经点燃汽车准备好了。

乔纳拉开后门，将特里娜推进去。已经能听到枪声了，接着又是一声。那家伙在尖声叫喊着什么，但是乔纳没有留神去听。他钻进汽车，趴在特里娜的身上。

“开车！”

斯宾塞发动车子，将那疯子留在身后。

将那僵尸女人留在浣熊河的河岸上。

刑事侦查部的探员卡姆·普雷斯科特不出声地看着眼前的一幕。接到达拉斯县治安官的报告后，他分派了一个犯罪现场勘查小组，并赶在他们之前抵达现场。几台发电机被拖过树林，放在河堤上，用来给这一片照明。刑事专家和证据搜寻人员分散在周边忙碌，法医小组围在尸体周边。

他被一种预感笼罩住，里面一片黑暗叫他无法呼吸。因为管辖权的原因，达拉斯县的尸检办公室是最先被召集到现场的。这位受害者似乎与他们三周前在得梅因乡村公墓中发现的六名女受害者完全没有关联。他非常想相信这一点。但当他们发现尸体埋藏的箱子，以及埋藏箱子的洞穴后，他还是通报了州尸检办公室，以防万一。

卡姆看到露西·贝纳利到来时，并不感到惊讶。

对于分配到爱荷华州尸检办公室的案子，法医是轮班处理的。但卡姆的上一个案子，就是露西给受害者验的尸。卡姆知道打进法医办公室的每一通电话，都是露西在接听，而且她会坚持亲临现场。露西不是员工中最高级的病理学家，只是最有经验的，她经常拖着小小的身体到处做现场勘查。现在，看到她的出现，卡姆心里很受安慰。他私下里或许是与她有些吵闹，但她却是最合适的人选，她能够迅速断定，这名受害者是否与之前所发现的那些有关联。

达拉斯县治安官莫特·范斯坦从那群执法人员身边走开，朝卡姆慢慢走来。

“我私下给你打电话，可能破坏了章程，”他告诉卡姆，“但是波尔克县治安官达斯丁·杰克森是我非常好的朋友。他告诉了我万斯几天前被捕的消息。据他称，万斯还有一个同谋。”他晃晃脑袋，指向犯罪现场，“我或许是反应过度，不过这场景的巧合性也太大了。我想着你可能想来看一看。”

卡姆打消范斯坦的担心。他的汇报电话或许并没有遵循一般步骤，但卡姆很高兴这位治安官能联系他。特派探员指挥官玛丽亚·冈萨雷斯给他亮了绿灯。

“在这种情况下，规章制度完全不在我的考虑范围内。”

梅森·万斯是他几天前刚逮捕的一名施虐性反常者，他犯有八起绑架案，七宗强奸案，以及六宗谋杀案。负责为该案提供咨询的法医心理学家索菲亚·钱宁医生，也是万斯的上一名绑架受害者。当看到贝纳利的助理们拉上运尸袋时，卡姆不可遏制地想到，索菲亚也是从类似的命运中逃脱出来的，全凭着她的勇气和智慧。想到这里，他的五脏六腑都翻腾起来。

范斯坦将两手插进制服裤子的口袋："这一次不是在乡村公墓的棺木上头发现的，可是你觉得……她有没有可能也是万斯的谋杀目标之一？"

"等我与法医谈过，我会告诉你的。"卡姆说着环顾四周，"那几个报案的孩子去哪了？"

"在后面公路上，这边看不到。父母们急着想带他们回家。我让他们等一等，等你们的探员做完调查。他们吓得够呛，不过嘿，这画面确实够瘆人的。他们还只是孩子。大的那个叫乔纳·戴维斯，他看上去是最冷静的。"那治安官做了个苦脸，"我们划完警戒范围后，挪走了差不多五十辆车。应该是计划在这里狂欢大聚会的。"

"过几分钟我就去找他们。"卡姆答应道。不过首先，他需要和贝纳利谈谈。

"普雷斯科特。"但不等卡姆行动，贝纳利就直接找上门来，"哪里潮湿阴暗，哪里就能找到你，不知怎么的，对此我一点也不感到惊讶。"

"啊，著名的贝纳利的智慧之谈。"他和善地讥讽回去，"幼稚，而且……并不好笑。"

"我可开心得很。"接着她站定，冲助理们点点头。于是助理们将运尸袋抬上担架，小心地穿过树林，运回停在上面公路上的车子。

"我业余时间是演独角喜剧的。"她看着担架往前走，一直到助理们进入树林，才转身看向卡姆，“你想知道，这名受害者是否与之前的六名有关联。”

事实上，她处理这具尸体的方式已经给出答案了。“你真他妈说对了。”他目光追寻着担架的踪影，直至被树林吞没，“失踪人口报告中没有其他案例与万斯的作案方式相符。”这位罪犯瞄准富有单身女性的首要原因是长相及银行户头，而且他广泛撒网，州境内外均有犯案。每位受害者最后一次露面，都从银行里提取了大量的现金。

那些女受害者之后再露面，就是贝纳利将她们从浅浅的坟墓里挖掘出来的时候了。

“那这具尸体可能与其他没有关联。”露西将乌黑的长辫子甩过肩头，剥下手套。

卡姆心里叹了口气，“别再耍我了，贝纳利。你发现什么了？”

她抬头望向他，头昂得高高的。这女人在身量上所短的，气势上都补了回来。在卡姆看来，她补偿得有些过火了，所以总叫他发怒。

“我会把她送回实验室，仔细检查。”她说道。

卡姆已经习惯了这种模糊言辞。对于这位法医来说，完美主义已经不再是她的个性特点，而已被她练成了一门艺术。

“这具尸体与之前的六具有一个很大的不同。”那女人说着顿了一下，以便引起注意，“这具进行过防腐处理。”

这消息让他震惊。

“防腐处理？你确定？”

这是个纯属不该问的问题。贝纳利眯缝起眼睛，说：“除非我是白痴才会看漏。你是这个意思吗，普雷斯科特？”

他的领带突然之间似乎变得太紧。在这女人面前，他经常会有这种反应。

“只是太震惊。其他尸体都没有经过防腐处理，所以这一具也许和其他无关。”

那法医板起了脸：“在给她翻身之前，我也这么想过。她的肩膀上有明显可见的伤口，事实证明应该是和其他尸体一样的烟头烫伤。”

他伸手揉揉后颈：“该死。”

“是啊，该死。不把她带回验尸房，我不可能辨别出任何伤痕图案。我唯一能确定的一点就是，她已经死了几个月了。”

万斯给他的受害者都编了号，用点燃的香烟烙了记号。卡姆最近刚找到那家伙的第一名受害人，是一个名叫朗达·克劳森的女人，还活着。她声称一直被铁链铐在罪犯的地下室里。他们目前仍在查探她故事的真伪，不过索菲认为，万斯在发展成杀人狂的过程中，可能就是在克劳森身上践行他的残暴行为。公墓中发现的六具尸体的编号是从十到十五。克劳森身上也有一个类似的伤痕，形状是“一”。

这么说来，还有许多编号仍未被发现。而这也正是卡姆心里搅成一团的原因所在。

“辨认出万斯的编号的人是索菲亚。等我处理好这一具，我会邀请她来实验室。”

“别。”卡姆不理会露西阴沉下来的脸色中的警示意味。这个女人不会轻易放弃的，但他这会儿并不太在意这个，“钱宁医生已经不再是本案的咨询医生。”

贝纳利将拳头撑在髋部。

“好吧，该死的，卡姆，那份该死的受害者研究报告是她写的。我想如果这位受害者最终被证明与其他那些有关联，那么索菲亚是最有条件识别出她与本案联系的人。”

“再看吧。”他的回答含义不明，但他显然是持反对态度的。索菲仍处于创伤愈合阶段。他不打算将她重新推进这个案子，从而加剧她所受的创伤，“随时通知我最新消息。”

在镁光手电筒的帮助下，他走过林中空地，一路走上陡峭的山坡，钻进林子。走出来后，他用灯光照亮仍围在那里的人群和汽车。他很快就找到了范斯坦之前说起的那个孩子。

乔纳·戴维斯正面朝公路坐在一辆汽车的后座上，车门开着。与那孩子的父亲交流过几句之后，卡姆找到乔纳，引导他把这晚上已经讲过六遍的故事又过了一遍。

卡姆倾听的过程中没有打扰，一直等到乔纳讲完。

“看到那边那位红发探员了吗？”卡姆指向此刻正向另一名男孩提问的珍娜·特纳，她这会儿看上去要精神多了。

“是的，我注意到她了。”乔纳冲卡姆眨眨眼，露出一副只有男人才懂的神气，“正兴致勃勃地收集资料，我说的对吧？”

卡姆冷漠地看了他一眼。等到那孩子显然有所怯懦之后才继续发言。

“她是DCI的一名探员，也是位法医素描师。如果你看清了那家伙的长相，她就能够根据你的描述画出一份罪犯素描。”他说着从西装外套内口袋里掏出一张折叠起来的纸。他把纸抖开后递给乔纳，“两周前我们在伊代纳，特纳探员根据面访的一位目击证人的描述，画了这个。”

那孩子盯着那幅拼合素描，惊讶地张大了嘴巴。

“但是……但是……这就是他！那个僵尸狂魔！”

戴维斯先生从前座上转过身来，脸上一副忧虑的表情。

“冷静，乔纳。没事的。”

“不，爸爸，这就是我们看到的那家伙。”乔纳用食指戳戳那素描，“我看得很清楚。那女人倒没看太清，至少在逃跑之前没看清。

但是这个家伙——我发誓就是他。”

卡姆心中一阵凄楚，他果断将素描收回放好。在听到乔纳的父亲承诺第二天会带乔纳做正式的取证之后，他便让父子俩回家了。珍娜可以第二天再分别面访另外两个孩子画素描，画完后可以再拿来同他出示给乔纳的那份作对比。

但是鉴于那男孩的反应，结果会是什么，几乎不用怀疑。

他走开几码，给他不在期间派驻在索菲家的DCI探员米琪·洛林打了个电话。

“我们已经得到证据，有理由相信，伊代纳警察局长认为是万斯搭档的那个人，今晚被发现再次造访了另一名受害者，”他简要地告诉她情况，“钱宁医生怎么样了？”听到洛林的回答后，他体内的紧张感稍稍松动了些。“好的。她不用知道这件事。”或许洛林比他更擅长对付索菲那温柔却锲而不舍的探究。他只能抱这样的期望。

这已经不是他第一次怀疑，是否应该安排其他探员来负责索菲的安全保护工作。不过卡姆也知道，不管换谁，他都永远不会放心索菲的安危。

在万斯的搭档仍然逍遥法外的情况下。索菲是唯一确定幸存下来的受害人，她提供的证词将足以将万斯一劳永逸地永远关在监牢，这样一来，那男人就完全有理由去追捕她。

桑尼紧紧抱着他所栖身的树枝，透过夜视望远镜观察着树叶下方的场景。他没追上那几个孩子，于是就没多浪费时间。他放弃了他的詹妮丝——甜美安静的詹妮丝——朝他藏在半英里外路上的车子奔去。掉转车头后，他将车子开到两英里外藏好，然后徒步回到树林。但他不敢靠得太近，因为他知道那些该死的孩子不可能闭紧嘴巴。

他的猜测是对的。

他返回时，已经有一辆治安官的警车停在现场了，一小时后，林子里就被各种LED灯条、手电筒和泛光灯照得透亮，至少有两打人在四处忙活。而且他们所有人都对詹妮丝很感兴趣。他可爱的詹妮丝。

再见了，我的爱。

要失去她的想法在他胸口猛拉了一把，让他心里面绷得紧紧的，一阵灼热，好似有一把铁台钳，钳着他让他无法呼吸、无法感觉、无法思考。他想到，来的是警察总比那些该死的孩子们又招来更多的孩子来看热闹要好……至少警察会心怀尊重来处理詹妮丝。这样更好。想到这里，他的紧张被击碎了。

他们会把她永远带走。

他的呼吸急促又剧烈，接着他头晕目眩起来。有一次当他的呼吸变成这样时，他甚至栽倒撞到了头，而现在他不想落得这个结局。这会儿他正坐在一棵该死的树上，栽倒是会摔断脖子的。到时候万斯岂不是要大发雷霆?

万斯可以去死了。他咯咯笑着用肩膀捂住嘴巴堵住声音。或者可能已经有人在帮他做那事了，那家伙这会儿正在蹲大牢，而他桑尼却自由得像只鸟。现在再来说说看，谁是老大?

他很清醒，这时他又重新燃起兴趣，开始打量下面的场景。不管怎么说，他都没有想过，过了今晚还能再见到詹妮丝。已经超时太久，早已过了他应该和她相处的时间了。他没去理会伴随着这一想法而泛起的痛苦情绪。只要涉及到她，他就会软弱下去，但她曾是他的最爱。她那样温柔和安静，在最后的时候，她的恳求是那样的可爱。没有尖叫，也没有挣扎，而那些对于那不可避免的结局，也只能起到推迟作用而已。

桑尼想象着，如果他有个妻子，那应该就很像詹妮丝，不爱出风头，总是慷慨付出。任何时候都温声软语。

在那一刻，他被引诱着忘了万斯的一切，忘了计划，想得出了神。他可以一个人从头来过，找个真正的妻子，带她远走高飞，去往一个与世隔绝的地方，就他们两个人生活。再也没有肌肉发达的万斯来命令他开枪。妈妈也不会再来他耳畔低语，要他做这做那。他现在就能听见她的声音，清晰得好像她就坐在他身旁的树枝上。

拿下那女人。现在就去。

“闭嘴吧，妈。”他嗫嚅着，狠狠地打量着夜视望远镜那头的场景。但她的声音却一直不肯消退，至少很久都没有离开。只有当桑尼用手指掐住她的喉咙，使劲捏啊捏啊捏啊……直至她双眼凸出，嘴唇发紫为止才停止。她病得非常厉害，之后就安静了很长很长一段时间。好多年。

但是她没有一直消失。她没有一直安静。

他旁边一棵树上，有只蝙蝠飞了出去，那东西慢慢地、懒懒地绕着圈，然后加速离开捕食晚餐去了。妈妈的声音这一次听起来更加坚定。

拿下钱宁，现在就去。

钱宁是万斯的克星。那几个孩子是桑尼的。当时河岸上天已经黑了，但是他们拿了一个手电筒。他们离他有多近呢？近到能看清他的面容，描述给下面的哪位警察听吗？他必须小心。明天他首先要做的就是拆掉他的车，然后买一瓶自助式染发工具箱。把脸上的胡子留起来，换一副透明镜片的眼镜，戴上棒球帽……他已经练就了伪装的本领。那些孩子们不成问题。但是警察……

在撵那些该死的孩子们时，他把安全套塞进口袋里了。他检查了一遍，发现还装在里面。他同詹妮丝在一起的时候，是不戴手套的，但是他们能从哪里提取指纹呢？

他伸长脖子，注意力集中在现场中央围在詹妮丝身边的那位女性身上。她刚一出现在现场，就把他给迷住了。她蹲在地上的身影经常给那里的其他警察和工作人员挡住。她似乎是管事的，打个手势，附近的帮手就会送工具上去，或是在她旁边弯腰看一会儿。

但是大多数时间她是一个人工作的，她的活动有时候会被一直在詹妮丝周围移动的警察遮住。那个小个子女性身上有某种东西吸引了他的注意力，要求他给予关注。

她扎着一条乌黑的长辫子，每次垂下来她都会不耐烦地往肩膀上轻轻一甩。但是他注意的不是她的外表，而是她对待詹妮丝时的行为。

充满尊重。温柔得就像是在护理一位新生儿。看着她，很容易忘记警察，忘记那些一定正在某个地方散布他的事迹的孩子。他所有的注意力都倾注在下面的这位黑发女人身上了。桑尼看着她的时间越长，就越是确定，她明白那件事。

对于大多数人，例如万斯来说，死人就是死人。死掉的女人就丢弃，然后再去寻找下一个。但是桑尼知道，死人还不是死人，除非埋葬入土，深埋六尺之下，埋进阳光穿不透的地方，或是沉入冰冷黑暗的水底。所有那些女人的坟墓都是他选的，而他的最爱——例如詹妮丝，就得到了特别对待。桑尼知道妈妈返回的原因，因为他不曾把她埋葬。他就那样把她的身体丢在地板上，然后逃之夭夭，这就是妈妈现在出现在他脑海中的原因。有时候她甚至会站在他一边肩膀上，或是在房间对面朝他说话，即便她声音中已经撇去了刻薄，但她眼里依旧写满那神色。

但是下面那个身穿蓝色连裤工作服的女人身上却像是有某种东西。那里还有其他两名身穿连裤工作服的人，他们听令于那位小个子女性。她没有花太多时间讲话，她所有的注意力都集中在詹妮丝身上。而桑尼知道，他能感觉出来，那个女人和他一样了解死亡，甚至可能比他更了解。

他看着他可怜的詹妮丝被装进袋子拉上拉链，然后被抬上一个担架。接着，那女人开始同一个男人说话，即便他们隔着那么远的距离，桑尼也看得出那人是个警察。

但是那男人并未引起他的兴趣。现在詹妮丝被抬走了，这个女人也会离开，桑尼再也不会看见她。想到这里他的脑袋里就嗡嗡作响，就和伤心时一个样。他的心飞速跳动，他的思绪也争抢着寻找办法，以确保这种事不会发生。他需要了解所有关于这个黑发女人的事，不只是她身穿的那件藏青色连裤工作服背后打横写着的“IOSME[①]”字样。

然后他将和那位女性进一步熟悉彼此。

他体内涌起一股紧迫感，于是在心里叹了口气。但是他首先必须要做的，就是完成万斯的指令。索菲亚·钱宁是个威胁，所以桑尼必须除掉她。

“拿下那女人。”妈妈的声音这一次变大了些。“现在就去。”

他放下望远镜，任由它挂在脖子上所戴的绳子上，然后从树上爬下去。

只有一种办法能平息妈妈的声音。

那就是按她说的做。

---

① 即爱荷华州法医办公室首字母的缩写。

第2章

桑尼一边开车，一边和着收音机的声音哼哼。他快速回了一趟家，拿上需要的东西，然后就往钱宁的寓所开去。自从万斯对他下达这个命令之后，他就一直在那附近监视。昨天，所有州政府的警车都一辆接一辆离开了那里。桑尼之前并未进去过，但是万斯对那里面一清二楚，虽然他是个彻头彻尾的疯子。那家伙留了信息，里面说了那公寓的安保系统，还有几张草图，详细描述了公寓内部的布局，以及后面的入口。

之前，怎么处理那些女人，都完全是靠他自己做主，但是这一次万斯交待得很详细。用枪。至少打三枪。或许万斯知道某些桑尼不知道的事情。或许是枪的种类各有不同，而那女人不需要等埋葬过后才算真正死掉。或许冲头部开三枪之后，死人就是死人了。

想到这道理，他笑了。在转弯开向钱宁的公寓所在的住宅区时，他把那句话又多重复了几遍。在那座公寓的后面和右侧有一条死胡同，连接在钱宁的后院和隔壁住宅的后院之间。桑尼更喜欢把车子停在远处，然后从后面步行前往。

他首先戴上手套，将一只笔形电筒插进连帽衫的口袋，然后将夜视镜戴在眼睛上。万斯曾经嘲笑过他这份对于军队和警察装备的痴迷，但是既然万斯这会儿正在二十四小时都有人看守的牢房中蹲着，那桑尼可以相当肯定，那家伙已经没再嘲笑他了。

他慢慢花时间，穿过一座座院子，避开那些后院中有狗窝的房子。路上他还时不时地停下脚步，小心地环顾四周，但是到处都很安静。时间已经过了夜里三点，大多数人都在熟睡。

那条死胡同就在前方了，一盏路灯发出柔柔的光芒，照亮一片圆形的区域。他跳进下一家后院的围墙，冲向相反的方向，以免被人发现。

他体内的急迫感越来越强，这都是拜他脑袋后部的那些低语声所赐。但是他不需要倾听它们，他知道他必须要做什么。行动越快完成，他就能愈加迅速地把目光都聚焦在今晚见到的那个女人身上。那个对待詹妮丝如此小心的女人。

他需要找到那女人，需要确定她是不是和自己想象的一样。

但是他已经确信了，他们的灵魂相近。

这就意味着，她甚至有可能理解，他将要做的事情。

"我们这边有动静。"

卡姆握着手机，大步朝犯罪现场周围划定的警戒范围内的后方走去，闪身躲开正全力想将一盏频闪闪光灯扭个方向的刑事专家赛斯·迪亚兹。

"哪里？"

汤米·弗兰克斯的语气中透露出一丝按捺不住的兴奋："钱宁公寓后面的角落，他正朝后门走来。"

卡姆突然感到一阵兴奋。在索菲的公寓设埋伏其实是赌博，尤其是在他们直到几个小时之前都没有证据能表明万斯的同党仍在该地区的时候。或许这位不明人物是想在逃离州境之前解决掉遗留问题。

这就意味着，今晚可能是他们能抓住那男人的唯一机会。

“看到他的车了吗？”

“没有。”弗兰克斯简洁地回答道，“可能停在后面街区的某条街上了。”

“我二十分钟后到。”卡姆说着朝树林边缘陡峭的山坡走去。他必须加快速度，甚至要打开车载警告灯加速行驶。“打电话请求增援。告诉他们别开警报。里面一切就位了吗？”他的思绪立即蹦到了索菲那里，但是他挥挥手肘打断思绪。要想困住捕食动物，就必须使用有效的诱饵。他们已经做好预防措施，以保证她的安危。

他集中注意力一刻不歇飞快地爬上山坡。

“一切都如你吩咐过的一样。”

“他有枪。今晚看见他的那几个孩子说他有枪。”他一爬上山坡后，就打开了他的镁光手电筒，然后钻进树林。

“我们会做好准备的。”

科宾·博格斯探员应该就在他旁边。卡姆知道博格斯和弗兰克斯的能力足够胜任，但他还是因为到达现场要花的时间过长而咒骂起来。

“别逞能。不过如有可能，我还是希望活捉不明嫌疑人。”

卡姆挂断电话，用最快速度穿过树林。如果一切都按计划进行，到天亮时，他们应该就已经将万斯捆得严严实实，叫他再也不会有自由活动的机会。如果这位共犯能被劝服，揭发他的同伙，那么整个案子就不用出庭了。索菲也将不必出堂作证。万斯将永远也不可能再见到监狱以外的世界。

正是这个念头，支撑着他飞奔穿越城市，朝索菲的公寓冲去。

第一把钥匙插进锁孔后拧不动。万斯第一次过来的时候，用在里面找到的一套钥匙做了蜡模，后来配出两把。钥匙终于转动了，桑尼用另一把打开锁定插销。门悄无声息地打开了。

他将钥匙放回口袋，掏出笔状电筒。下面的几秒钟就将决定故事的走向了。如果万斯篡改警报系统的动作已经被发现，那么他在系统中设置的缺口就将失效，那么留给他杀掉钱宁并逃走的时间就只有三十二秒。

他拧亮电筒，轻轻推开门，走到万斯之前说过的找到的警报系统小键盘的位置。如果他的闯入被发现，警报灯将从绿色转为红色，而警报也将提醒安保公司以及屋内的女人，有人擅自闯入。他在等待的时间里，环视一遍四周。钱宁的卧室应该在穿过厨房的那头，第一扇门是通往左边客厅的。如果一切均按计划进行，即便警报拉响，在援兵到来之前，他仍有足够的时间。

警报灯闪出绿光。更妙的是，黑暗中一点声音也没有。

他伸手将夜视镜佩戴到位，将连帽衫的拉链拉松一些，将手枪以及消音器从绑在胸口的简易皮套里抽出来，接着蹑手蹑脚地往钱宁卧室的方向走去。

这地方一片平静，就连划破寂静的时钟滴答声也没有。他侧身行至卧室前，推门举枪。

七岁的卡特·哈梅尔慢慢清醒过来，他疑惑着自己怎么在日光室里。过了片刻他才想起来，妈妈给他服的止痛药，让他大概在七点钟就睡着了。不过现在外面真的是黑透了。

他烦躁地推开妈妈盖在他身上的被子。身上一身的汗，就连石膏里面的大腿感觉也汗涔涔的，很不舒服。

“妈！”他想喝杯水。他还想换件衣服，然后回自己的床上去睡，“妈！”

但是妈妈没有回答，她的卧室离得太远。他只能自己去喝水了。可是他讨厌拐杖，硌得他腋窝疼。他缓慢地撑着自己坐起来，看向窗外。这些天里，这差不多就是他所能做的全部动作，真的真的糟透了。妈妈说，她会给莱德和扎克打电话，看看他们明天愿不愿意过来玩一会儿。可是现在离明天还有好长一段时间。这该死的石膏他已经打了有五周多了。还要一个多月时间，他才能骑自行车或者踢球。腿怎么不在学期中摔断呢？

外面的黑暗中有什么东西在动。卡特立时忘了抱怨，拼命够过去看。可能是莱德尔的那条黑色拉布拉多犬安吉尔又溜出来了。如果是这样，或许他该给朋友家打个电话。上一回安吉尔溜出来，动物管理处的人把它带走，莱德尔家花了好些钱才把它弄回来。

但那不是安吉尔，那影子高高的，像是个人。那影子翻过院墙，跑过了卡特家的院子。

“妈！”他这次叫得更大声了，眼睛却没有离开窗口。说不定是盗贼，说不定他是冲着这里来的。

但是那男人直接穿过了他们的院子，朝钱宁医生家奔去。

这一刻，卡特不顾他对拐杖的憎恶了，一把将它们抓起，挣扎着站起身。他走到日光室门口，打开门。门开后，他笨拙地跳到露台尽头，打量公寓的那个拐角。他正好看到一个一身黑的人钻进了钱宁医生的房子。

胃里面涌起一股想吐的感觉。卡特之前曾看到一辆蓝色的厢式货车停在钱宁医生门前。他当时还和那位探员先生说起过。可昨天他听到妈妈打电话时说，钱宁医生之前被人绑架，后来逃脱了。

他知道绑架是什么意思。他们在学校都听说过陌生人有多么危险。他想着，如果当时看清楚那辆蓝色货车里的人，钱宁医生是不是就不会被绑架了。如果他看清了那人的样子，那警察就能赶在他伤害钱宁医生之前抓住他。

卡特咬着下嘴唇，想着该去告诉妈妈。可是他知道妈妈会说什么，说他又在胡思乱想，说他该上床睡觉。

但那男人跳过围墙的画面并不是他想出来的，他知道自己没有看错。

他掉转拐杖的方向，转过身跳回屋子。这一次他没有喊他的妈妈，取而代之的是，他去了厨房，站在冰箱前面。妈妈把爸爸买给他的气枪收起来放在上头了，还说她会跟爸爸谈谈这事。卡特知道那话的意思就是，他没法留下那把枪了。

但是这会儿，他举起一只拐杖，将那枪推到冰箱顶的边缘，然后伸手一把接住，没让它落在地上。

抓住枪后，他立刻感觉好多了。如果钱宁医生的房子里又进了坏人，这一次卡特要去阻止他。

主卧是空的。床上的寝具都收走了，最近都没人在那里睡过。

不过为了确认，桑尼还是走了进去，看了看邻接的浴室，里面也是空的。

一阵不安划过，他溜回客厅，又从口袋掏出电筒。公寓里还有一间次卧，或许钱宁因为之前的不快回忆，改睡那里了。万斯当时就是从主卧浴室中将她掳走的。就那样大摇大摆地走进浴室，将她掳走了，万斯或许是禽兽不如，但他不缺胆量。

意识到时间的流逝，桑尼迅速穿过客厅，绕过沙发和边上的茶几，朝那间卧室门口走去。门半敞着，他往里面瞄去，胸中的紧张消退了一分。

这张床上有人。虽然屋里很黑，但能看得出，那被子下面躺的有人。他将夜视镜推到额头上，想确认一下。钱宁正背对着他，但是他根据万斯的描述，认出了那浅黄色的头发。桑尼迈出四大步，朝床边走去，在这个过程中，同时也举起了枪。

"你已经进去了吗？"

无线电信号接收器发出几声轻微的爆裂声，将弗兰克斯的声音传递到博格斯所佩戴的耳麦中。

"没有。我在旁边门口发现有动静。你觉得这家伙有没有可能带着同伙？"

弗兰克斯沉默片刻。

"你看到靠近公寓的是两个人吗？"

"不。"但是博格斯瞪大眼睛，仔细扫视他看到有动静的那片区域。

"可能是邻居。"而他们两人都知道，如果是这样的情况，那么将要遇到的麻烦会和罪犯有同伙相当不同。

博格斯又看到一阵动静。有人蹲在隔壁的露台上，沿着阴影朝这边靠近。

他将情况告诉另一位探员，最后又说了一句："等你就位了，告诉我一声。我进去，你来对付第二个家伙。增援还有多久能到？"

"再过五分钟。"

博格斯的目光从隔壁露台，转移到钱宁的公寓，他知道他们等不了那么久了。

一辆车经过，车头灯穿过百叶窗照了进来，一瞬间屋子的角落都沐浴在光芒之中。桑尼屏住呼吸，想着钱宁会不会醒过来，在他要杀她的时候转过身睁开眼睛。

他不喜欢她们看着他的样子，他总会先将她们翻过身去。不然的话，她们的眼睛就会鼓出来，变成妈妈的眼睛，从那张已变成妈妈的脸的脸上脱落出来。桑尼一点都不想看到那样的场景。

但是钱宁没有翻身。床头桌子上的闹钟跳到了下一分钟，提醒他需要赶紧。三枪，现在就开枪。

他继续往前走，直到站在床边。他吸一口气瞄准目标，按下了扳机。

他以非常快的速度连开三枪，虽然装了消声器，但还是发出三声尖利的砰砰砰的声音。桑尼早已做好了准备，他从十几岁起就开始玩枪了。但在此之前，他还从未打过任何活物。他没有准备好面对血，溅出来的血落在他的衣服上，脸上，手中的枪上。他颤抖着往后跳去，他用袖子擦去下巴上湿乎乎的东西，意识到袖子也早湿了。他的胃里一阵恶心。他放下枪，将夜视镜撤回原位，转身冲出房间，冲出这座房子，将小心什么的都抛之脑后。

“DCI！放下武器！”

一个人影站在客厅的沙发背后，手里拿着枪。桑尼开了两次枪，同时也猛闪到一边，撞倒在地上。那男人也开始回击。他膝盖和手肘并用，沿着地毯往前爬。那陌生人躲在沙发后面了。桑尼不想等那人抬起头再次开枪。于是他便朝刚才看到那男人所在的沙发后的位置，开了三枪。现在问题不在于小心，而在于速度。他冲出后门，跑过露台，却突然间像是被一群似乎是蜜蜂的东西截住了，那东西在他的脚踝和腿上蛰咬。

“DCI！放下武器！”

夜视镜将站在他面前的人涂成一团鬼影似的绿光。他手拿的武器直指桑尼的胸口，一切看上去都那样的逼真。

“别开枪。”他慢慢弯腰，将枪咔嚓一声放在露台上，“我缴枪。”

“双手背在脑后。把枪踢到旁边去，赶紧的！”

“我听到你朝钱宁医生开枪了，先生。”几乎在同一时间，一个小小的声音响了起来，“所以我要射击你！”又是一群蜜蜂。不过那东西根本不是蜜蜂，桑尼这时才意识到，而是BB气枪弹。

“快回屋里去，孩子。快！快！”

桑尼不顾子弹的射击，朝那个蹲在隔壁露台上的小影子扑去。他抓住一个很小的身体翻滚在地，接着将那不停挣扎的男孩紧紧箍在身前，重新站起身。

“你可别想那么做。”那位DCI探员发出警告，但桑尼听不见。这时候在他脑中尖叫的是妈妈的声音，恐惧和愤怒的回音在他体内抓刨。

“把枪放下，不然我就拧断他的脖子。”那小家伙还想朝他肩后瞄准，桑尼从他手中一把扯掉气枪。桑尼把那男孩举了起来，用臂弯扼住他的脖子。作为一个孩子来说，他真够重的。他一条大腿使不上劲似的垂在他身前。“别以为我不敢。”

那探员没有照做的意思。

“你这是在自寻死路。”他警告道，“你在里面的所作所为或许还算不上犯罪，那件事我们还好说。但是这样做，可就没有退路了。”

桑尼摸索着弯下腰，拾起刚刚丢掉的枪，确认了下，那孩子的头能挡住他自己的。这男孩沉死了，他一恍神意识到那重量来自于他腿上的石膏。

“放下你的枪，赶紧！”看那探员没有照做，他又恶狠狠地说了一遍，“你想要我杀死这孩子吗？”

“没必要把那孩子卷进来。就让我们自己来解决这事，爽快点。”那探员往旁边挪了一英寸。桑尼知道他是在寻找突破口。他一使劲，一个过肩摔，利落地将那孩子举起来，扛在一边肩膀上，一只胳膊紧紧钳住男孩的石膏，把手空出来。这样男孩就成了一件完美的人体盾牌。桑尼转过身，鹿一般迅捷地奔跑起来。

但却不是朝他来的方向，而是选了一条通往他的车子的最直接的道路。他以最快的速度冲刺，但那男孩的体重却使得这么做很难。男孩不再被吓得不敢动弹，而是用他空着的拳头捶打桑尼的脊背，用膝盖踢他的侧腰。

他猛拉了一把男孩受伤的腿，听到高声的尖叫后，他露出了微笑。这小杂种只能乖乖听话，要不然就要他死得好看。反正两种结果对桑尼来说都没有区别。

他一转身，开了几枪，然后又继续跑。警察没有射击，应该是不敢冒险，怕在黑暗中击中这男孩，但他还是紧追在后。桑尼又开了几枪，那警察闪身寻找掩护。

街道两边房子里的灯一盏接一盏地亮了。一只大狗凶恶地叫起来，沿着桑尼身边的围墙加速追了过来。桑尼停了片刻，打开门闩，然后将那孩子换了个肩膀，磕磕绊绊地朝他的车冲去。他回头看一眼，发现那狗朝已经站起重新追过来的那位探员扑了过去，于是满意地笑了。那探员停了几秒，从而给了桑尼最宝贵的东西：时间。

现在汽车就在几码之外了。桑尼弯下身，将那孩子扔在地上，接着朝车子冲去。一阵枪声响起，有什么又尖又烫的东西切进了他的大腿。他嚎了一声，回头反击，然后才痛苦地跳上车，拧动点火开关里的钥匙，车轮发出尖利的声响，开走了。

米琪·洛林探员打开卡姆家的大门，看到门外站的是卡姆，她乌黑的眸子里写着疑惑。

“今晚这里很安静。”

“很高兴听到这个回答。”

“我听说事情没有按预期方向发展。”卡姆踢掉鞋子，米琪跟着他穿过客厅：“但是，要不是你有先见之明，让索菲搬出她的公寓，接受安全监管，局面可能还会糟得多。”

卡姆听到这句提醒，皮肤上一阵刺痛。他快速瞥了一眼手表，才刚刚早上七点三十分。索菲可能还在熟睡，至少他非常希望她还在睡。

“听着，如果你想回家冲个澡，补个觉什么的，我可以找别人来换班——”他说道。

“我在沙发上睡过，而且我也用过你的浴室。”她说着意味深长地看了卡姆一眼，“听你的声音，你才需要做你所说的那些事。”

“或许吧。”他疲倦地揉揉后颈，沮丧像钻子一般钻穿了他的身体。

万斯的同伙咬了他们精心设置的诱饵，但又从他们眼皮子底下逃脱了，援手就晚了两分钟，功亏一篑的滋味最叫人痛苦。

“你和弗兰克斯谈过了吗？”从她的话中，卡姆推测，她已经从某人口中大概得知几个小时之前所发生的事了。索菲家客卧里之前的场景，足够叫人不寒而栗。事实上，如果当时躺在床上的人是索菲，而不是身上装有血袋的戴假发的人体模型……想到这里，一阵寒意沿着他的脊椎蔓延而下。

理智上他知道索菲没事，安全地待在他的公寓里，随时随地都有一名探员守在她周围。但此刻情感却凌驾在理智之上。他需要亲眼验证。只需要看一眼她安静沉睡的样子，或许就足够驱散那一幕惨况，人体模型被打成碎片，假血溅得整个屋子到处都是的惨况。

他艰难地咽了口唾沫，朝闲置的那间卧室走去。同时也试着不去回想索菲在他的卧室中过夜的时光，那一切都才过去没多久。那些夜晚，都有他陪在她身边。

过去已成历史。但不幸的是，它们发生的时间还足够近，种种细节顽固地驻留下来，记忆鲜明。

“不，我还没有和弗兰克斯谈过。特派探员冈萨雷斯占去了所有的时间。”

卡姆顿住脚步。他转过身看向洛林。

“她给你打电话了？”他不明白冈萨雷斯为什么要这样做。他向冈萨雷斯汇报过两次，关于昨晚事情的进展。

洛林粗鲁地哼了一声：“差不多吧。她就在这里，同钱宁医生在你的办公室。你在车道上没见着她的车吗？”

一定是缺乏睡眠让他大脑反应迟钝了。“我以为是你的。”他面无表情地说道。冈萨雷斯在这里，正在同索菲谈话。他感到很沮丧，因为他完全知道这两人的谈话是关于什么内容。他迅速迈开大步，朝走廊走去，那里连着公寓后面的办公室，几乎没听见米琪在他身后说的话：“我的车停在你车库里了。记得吗？你告诉过我——”

“我不想给你施加压力。”特派探员玛丽亚·冈萨雷斯的声音从半敞开的办公室门口传来。“当然，时间非常宝贵，但是你刚经历了一次严酷的考验。花些时间，好好想想。”

卡姆敢肯定，只有他才听得懂，她那番话中满满的讽刺。

“很高兴知道，你至少知道钱宁医生刚经历过创伤。”卡姆伸开手臂，将两只手掌撑在打开的办公室房门两边，目光直视玛丽亚。

这女人如平时一样，夹杂着银丝的黑发束在脑后；她身穿的暗色无花纹长裤和上衣也是同样的冷峻面貌。她回给他一个冷静的眼神。

“我并非对索菲亚最近的经历毫无同情。所以我才要她等一等再决定，是否继续参加这个案子的咨询工作。”

“钱宁医生，”索菲的声音坚定有力，其中带有一丝的愠怒，“就站在这里。我很感激所有人的关心，但这没有必要。要是其他人在我身边都蹑手蹑脚的，好像我是个随时会爆炸的炸弹，那样我会疯掉的。鉴于昨天晚上事情的进展，如果我能继续出一份力，我当然愿意。被万斯囚禁的时候，我吓坏了，但我并没有遭受其他受害者所受到的折磨。我很好。”

卡姆仔细看着她，表情中既有投降，也有担忧。她苗条的身躯正裹在一件长齐大腿的薄袍子里，金色长发倾泻在背后。但是她所受的伤却钳紧了他的心。

“你看起来是很好。”他拉长语调，话语中有一股危险的灼热。

而就在这个时候，她脸红了。她下颌上的擦伤已经从深蓝色变成了紫色，四周环着黄晕。她的嘴唇仍然肿着，左臂打着夹板。从她移动时小心的姿态来看，他意识到，她的伤口不仅仅局限于这些看得见的部位。

但是他最担心的是情感伤害。他知道她在情感上受了伤，即便她一直在否认。卡姆本人就因为之前曾在一个多部门合作的缉毒特遣队中当过近两年的卧底，至今还会时不时地遭受创伤后压力闪回袭击。他从自己的经验中知道，任何人从索菲所经历过的那种折磨中幸存下来后，都不可能不留下附带的情感伤害。

这也就是他不想让她继续靠近本案的原因。

玛丽亚显然确信，她来这里的目的已经达到，于是便说："动用你所需要的全部时间，索菲亚。等你做出决定后，就给我打电话。"

卡姆盯着索菲，仿佛仅凭念力，他就可以改变她接下来要说的话一般。

当索菲回答时，他们的目光犹如在交战。"我不需要时间。我现在就已经准备好，继续履行我的咨询工作职责，只要你需要我。"

玛丽亚将视线转向卡姆："九点开简报会？"他轻轻点头。

待玛丽亚走出房间后，他走到桌前的软座垫椅前，重重地坐下。然后他俯身向前，将手肘撑在膝盖上，双手揉擦脸庞。他已经有超过二十四个小时没睡觉了，而要想休息，还要再多等一会儿。

但是眼下睡眠并不是他最关注的。他放下双手，仔细研究那个正冷静看着他的女人。除了身体上所受的创伤之外，她看起来一点损耗都没有。擦伤与她那张镀金天使般的面容形成鲜明的对比，更突显出她高雅的气质和智慧的神采。绝大多数人都不会注意到她眼睛下面的淡紫色淤青。它们就是沉默的证人，说明她一点都不好。她没有睡觉。在经历过这一切之后，谁他妈的还能睡着呢？

她试探着露出一个微笑。

"我知道你正在想——"

"我答应过你。"他听出自己语气中的绝望，但却无法抑制。现在做不到，在只有他二人独处时做不到。"三天之前。你还记得吗？"

她的表情中似乎有什么东西融化了，然后她走过来，斜倚在他座椅的软垫扶手上。

“你说过，不会再让任何人伤害我，我相信你。那也正是这二十四小时不间断保护的全部意义所在，不是吗？而且成功了。你和其余队员正拼命工作，朝那个结局加速。我至少要让我自己变得有用。”

有用。这个轻描淡写的词用得很娴熟。看到这个身穿粉红色薄纱睡袍的娇小的金发美人，没有人会想到在她那优雅的外表下，隐藏的是怎样一副头脑。索菲亚·钱宁医生是法医心理学领域的国际领军专家。她曾受训于FBI行为科学部传奇人物路易斯·弗莱恩的门下。在职业生涯中，她曾面访过被监押的最臭名昭著的连环杀人犯，全国执法机构都争先恐后地想邀请她一起合作。他们在追捕万斯的时候，也是因为相信她的专业能力，才聘请她来做犯罪简况报告。

但卡姆现在担忧的并不是索菲亚·钱宁医生的专业能力，而是索菲亚身为女性的这一身份。

“我真的很好……”她说道。但是紧接着他投向她的目光却让她声音低了下去。

“别在这给我胡说八道了。你根本就不好。”

他痛苦地把这话撂出来，已无力再顾及策略或手腕之类的东西。他必须在一个小时左右的时间里重新寻回那些手腕，因为那时他将要给其他队员开简报会，但这一刻，那些东西都远在他所能触及的范围之外。

“你曾经和我说过一次，说你能分辨我什么时候在撒谎。那我也是一样，上一次你没穿斗篷和紧身衣的时候，我就看出来了，所以别再装什么女超人了。万斯把你打了个落花流水。你没被强奸的唯一理由就是，你说服了他，让他给你时间为他写一份新的简况报告。但是他对其他受害者所做的那些事，却一直记在你的脑海里，一定记在你脑海里。我担心的并不是你的外伤，而是这里面的情况。”他轻轻拍一拍她的太阳穴，她往后退了一点。

“事情发生时，我确实穿着斗篷。”

他嗤了一声，移开视线。

“是粉红色的。衣襟上还钉着水钻，优雅又不显得俗气。”

该死的，他差点笑出来了，虽然她明显是想要缓解他的紧张情绪。

“据我回忆，你还有一个配套的手提袋。”

“对啊，配饰也要搭配嘛。”

尽管他强忍着，但嘴角还是翘了起来。这时候她伸出手，轻轻地搭在他胳膊上，卡姆定住了。他目光落在她手触碰的位置。她肤色发白，但很光滑。她指甲上涂的那种粉粉的颜色，他一直都叫不上名字。就在几天前，当他们发现她带着万斯的另一名受害者，沿着波尔克县一条偏僻的石子路逃出来时，她的指甲上沾着血迹，因为要突破那男人囚禁她的牢室劈裂了。但不知什么时候，那些指甲已经修复了，好似那些伤害从未发生过一般。她想让他相信，她正十分轻松地从所有那些伤害中恢复元气。但他不肯买账。

被她触碰过的位置，燥热像河流一样在他皮肤上传递开，他因为身体上的这种反应而在心里骂了一句。他们之间的那段恋情虽短暂，但却无比狂热，而且那十二天的时间已经足够让索菲·钱宁留驻在他的皮肤之下，在他脑海的角落里栖居下来。

他需要从私人情感中超脱出来，以保持客观性。

就好像读懂了他的思维一般，她说道：“因为案情仍在持续，所以我是一条有用的线索。”当他皱起眉头时，她快速掐了他胳膊一把，“谦虚的话不再多说，你需要另起一份罪犯简况报告，还有朗达·克劳森需要面访。她也许能为万斯的这位同谋提供些见解。”

“她声称自己完全不知道还有同谋。”

当看到索菲仍旧直视着他时，他合上下巴。那话是克劳森告诉他的，但是索菲擅长的正是从罪犯和目击证人的口中，挖出执法机关所无法获取的信息。这也正是她极受欢迎的技巧之一。

“你知道我能帮上忙，用你的说法就是，你只能跪舔。要是我是别的什么人，你还会抗拒吗？”

如果她是其他任何他们置于保护性监禁之中的人，他会花多少时间来担心她所受的情绪伤害呢？这样的提醒毫无用处。她不是陌生人，她是索菲。他伸展两腿，将一只脚小心地架在另一只上。他不需要和这个眼下正用她那双蓝莹莹的眸子盯着他的女人讨论，那眼眸让他无法承受。他只能搬出自己的上级来转移话题。

“玛丽亚和你说什么了？”

“她说又发现了一名受害者。不明嫌疑人在再访死者埋葬地的时候，被几个孩子撞见了。”

“再访。”他在椅子上坐得舒服些，“这个词用得棒。他是在对尸体实施性侵犯。我想那些孩子以后可能再也不会到那片树林里举行夜间啤酒聚会了。”他说着抬头看向索菲，“所以你一开始认为，有两名罪犯，那个想法完全正确。一个在受害者活着时施行侵犯，另一个则是在死后。这就意味着，另一个家伙和万斯一样可恶，他是个变态透顶的浑蛋。”

如果不是她的手还搭在他胳膊上的话，他可能不会注意到提起万斯时她轻微的抖动。

“既然这样，我希望我的理论是错误的。不过受害者心理学提醒了我。我之前没想到，还会有其他的人口失踪案与这六位已经发现的死者的简况相符。”所有那些受害人都是单身，相貌迷人，而且很富裕。失踪的那天，她们都从户头里取了一大笔钱。

“没有任何两个案子会一模一样，没有。当然有其他失踪女性。但是负责的探员并不能肯定，那些女性不是自己消失的。”

“当然，因为万斯和他的同谋也是逐渐才发展成这样的，那么他们挑选受害者的标准可能也会变。我想同法医验尸官谈谈……露西会参与这个案子吗？”

“她昨晚去了现场。”

她竟然提到了贝纳利，他觉得这真是讽刺。昨晚他还信誓旦旦地告诉那验尸官，说索菲不会再参与这件案子。然而一个早上的时间，冈萨雷斯就迅速地把这一切都改变了。他越来越忍不住想就此事同那位领导谈一谈了。

他看一眼手表 ：“我需要冲个澡，刮个胡子。”

索菲让他从椅子上起身，但不待他离开，她又说道 ：“你真的相信，不把剩下的部分说完，我会让你离开吗？”

“剩下的……”该死。他重新坐回椅子，“我回来之前，你和玛丽亚已经充分交谈过了。”

他再次向他的上级发起攻击。在与索菲的交涉中，冈萨雷斯把他们都打败了。

“那也算是件好事。”她的手顺着睡袍前襟滑下去，“你的谨慎让人抓狂。她说那不明嫌疑人咬了诱饵，进了我的公寓。鉴于她没说到逮捕，我推测是出了岔子。”

“用尽了一切手段。”他简短地概括了事情的经过，细节部分则一笔带过。不过他谨慎的话语却并未阻止住索菲的担心。

“哦，我的天啊。”她一抬腿便从他椅子扶手上站起身，开始踱起步来，“科宾没事吧？”

“他穿了防弹背心。会疼一阵子，但没有大碍。”

卡姆并不是对那名探员的伤情毫无同情。即便穿了身体防护装备，但吃进一颗子弹还是遭受了巨大的冲击。博格斯在那不明嫌疑人逃离现场很久之后才停止执勤任务。

“你的沙发和次卧就没那么幸运了。”

“还有卡特。”她绕过桌子，脚步停了片刻，脸上闪过一丝惊恐，“他差点就被杀了。他一定受了心理创伤。莉维一定要疯了。把他卷了进来，我永远也不能原谅自己。”

“不是你把他卷进来的，”卡姆提醒她，“是那名嫌疑人。你不能再责备自己，就像你不能怪是因为他爸爸给他买了支气枪，所以才害得他以为自己无所不能。”

“我从来就没有认同过那个观点。”索菲仍未停止对自己的指责，“我从没想过——”

“我们的计划是好计划。”卡姆把头朝后仰去，遏制住闭眼的冲动，再坚持一分钟，“也差一点就奏效了。没有人会想到，一个七岁的小家伙半夜醒来，看到有人闯进了你的房子。我们不该浪费时间，来争论事情是怎么落得这样的结局的。”但是也必须承认，他和弗兰克斯可花了不只是几分钟的时间来埋怨这倒霉的运气，“事情就是这样，总有你考虑不到的情况。”

她看着他，脸上的表情似乎控制住了。

“你说我那间次卧被毁了？”

卡姆小心翼翼地挑选措辞，说：“罪犯开了枪。我们……呃……每一种意外情况都准备了应对计划。我会找人过去清理收拾干净。”

那间屋子将被剥皮，重新粉刷，重铺地毯。不管怎样，他必须在她回家之前，把那一切安排妥当。那里缠着她不放的记忆已经够多了，她不需要再添加更多。

“好吧。”索菲深吸一口气，像是为了鼓足勇气，“我收回我之前对这无聊的保护的全部抱怨……”她说到这里突然停了下来，“那名不明嫌疑人以为他成功了，他以为我死了。”她不等他停下缓慢摇头的动作结束，就又说道，“这真是完美。这一下所有的局面都改变了。我们现在所需要做的就是，不要打破他的那种想法。”

第3章

“你想装死。”

卡姆的声音听不出任何感情色彩。索菲亚看他一眼，辨不出他在想什么。

“是万斯的同谋起的头。我只是建议将计就计。如果他和万斯都以为我死了，那我就自由了。不用再进行保护性监禁。我可能需要改变容貌，这是自然，不过之后我就能公开活动了。这就意味着，我可以继续站在你的团队中参与这个案子，而不仅仅只是写写简况报告。”

这不用说，她在全国范围内为执法机关提供的咨询帮助中，有多少完全是靠远程参与的方式进行的。她需要走出去，亲自参与到案子中去。有某样东西，任何东西都行，来供她关注，她不能只抱着被万斯囚禁的那段时间的记忆。

她需要摆脱另外那名受害者的尖叫，那声音在她脑海中回响，她的大脑就像是一座充满恐惧的回音阁。

“这是一件很有用的武器。如果万斯以为我已经出局，那他可能会放松警惕。柯特妮·范·惠顿仍然处于昏迷状态。”一想到万斯在绑架她之前的几天里绑架的那位女性，悲伤就像是一条紧紧的绷带，在她的胸中拉紧了，“届时他就会满心以为，他将能够击败控诉。我们已经知道，他生性冲动，而且十分自负。有天赋的采访人可能会让他稍稍松松口。”

“鉴于他已经有了律师，采访人接近他的机会很渺茫。他的律师将要做的第一件事，就是促成撤诉。”卡姆的眼皮耷拉下来，“随着你的‘死亡’，两大主要证人都清除了，案子的影响力也会减小。”

“但是你们已经有了证据，能证明万斯进过我的房子。”索菲亚面朝卡姆，倚在他桌子的一角，完全沉浸在辩论的氛围中，“刑侦小组采集到的最新证据，还没有经过实验室的化验，对吗？如果他们找到证据，能证明万斯同柯特妮和我逃出的那座仓棚有关，案子还是能上庭。如果能再劝服朗达·克劳森，让她也出庭指证万斯，那她的证词也将成为另一件指控他的有力武器。”

“要是我说我没想过这些，那是在撒谎。”卡姆的这句话让索菲亚停顿了片刻。

“有些原因和你刚提到的相同，是的，不过最要紧的是，如果让万斯知道你已经死了，那他就不会再关注你。你他妈的完全可以肯定，昨天晚上，他的同谋是在执行他的指令。如果他和万斯都以为刺杀成功了，你的境况就会比以前安全许多。但是我想有一些细节你还没提到。”

“比如呢？”

“假装你已经死亡，这意味着所有人都要以为你死了，不仅仅是万斯和他的伙计。你的父母，你的朋友、邻居、同事都要这么以为。”索菲亚听到这里有些泄气，她痛恨当他看到自己的反应时那副讥讽的表情。“你死亡的消息将必须公布给民众知道，因为只有这样，万斯才会相信。这样事情可就复杂了。”

她咬住嘴唇：“我父母还在欧洲。”

关于这个事实，她每天都在感恩。这就意味着，她得以将自己被绑架的大部分细节都遮掩了过去。索菲亚的父母马丁和海伦都是学者，他们都从未赞同过她向法医心理学领域发展。如果他们听说了事实，他们可能会缩短假期，立即飞到她的身边，现在可能已经在尝试带她离开，返回他们在密歇根州的家了。

“在向公众发布报告之前，我可以先同他们取得联系。”她又想到另外一些人，“哦，我还得告诉莉维和凯莉真相。”这两个女人不仅仅是她的邻居，还是她的密友。再加上卡特昨晚为了她而经历的那些事，她不可能再给莉维添麻烦，让她相信这场闹剧了，“还有雷德洛医生。因为他正在帮助打理我的私人业务，所以他必须知道真相，这样才能决定如何以最佳方案处理此事有可能引发的我的客户的担忧。”

“你想得倒是够快。”

索菲亚不相信卡姆的语气，他表情夸张地看着手表，说：“在决议向世界宣告你的死讯后，你只停了三秒，就开始陈述哪些人要作为例外。但是只有以即时新闻的形式发布，才能让所有人都以为你死了。”

“你疲倦的时候真是傲慢自大。”她说这话的语气虽然依旧温和，但是她束紧睡衣腰带的动作却透露出愤怒，“五个例外不可能让伪装破败的。”

“这五个，还要加上大部分DCI的工作人员。”他反击道。

他已经累得支撑不住了，他闭了一会眼睛，但是她更了解他，所以她不相信，他在返回会议室之前会补充身体所急需的睡眠。

“知道真相的人越多，万斯知道你还活着的风险就越大。”

“别只会摇头拒绝了，这样行得通的。而且你刚才还说，你也考虑过。”

这时候他的眼睛猛地睁开了，那画面中有某种东西，打断了她的话头。

“因为让全世界以为你死了，是保证你安全的最好办法。”他话语中的坚定语气，他目光中的炽烈情绪，让她体内的一切都安静下来。

曾经有一段时间，只需要他的一个眼神，就能让她的心跳减慢。他们在一起的短短时间，就让她像是变了一个人，而她当时甚至都快认不出自己了。短短十二天的时间里，他在她心中所引发的情感回应，就已经那样激烈。令人恐惧。因为事情已经过去，所以现在她能够看清，当初那些不熟悉的情感，是怎样影响她做出了终止关系的决定。

原因并不在于，卡姆同她之前所交往过的任何男人都完全不同。而在于，他所引发的不受控制的感情陷落。她已经相当确信，这种陷落是单方面的。对于一个几乎大半辈子都在做安全选择的女人来说，她这种失控令人惊骇。

接着，梅森·万斯从她所描绘的罪犯简况中走了出来，进入了她的生活。而且她已经体会到了真正的恐惧的定义。

她无法再多面对他的目光，于是便看向别处。

“被万斯囚禁的那段时间里，我感觉无助极了，无能为力，完全要依靠他大发慈悲才能存活。唯一能让我保持清醒的原因就是，找机会逃跑，试着以智取胜。而现在，在你的公寓中苟且偷生，让米琪或其他某个探员陪在我身边……这让我再次体会到毫无防备的感受。就像他的力量仍笼罩在我上方一般。我憎恶那种感觉，我憎恶它。”她的拳头紧紧握在身旁，紧到指甲都嵌进了手掌，“或许你们会迅速抓住这第二名不明嫌疑人，就像抓住万斯一样迅速。或者他现在就在离开州境，因为他以为昨晚的行动成功了。但我不能就这么浑浑噩噩地度过一天又一天，万事不知，不能按自己的意愿采取任何积极的行动。”

“你需要时间疗伤。”卡姆才刚开口，但看到她投来的目光，就又打住了话头。

“我能获得治愈的方法就是，搭把手将那个浑蛋绳之以法。”那语声中的激愤甚至连她自己也吓了一跳，“被排除在调查队伍之外，只能在局外旁观，这就像是又被锁进了那间牢室。虽然换了环境，但依然是处于被监禁状态。你应该明白我的感受。之前你在同创伤后精神障碍作斗争时，你也痛恨被工作排除在外。”

他以察觉不出的幅度退缩了一下，而她则觉得这种翻旧账的做法显得有些卑鄙，于是觉得有些羞愧。

“对不起，”她说着俯身抓住他的手，“我不该提起那事。”

他的手指蜷在她手掌中，被握得很紧。

“我只是想让你免受些痛苦。”他话语中所透露出的不加掩饰的情感，戳到了她心里最深处，“也许你是没遭受到和其他受害者一样的命运，但是你毕竟受过伤。如果你想恨我，那就尽管恨吧，但我会尽一切可能，说服玛丽亚打消这个念头。”

“我永远不会恨你。”他目光中的灼热让她的舌头颤抖起来，“我们的目标其实是一样的。万斯和他的同谋坐过多年的牢。所以我们要协调一致，你和我。我会向玛丽亚说明我的情况，但是如果你说服她改变了主意，那我也愿意大度地接受兼职咨询师的角色。”她设法将话题围绕着这里展开，“不然的话，你只能欢迎我归队，用……”

她在寻找合适的字眼。

“用我一贯的霸道魅力？”

听到从他嘴里冒出来她曾用来描述他的词，她嘴角浮出一抹笑意。

“我准备说用同样大度的姿态，不过霸道魅力也行。说定了吗？”

她的手被他握住，作为回应。

“我会动用我所有的力量，保证要你认输。”他一本正经地说道。

出于某种原因，他的这番话让她感觉像是比之前的几天都放松了些。

“我知道。我的愿望也一样。”

桑尼不耐烦地等在一座车辙累累的停车场后面，他只有几粒止痛片来应对腿部伤口所泛起的一阵阵痛苦。每隔一段时间，都会有一声轻轻的痛苦呻吟从他紧咬的牙缝里钻出来。真他妈疼死了！他真希望自己把那女人公寓里的警察干掉了。他还希望自己当时拧断了那小孩的脖子。那样的话，那开枪击中他的警察，就会因为把局面搞得这么失控而遭到惩罚。桑尼当时没想到要处决人质，而且他就像个蠢猪，把那孩子放得也太早了些。

他已经摘了帽子、脱了连帽衫和手套，然后把T恤衫翻了个面，试图擦掉他脸上沾的钱宁的血。疼痛从他腿上的伤口里渗出来。逃脱之后，他把车子开进一条小巷，去偷取别的车牌时，可能把伤口弄得更严重了。但是如果那警察都逼近到能射中他的程度了，那他很可能也看清了他的车牌照。桑尼可以等到家后再更换一遍车牌，但首先他必须接受治疗。他有更好的门道，不用带着这解释不清的枪伤去找医院。所以他才坐在这幢表皮斑驳的单层混凝土建筑背后，等待那个他鄙视了差不多二十年的男人。

太阳已经升起来了，差不多过了两个小时之后，才有一辆中型轿车开进停车场，停在那幢建筑的后门附近。那车擦得锃亮，但还是掩饰不住车门上的擦痕和凹痕，以及后轮罩上的锈迹。司机从方向盘后爬下车，看得出来他也有一把年纪了。他瘦削的肩膀已经开始下垂，脑袋后面的头发秃了，即便是在远处也看得出来。桑尼等待那人走进房子，才发动车子，倒到那车停靠的位置旁边。

他悄无声息地钻进那建筑的后门，每走一步都忍受着极大的痛苦。那男人此刻正蜷缩在一台旧电脑前，目光死盯着屏幕。

“让我来猜猜看，儿童色情片？”

那男人猛地转过身，手忙脚乱地摸索键盘，终于找到正确的按键，关掉了屏幕。但是桑尼还是看到了几眼，他的猜测是对的。

他恶心得要死，狠狠说道：“还是个变态啊，戴维斯？你还会把小男孩带来你的诊所，借口说给他们看小动物，接着，用事实证明你才是这里真正的禽兽吧？”

戴维斯站起身，迅速扫一眼四周，像是想要寻求帮助。

“我早就告诉过你，不要再来这里。”

桑尼忍住痛锁上门，往屋子里又走了几步，最后才停下来。

“根据我的回忆，你才是唯一会在这间屋子里‘来一发’的人。”

那人脸红了。

“我的员工们很快就要到了。你想干什么？”

作为回答，桑尼放开用来按压伤口的克里奈克斯牌纸巾，那纸巾已经吸满了血水，皱成一团。他转过身给那人看，说：“你得把这颗子弹取出来。”

戴维斯惊恐地张大嘴巴：“你疯了吗？”他嘶嘶吸着气，“我才不会为了你而去冒丢掉行医执照的风险。滚去该死的医院吧。”

“看到枪伤，他们必然汇报。”桑尼一瘸一拐地小心走到那扇通往诊所前部的门边。他把那扇门也锁了起来。“你会帮我取的，因为如果你拒绝，我会直接去找你的妻子，告诉她，说她的丈夫喜欢操小男孩，我猜她已经起疑心了吧。然后我会把这事也告诉警察。到时候你要担心的就不只是丢执照了。”

那年长些的男人面色煞白。

“我已经停止那种行为了。”他声音中的哭腔刮擦着桑尼的神经，“只干过几次就停了，你知道我停了。而且我为此已经补偿过你了。几个月前，我把你要找的药给了你。你这样一而再再而三，这不公平。”

桑尼掏枪的动作如此之快，那男人吓得立刻朝后退去，想拉开他们之间的距离。

“你对我做了那些事，别想和我说公平。现在赶紧去拿你需要的工具。如果你能加快速度，也许我能赶在你的员工上班之前就离开。”

戴维斯听到这句提醒，整个身体都打起颤来：“不能只怪我。你的母亲……”

桑尼气得涨红了眼。他的脑海里一片模糊，他又回到了六岁，蜷缩在衣柜里，试图欺骗自己，相信那几乎不可能成真的希望，而那恶心得要吐的男人走进了他的卧室，走进那间只剩下他一个人的屋子。

“妈妈死了。她是个怪物，你也是。”桑尼用一只手摸索着解开裤子，扒到脚上。

“而且你要保证，在你取子弹的过程中，我不会感受到一丝痛苦，否则你就和她一样去死吧。”

卡姆向赶来参加这次匆匆组织的简报会的队员们简要介绍完昨

晚发生的事情，最后说道：“弗兰克斯探员肯定，他让那位不明嫌疑人在逃亡过程中受了伤，所以得梅因警察局的警官们此刻正在搜查当地医院和诊所，确认过去几个小时内有没有身负枪伤的人来就诊。犯罪现场调查人员找到了一些血样，有可能是那位嫌疑人滴在他停车的地方的。”卡姆不由自主地望向弗兰克斯一贯所坐的位置。那里是空的，这提醒了他昨晚发生的事情让他们遭受了怎样的损失。博格斯住院了，他和弗兰克斯都被放了带薪行政假，一直要等到内部面谈委员会确定他们在与那位不明嫌疑人所发生的枪战中，没有失当行为才能复职。卡姆要尽最大努力，确保面谈加速结束。

“弗兰克斯拿到了嫌疑人的车牌号，所以我们就针对罪犯车辆发布了警戒令。”

“但是这个警戒令的有效时间很短。”艾利克斯·比彻姆探员说道，“在绑架范·惠顿之后，他在将她运送到爱荷华州的路上就换了牌照。”

卡姆点头。

“而且那辆用于犯罪的货车很有可能先涂成了蓝色，然后才出现在钱宁的社区，之后又变回了白色。所以这家伙的技巧可能不只是会给车子换牌照。得梅因警察局的警察们此刻也正在排查那个街区，看看是否有人能提供更多细节。帕特里克，你去查看我们在钱宁医生公寓装的安全监控录像中拍下的素材。不过现在我们的行动只是基于一个假设，即跑到钱宁公寓去杀人灭口的家伙，和几个小时之前奸尸的是同一个人。”博格斯和弗兰克斯看到那人时，他一直戴着帽子和夜视镜，但是说不定他在公寓里面的时候，曾经取下过哪一样，甚至两样呢。

他暂停片刻，扫视一眼面前集中的队伍，脑中有个角落隐隐意识到，特派探员冈萨雷斯食言了，她不在会议室。

“河畔目击者中有一位已经明确辨认出了他所看到的那个男人。他确定那人就是特纳探员所描绘的绑架范·惠顿的案犯，也是在将范·惠顿从伊代纳转移至爱荷华过程中被监控摄像头拍下来的那人。显然，这位同谋从那里将范·惠顿转交给了万斯。跟着这个人今天凌晨去刺杀钱宁医生，也是在执行万斯的命令。”

他将为此付出惨痛代价，卡姆在心中发誓，为了他这想要取索菲性命的举动，卡姆一定会让他付出代价。

他低头看看笔记，继续说道：“我们有一个现场调查组已经在浣熊河取证完毕，另一个仍在钱宁公寓。还需要好几个小时才能结束，不过第二个现场将发现大量子弹证据。”

“科宾的最新情况怎样？”队伍中最年轻的探员布罗迪·罗宾斯问道。他调到重案组才只有几个月，在这次调查中，他正在迅速积累经验。

“沙发降低了子弹速度，博格斯当时穿了防弹衣，两样因素都于他有利。”卡姆一方面感恩博格斯的伤情并不太重，但同时也意识到，他的疗伤假可能要比行政假长许多，“一颗子弹卡在了沙发中，另一颗被防弹衣挡住了，但还有一颗击中了他的胳膊。根据伤情，他明天才能出院。我们最大的赌注是刑侦专家将从钱宁的次卧中提取的子弹，以及从嫌犯枪里脱落的死弹弹壳。我已经提出要求，最先调查子弹证据，这样将有可能迅速反转结果。”卡姆看到有几个探员在椅子上坐直了身体，看上去稍稍有所放松。虽然现在就抱乐观态度还为时尚早，但他同样也很急于看到，嫌犯手枪落下的弹壳为他们提供一条线索。

“我们应该长些运气了。”卡姆继续说道。天知道昨天晚上他们根本一点好运都没沾到。

“昨晚发现尸体的孩子们主动上交了手机。他们宣称没有拍任何照片……”一位探员嗤了一声，表示不相信，“不过我把手机交给网络犯罪调查组了，让他们来确定。钱宁邻居家的男孩卡特·哈梅尔还在医院。他并未受伤，我们正在对他的身体进行检查，看看他身上是否留有罪犯的任何DNA信息。”可能性很小，但一丝也不能放过。“特纳正对昨晚的三名目击者进行正式面访，已经根据其中两人的描述完成了不明嫌疑人的素描。”

“这位嫌犯有没有可能去万斯家躲一阵子？”这是塞缪尔斯探员的提问。

卡姆克制住没去看表。冈萨雷斯缺席了这次她曾声明要参加的简报会，他开始为这事感到焦虑。他疯了一般地希望，无论绊住她的原因是什么，最好都不要跟这个案子相关。但他又怀疑其他还能有什么原因。

“自从我们逮捕万斯，并且得到他并非单独作案的证据以来，波尔克县治安官杰克森就一直在监视他的房子。如果这位不明嫌疑人去了那里，就是自投罗网。”

他并不把希望寄托在这个上面，如果是这样就太简单了。而到目前为止，这案子中还没有任何一件事情是轻易就被解决了的。

“不过你可以去阿莱曼镇一趟，跟那里的人聊一聊，把朗达·克劳森的照片给他们看一看，看看是否能弄清楚，公众有没有见过她，她有多大的自由度，能不能到处活动。”这时候他突然想起一事，“把特纳为那位不明嫌疑人画的第一份素描复印件也拿上，如果有可能，也看看万斯的邻居是否认得出他。”

除了昨晚的几件事外，他们还面临一个任务，那就是要将针对万斯的指控做到无懈可击。首先要做的，是弄清楚克劳森与这男人的真正关系，而且万斯与这位同谋必定有个结识地点。

“比彻姆，你来负责警戒令情报热线。罗宾斯，你回钱宁的公寓。等调查小组取证结束后，我需要有人监视她的寓所。”这个任务或许能安排给得梅因警察局去做。他需要每一位探员都能活跃在这个案子的第一线。

这时候那位年轻些的探员突然显出惊愕神色，提问道：“你觉得罪犯会返回那里？”

“好吧，那家伙看上去确实很孤独，需要寻找受害者。”比彻姆慢吞吞地说道，引得会议室响起几声笑声。

这个回答让卡姆胸中也跟着紧张起来，但是他压抑住那种情绪。

“确实如此。我们已经确定了河畔那个曾装过尸体的箱子的信息。是齐格勒转运箱公司的产品，一般是殡仪馆转运没有棺椁的尸体用的。”他转身到身旁桌子上的电脑中调出图片，“还能阻止动物靠近。”

“这具尸体也在杀虫剂中泡过吗？”比彻姆问道。

“等法医有时间做完检查，我们就会知道了。”不过如果真的如此，那就将是另一条明确的线索，证明这具尸体与他们之前发现的其他六名受害者有联系。

卡姆又调出另一组照片，接着说：“这个箱子被架置在这辆平坦的轮床上，所以不明嫌犯能更加轻松地将它从洞穴里推进推出。”下一组照片是他们在那片用于奸尸的空地几码开外发现的洞穴。它就在那群少年躲着看那男人的岩石区的下方，“洞里面的空间刚刚足够容纳这张轮床，深度大约八英尺。”他翻动照片，调出洞内特写，“洞穴后部靠近河的地方，找到一根小骨头。我们很快就会知道，是动物骨头，还是人的。”

下一张照片拍的是洞口旁边的石头堆。

“我们认为这位不明嫌犯从那一片搜集了大小合适的石块，用于堵塞洞口，以免被人看见，同时也起到阻拦野生动物的目的。只要想进入，他就会搬开石块。”

“你认为他以前也用过这个地方？用来藏匿其他受害者？”

塞缪尔斯探员刚刚说出了卡姆最担心的事实。

他让自己的回答保持中立：“目前还说不准。除了他需要立即寻找医生处理伤口之外，我们对这位罪犯知道的还不够多，不足以判定他曾做过什么，以及可能会做什么。鉴于这具尸体进行过防腐处理，它甚至有可能根本不是受害者。也许那家伙只是在练习，也许他正处于堕落的过程中，出于自己扭曲的性变态心理，偷了一具尸体。我们必须考虑到每一种可能性，随时向我汇报进展。除非发生重大情况，否则明天同一时间我们继续在这里开会。”

卡姆整理好东西，朝大门走去，早前同索菲达成的协议此刻在他耳边回响。他需要去见见特派探员指挥官冈萨雷斯，竭尽所能阻止那女人批准索菲的计划。他理应赶在索菲给指挥官打电话之前，就先一步行动。他已经输了一步了，没能将索菲排除在调查之外。他将竭尽全力，让她只提供远程咨询。

他正沿着走廊往前走的时候，听到身后有人在叫他的名字。他回头发现是马克·科勒正慢慢向他走来。这位网络犯罪部的探员身形瘦长，行动迟缓，卡姆之前从未见过他除了缓步行走之外的其他步态。而与此形成对比的是，他的思维却总是以一马赫①的速度运转。

---

① 航空速度单位，用飞行速度除以音速得到。

“希望你的消息比你参加周六赛车比赛的运气要好些。”

那人走到卡姆面前，摸摸后颈，那上面有一块足够叫人龇牙咧嘴的晒伤，他之前就告诉过卡姆，是上周末在牛顿市的跑道上晒伤的。卡姆虽然不是赛车爱好者，但他很好理解，那活动为什么对科勒有吸引力。赛车的速度一定能同他思维的速度相抗衡。

“我想，那得看你希望得到怎样的结果了。”马克·科勒在他身边停下脚步，“你拿过来的那三部手机，如果想得到更详细的分析结果，至少还得等个一两天。不过我可以肯定地告诉你，手机主人告诉你说没拍任何照片，其中有一个人说谎了。”

卡姆骂了一句，显然有违专业身份。科勒摇摇头表示赞同。

在浣熊河目睹犯罪场景的那几个孩子，全都信誓旦旦地表示当时没有拍照，当他们三人全都主动上交手机作为证据时，他还希望那是他们说实话的证明。如果那照片已被广泛传播开去，那么他们就将面临一场公关恶战。

“哪一个？”

“三星盖世S4。机主是那个叫帕尔斯的男孩。这些孩子们的手机怎么都比我的款式新呢？”那探员一副愤愤不平的语气。

卡姆并不感到同情。

“因为你的妻子严格限制你用来购买无用的技术玩意儿的预算？”

这句话引得马克·科勒立刻咧嘴笑了：“我的朋友，技术没有无用这一说，不过你的答案我能接受。不管怎么说，那个小家伙在你描述的那段时间内，打开了‘快拍[①]’应用。拍了一段十秒钟的视频，文件并没有存储在他的手机中，不过我能恢复。考虑到是夜间

---

① “快拍”应用即 Snapshot，该应用的设定是“阅后即焚”。

拍摄，效果已经相当清晰，内容很恶心。我现在还不能告诉你他把视频发送给了谁，也不能确定接受者是不是多人。那两个问题我可能要到明天下午晚些时候才能弄清楚。”

卡姆的胸中烧过一阵怒火。这份工作中是会碰到谎言，但是具体到这一次，这个谎言将可能引发他们同媒体的一场恶战。这样一来，他对那个含糊其辞的帕尔斯一点仁慈心理都没有了。

“跟我说说这个应用是怎么回事。你刚说文件没留在他的相册中，意思是说他发送后就删掉了吗？”

“有可能，或者他也可能没能保存成功。快拍允许用户为信息接受者设置阅读时限。大概是一至十秒不等。接着信息就可能会消失。”

卡姆开始感到，不安的感觉像是一颗钝重的长钉，在猛力往他的左太阳穴里钻。

“可能？”

“好吧……”科勒再次小心翼翼地揉了揉后颈，“总会碰到故障嘛。照片或视频按预定设置消失后，要想恢复需要动用一点小技术。如果接受者没有打开快拍文件，那文件在快拍应用服务器上会保留三十天。接受者也可以使用一些工具，在不通知发送者的情况下，将接受到的快拍文件保存下来。”

后果很明确。

“所以帕尔斯发送的视频的接受者中，任何人都可能将其存储下来，然后在不通知帕尔斯的情况下，转发给他们自己的观众。”

“相当正确。”

“谢谢。抓紧时间处理手机。如果再有要求，我会告诉你。”

“没问题。”

卡姆盯着男人远去的身影看了一会儿，他的大脑正在高速运转，思维的齿轮不停转动。与冈萨雷斯碰头的重要性似乎比以往更甚，她听到这个消息可不会高兴。卡姆突然想到，上一次她将索菲做出的罪犯简况描述发布给公众后，他在就媒体问题与她争论时是落了下风的。卡姆确信，正是那一举动将万斯的注意力吸引到了索菲身上，并导致她被绑。

他转了个圈，掏出手机，在前往面访室的路上，他给珍娜打了个电话。

珍娜接通后，他没浪费时间，直接说道："帕尔斯和亚当姆斯的法庭取证素描完成多少了？"

"现在正要搞定斯宾塞的了。他的表现棒极了，你会对正在合成的素描的样子感兴趣的。"

她的回答意味深长，但现在他对帕尔斯只有一个想法。

"我就来。让他别走。"

"遵命。我们在四号面访室。"

他将手机放进口袋，加大步子。帕尔斯在发送那些照片的那一刻，实际上就已经剥夺了政府的选择权了，有关于昨晚信息在公众中的传播，他们已经别无选择。卡姆知道，在见到冈萨雷斯之前，他最好弄清楚，那些照片有可能造成的最坏的影响。

他的情绪低落下去。科勒或许热爱技术的全部新发展，但有时候，那些新发展却只会给人带来巨大痛苦。

卡姆在四号面访室门口放慢脚步，敷衍地敲了一下门，然后就走了进去。他在那房间里注意到的第一个人是杰森·德鲁，IPI家居用品公司的法律顾问。这位律师身穿的西装，卡姆估计价格会比他衣柜中所有衣服价值的总和还要贵。这人昨晚也去了犯罪现场。帕尔斯老爹显然是非常繁忙，儿子被一个恋尸癖举着枪追赶这种小事他根本没时间照料。若是在平时，意识到这一点，他总会感到一股感同身受的刺痛感。然而现在，面对着那个正从座位上扭过头来看进门的人是谁的孩子，他却没有丝毫的同情。

他朝珍娜投去一个质问的眼神，原本坐在斯宾塞身旁的珍娜这时已经站起身，手里拿着一页纸朝他走来。

“都完成了，斯宾塞是个老手。”她将合成的素描递给卡姆，卡姆看了一眼，一股熟悉感击中了他。

素描中的人物同珍娜之前与伊代纳那位目击者合作所绘的那幅，也就是卡姆昨晚给乔纳看的那幅相比，有一些重大区别。这人没戴帽子，暗色的头发也短一些。这一次人物面部的细节排列起来并不让人感觉悦目，而是怒气冲冲地扭曲成一团。然而，鼻子是一样的，还有稍稍有些收窄的下颌，以及被索菲称为“看起来很敏感”的嘴巴也一样。

卡姆仔细研究过片刻之后，将素描交还给珍娜，小心翼翼地控制住表情，不流露出任何情绪。

接着他绕到桌子对面，对那律师点点头：“德鲁先生，斯宾塞，感谢你们二位的前来。”

德鲁特意看一眼手表，说：“斯宾塞的合作态度一直相当好，不过他得回学校了，我想我应该可以带他走了吧？”

“稍等片刻，我还有两个后续问题，可以吗，斯宾塞？”

看到卡姆将注意力转到他身上后，那孩子稍微动了一下，不过他没看律师就耸耸肩说：“当然。我想可以。”

卡姆拉开德鲁身边的椅子，坐在那男孩对面。

“我们还拿着你的手机，不过我正在努力尽快把它还给你。”他以自己根本察觉不出的幅度，露出一个微笑，“我想现在的小孩子，没了手机一定感觉很茫然吧，哪怕只是暂别几日。”

男孩又耸耸肩。

“我可以再换回旧手机用。”

“那就好。很高兴我们不会给你造成不便。如果你能告诉我，昨天晚上在跑回你的车子之前，你用那手机做过些什么，我应该可以更快地把手机还给你。”

这句话让那孩子猛地抬起头，他眼神中露出惭愧的神色。

德鲁的声音很克制：“你是在控诉我的委托人有罪吗，普雷斯科特探员？”

“我说话疏忽了。”卡姆说着话，并不看那律师一眼，眼神依旧集中在斯宾塞身上，“我想请问，你在看到那个男人的时候，是否用过手机？你之前说没用，但经过我们取证却不是这样。你拍了一个短片，你用了快拍应用将视频发送出去了。我还得知，视频清晰度很高。”

帕尔斯脸上流露出不相信的神色，脱口说道：“你不可能从快拍上追踪到任何东西！图像阅后即焚。”

“斯宾塞！”律师声如洪钟，“一个字也不要多说。”

卡姆看向那律师：“他不会受到任何指控，但是他传播了可能与本案相关的误导性信息。我想你应该不希望他继续妨碍我们的调查。”

“他在胡扯，德鲁先生。他们不可能获取任何信息，如果没有——”

“安静。”那男人拍了拍桌子。他的目光一直没离开卡姆，“我要你承诺，他与本案的关系到此为止。包括不得对他提起轻型犯罪或虚假证词的控诉。”

“我答应你。我想要的只是一个答案，这样我才能采取相应的行动。”

律师思考了很长一段时间，然后点点头，将目光转移到斯宾塞身上。

“你把那照片发给谁了？”

那孩子瘫在椅子上，显然是很不满事情的进展。

“我不知道。”

“我们能找出来。”卡姆确保语气中没有流露出任何挫败感，“只需要一两天时间，通过网络调查我们就能追溯到你信息的接收人。如果你现在就告诉我，还能为你赢得一些好感，为你一开始的谎言做些弥补。”

“我是说，我不确定。我的联系人都分了组，我把消息发给一些朋友群了。”

“群里有多少人？”德鲁问道。

“我不……”那孩子快速瞄一眼卡姆，改变了主意，“我只是说，不看到手机数一下的话，我也不能确定。我知道人不多，我猜……大概有三十个？”

卡姆敲响特派探员指挥官紧闭的办公室房门，一股紧迫感控制了他。然而，当看到开门的是重案组副组长保罗·米勒时，他往后退去。

“长官。”他没费太大工夫就想到了，这位副组长为什么会从他DCI总部的办公室，来到探员的前线办公室。越过那男人，他能看到冈萨雷斯正在她的办公室桌后，表情一如既往的难以琢磨。

“我可以晚点再来。”

“不必，进来吧。我们刚刚正好谈起你的案子。”米勒让到一旁，给他指了一个椅子，那手势中隐含着命令的语气。卡姆感觉就像是一只被蜘蛛网捕住的苍蝇，他从那男人身边走过去，坐在面对指挥官办公桌的两把椅子中的一把上。

他并没有妄想症，但是他懂得正常的自保。米勒参与到这次调查中，这让他所有的直觉都开始报警。卡姆之前一直在加利福尼亚参加一个跨部门缉毒小组，就是在那段时间里，重案组的前任副组长遭遇了职业生涯停滞。米勒被任命接替了他的职位，而这人对待公共关系一直有点过于担心，让卡姆很不适应。然而考虑到本案目前的困境，确实有担心的理由。

“有关于博格斯和弗兰克斯的内部调查，需要持续多久？”当米勒重新落座后，他问道。

米勒冲他皱皱眉，说：“你只需要好好关注调查，探员。人事问题我来处理。”

“怀着对您应有的全部敬意，长官，我需要知道，特别小组少两位探员的局面将会持续多久。”

那位副组长与冈萨雷斯交换了一个眼神。

卡姆接着说：“一等数日，或者数周的代价我付不起，我需要全员恢复就位。”

“两位探员已经提交了事件报告，我们可以下午晚些时候就安排弗兰克斯听训。最迟明天早上也会安排。”他耸耸肩。“博格斯将有一阵子无法动弹，所以他可以等等。”

这个时间比卡姆期望的要快一些。但不幸的是，在这个时间点上，没有人能确定博格斯何时能被允许出院复职。

“我刚刚又去见过昨晚性侵犯案的一位目击证人。网络犯罪调查部做了一个初步检查，发现其中一个孩子用他的拍照手机录了一段视频。他将视频发送给了一个朋友群，他预计里面的接受者人数在三十人左右。”

听到这个消息，米勒的脸色明显沉了下来："老天，局势每时每刻都在恶化。”他掏出一块手帕擦擦正在变秃的头顶，“那三十个孩子可能每人又转发了三十个人……有人看过电视吗？这事情可能已经登上今天的早间新闻了。”

“我们需要为昨晚的事件准备一份声明，并发送给媒体，宜早不宜迟。”卡姆意识到冈萨雷斯的尖利视线，于是就抢先说了这话。但是他也不是不在意，如果调查引发了轰动，前方等待他们的将是怎样的噩梦，“与此同时，我已经要求斯宾塞·帕尔斯把群里可能有的人列一个表出来，之后我会要求网络犯罪调查部对那个朋友群做交叉核对。特纳探员可以联系那孩子正在列的名单上的每一个人。如果视频尚未被公之于众，或许我们还可以进行阻止。”珍娜在与特里娜·亚当姆斯合作的素描完成后，就将有时间进行这一任务。他最不想看到的事情就是，昨晚发现的受害者的家人无意间在网上发现那份视频。

米勒点头，说："我想，这应该是我们所能希望的最好结果。我亲自来处理媒体发布事宜。玛丽亚，如果你能出席新闻发布会，我会很感激。”

“如果你想将罪犯素描发布给媒体的话，一个小时之后，我们针对昨晚在河畔见到的那男人所绘的第三份编绘文件就能完成。”

米勒副组长将视线转向卡姆，说："将那些素描件的复印本发给我。你们还需要多长时间才能确定，这个人与昨晚想要刺杀钱宁医生的人是不是同一个人？”

“在我们谈话期间，我已经派了人去查看钱宁家的安保录像。很快就能确定。”

米勒果决地点点头。

“我会尽快安排新闻发布会，不过重点将放在孩子们看到的那男人。不会涉及到试图危及钱宁性命的那位，我想玛丽亚应该已经同你讨论过，她希望让钱宁医生继续为本案提供咨询。她和我都一致同意，钱宁的加入能帮我们将注意力缩小到万斯的同谋身上。”

很显然，在对那一做法的接受度上他们人数占了上风，所以卡姆只能将自己的争论，控制在索菲的参与程度之上。他在椅子上动了动身，希望找个更舒服的坐姿，但是并没找到。

“我可以把本案的全部卷宗都交给钱宁医生查看，”他开始说道，“她需要在一个有监控的环境下参与案件，需要有一名探员全天候看护在她身边，这样才能确保她的安全——”

看到冈萨雷斯和米勒交换了一个意味深长的眼神，他顿住了。

“今天早上离开后，我同钱宁医生又通过话，”玛丽亚说道，“虽然我对她的观点有些保留，但我想那种做法也是有一定价值的。”

“她想要假装死亡。”卡姆加重语气，看向米勒，“这样就需要欺骗公众。”

“如果能保证她的安全，那么这种欺骗也未尝不可。”听到米勒的回答，卡姆的胃里抽紧了，“钱宁医生目前的状况，应该是她被绑以来最安全的。如果万斯和他的同谋以为她死了，那么她就不必再有工作环境的限制，当然我也绝对相信应该继续为她提供保护。有了正确的预防措施，她就可以自由活动，进行面访，参与现场调查。”

米勒猛拉一下裤子，站起身。

“我认为她的提议很合理，能让她更安全。她现在正在起草一份电邮，有关于发布给媒体用的讣告，我们已经达成一致，她的几名家人和朋友应该得知真相。我已经指示特派探员冈萨雷斯同意她的计划了。当然，你的提议有道理，应该派一名探员随时跟在她身边。”

当然。但就连这两个字，卡姆也无法说出口。于是他一言未发，就那么看着米勒向玛丽亚又多做了几条指示，然后离开了办公室。只有在这时候，他才仰靠在椅子上，用双手手掌的鱼际揉压眼睛。

“放轻松。她去世的消息会被无限夸大。”

“具体文字内容就不要给我看了。”

“我们不会大张旗鼓的，”玛丽亚继续说道，“讣告会以最简短的形式发布在报纸上，真相只通知她最近的亲属。希望这样的形式就足够满足任何在跟踪此事的人，让他们确信钱宁真的死了。”

“这种做法完全没有必要。”卡姆无限挫败地吐出这句话，“她在当前的环境下也能提供咨询，在那里有探员守着她，已经够安全了。没有人知道她在哪里。”

“我相信，当她回到调查一线的时候，她对罪犯来说的价值就更低。而且我同意钱宁医生的看法，如果万斯和他的同谋发现她还活着，那我们就失去了一个珍贵的突袭因素。我们可以确保，她不再是攻击目标，而且如果伪装得当的话，她还可以自由活动。一旦这件事情解决好了，我们还会获得公众的支持，而且假讣告不会有任何副作用，因为我们这么做的目的是出于保护，我看不出里面有什么不利之处。”

卡姆看到玛丽亚正耸着肩膀，那姿态奇怪地让他回想起斯宾塞·帕尔斯。他放下双手，目光直视她。

“你看不出不利之处，”他难以置信地学舌，“老天呐，玛丽亚，几天之前是你告诉我说，任命我为调查队长时，你曾有过顾虑。”那次对话的记忆至今还让他心怀耿耿，“我在那个多部门合作的特遣小组里的卧底工作结束后，过了一年才重返工作岗位。”那份工作引发了创伤后应激障碍症，使得他返岗的时间远远长于预期。

那份工作至今仍让他困扰。

“但是你就不觉得，索菲亚·钱宁医生可能也会受伤太深，无法提供咨询吗？毕竟三天之前，她才刚被绑架过，挨过打、受过恐吓，还差点遭到强奸。”他站起身，愤怒已经无法抑制，“试试给我解释解释，来说服我啊。”

透过冈萨雷斯脸上的表情，卡姆想象得出，她正在咬牙切齿。

冈萨雷斯厉声说道：“我不是要把本案的结局压在钱宁医生的身上，不是要把重要证人的健康放在她的手上，她不是这次调查的负责人。你是想说，她几天前的经历降低了她的可信性，她的专业水准？你不相信她在本案中的工作，能为我们带来任何有价值的线索？”

这下轮到卡姆咬牙切齿了。他真正担心的，其实是这件事会导致索菲付出的情感代价，但是如果要说明这一点，可能就会暴露他的担心源自于私人层面，而非同情。但是他不能冒险尝试。

他说话间在办公室里绕了个圈，努力让自己的语气恢复平静。

“我只是在要求你掂量一下这件事可能会让钱宁付出的个人代价。跟她有可能为我们提供的线索相比，这种代价值得吗？”

“她是成年人了。她要对自己的选择负责，而且我也是因为非常敬重她，所以才不再表示怀疑。”虽然玛丽亚语气中的怒意已经消散了些，但还是能听出棱角，“而且我告诉你，我能感觉得到，她不会喜欢你用这种专断式的作风来质疑她的能力。”

这时候，他停下脚步，狠狠地看了她一眼，而她也坚定还击。从理性上来讲，他觉得应该在这个时候放弃。让指挥员认为他是个沙文主义者，总好过让她猜到，他对索菲的担心源自于别的什么事情，一些私密得多的事情。

自从走进她的办公室以来，他已经两战两败。卡姆意识到此时已经没有可斡旋的余地，于是便默默地往门口走去。

“副组长米勒已经同实验室那边的芬顿联系过，你昨晚提出的优先检测子弹证据的要求被批准了。等证据一录入，他们就能开始分析。”

一个小恩惠，但聊胜于无。卡姆清楚，目前为止他们最有利的证据，就是在两个现场搜集到的子弹壳和死弹，越快拿到结果，形势就越有利。他已经下过命令，现场搜集到的子弹壳尽快提交实验室。也许分析很快就会开始。

“啊，对了，普雷斯科特？”

他应声回过头。

玛丽亚的目光中写满精明。

“我希望你刚刚声色并茂地陈述的那番对钱宁的担心，真的是出自于对她能力的怀疑。一旦我开始觉察出，你对钱宁医生的担心，更多是出于她的女性魅力……这个案子目前已经有两名探员放了行政假了。我们负担不起再失去一个。”

她话语中的警告之意已经很明显了，不可能听不出。他太了解冈萨雷斯，以至于无法作答。

卡姆几乎是无声地带上门，实际上愤恨已经在他内心里烧到沸腾了。

第4章

要找到他昨晚看见的那女人，容易程度简直让人觉得荒谬。

桑尼盯着电脑屏幕，他将还在阵阵疼痛的腿搭在一个枕头上，在一张躺椅上伸展开。他找到了，IOSME，即爱荷华州法医办公室。考虑到她昨晚出现在詹妮丝身旁，这就能说通了。想到那死去的女人，他几乎已经感受不到痛苦了。他的注意力现在都留给了新的这位。

露西·贝纳利医生，法医病理专家。露西，他大声念出这个名字，咂摸着。对于这个他感觉早已相识的女人来说，这名字很衬她。IOSME的网站上介绍了办公室成员，还登了一张那女人的照片。虽然其他人在照相机面前都露出了灿烂的微笑，但露西只是双唇微启。恰如其分，桑尼赞同地想到，因为她被交付的是一份严肃的工作。网站第二页告诉他，她是在五年前被政府聘用的，上面列出了她的求学和工作经历。

受伤的腿部传来一阵尖利的疼痛，他小声咒骂着拿起沙发旁桌子上的一瓶止痛片，往手掌里倒出一片，拍进嘴里。戴维斯的活干得很业余，当时他应该一有机会就开枪杀死那杂种的。桑尼当时命令戴维斯为他提供足够的止痛药，以便他度过康复期，而那人急着让他离开，于是便毫无怨言地照做了。

桑尼将注意力转移到他正在搜索的县政府大楼上。在简单的房产交易活动中，业主会省却自己的大量信息。当然了，他还不能确定，露西·贝纳利是否拥有一座房子，但是他希望她有。不仅仅是因为这样更方便他寻找，还因为他觉得，那女人应该会很渴望拥有一套属于自己的房子。她会满怀爱意地打理房子，就像她昨晚照料詹妮丝那般。

几分钟之后，他拿出手机，输入他搜到的地址。加载几分钟后，他发现她的家就在邦迪兰特市郊，在她工作的安克尼东面不到二十英里的地方。他返回电脑，将那地址输入谷歌街景地图。片刻之后他的屏幕上就出现了一座整洁的老式两层楼，周围绿荫笼罩，背后是一幢有两个车位的独立车库。

有时候你真的不得不爱死互联网了。

桑尼玩味着将那个场景放大缩小，从不同角度来欣赏那座房子。不过那建筑并不漂亮，而且对独居的人来说显得过大。

他在浏览器上打开一个新的窗口，准备梳理公共数据库，看看有没有列出露西·亚娜哈·贝纳利的结婚信息。没找到，于是他靠回枕头笑了。

这让他觉得，能这么轻松就找到露西，显然只可能有一个原因。

他们命中注定是要在一起的。

“你说得对。”卡姆凑近些，越过塞缪尔斯探员的肩膀，仔细观察电脑屏幕上做过画质增强处理的影像，然后低头再次打量他手中所拿的合成素描，“是同一个家伙。没有太多疑问。”

“幸好你在所有房间都安了摄像头。这是他唯一摘过夜视镜的地方，”那探员说着从屏幕上移开视线，看一眼素描，然后又返回屏幕，“他看上去像是有……五英尺十英寸，一百六十磅？”

卡姆沉默片刻，推断屏幕上人物的身高和体重信息。

“我想差不多。那样就与弗兰克斯和博格斯的描述很接近，跟那群孩子们说的也近似。”

约翰·塞缪尔斯抬头望向卡姆：“要把这家伙的面貌向媒体发布吗？”

“新闻发布会两小时前就开过，这份素描当时就已经公布了。”

但是卡姆将向指挥官汇报，他们的身份核查得到了肯定结果。从伊代纳绑架上一位受害者的人和昨晚上被发现袭击尸体的，是同一个人。之后这人又试图谋杀索菲·钱宁。

他掏出手机给指挥官发送短信。

“把安保录像讯息备个份，然后送回总部。”

“先保证钱宁公寓的安全？”

“罗宾斯已经在负责这事了。”之前他们故意保留了万斯第一次入侵时所制造的安保系统缺口，以及他在门禁中设置的漏洞，目的就是为了让罪犯再次进入。“你可以去支援比彻姆，处理情报热线。今天上午，警戒令还没有带来任何消息，但是素描发布后，可能会有电话打进来。”

热线电话可能会收集到宝贵线索，但他们为此也要付出大量的努力。打进来的每一个电话都要进行评估，看是否有可能提供帮助，然后确定优先处理等级。接下来，最有可能突破的线索会优先调查。需要的人力并不多，但是卡姆从未忘记，他已经损失了两名探员。

“卡姆，你说过要监视的那户邻居，刚刚把车子开回她家车道。”刑侦专家奥布里·哈特利在门口侧过身，好让她怀孕的肚子能穿过门。她和其他一些同事正在收拾装备，准备返回实验室。另一位重点搜集公寓四处嵌着的子弹的专家则会留下来，完成任务。

他与奥布里错身时，给她腾了很大的一块地方，这动作引得那女探员瞪了他一眼："我肚子又没有那么大，故作聪明。你想看看我这个孕妇脚步能有多快吗，你就自以为是吧。"

他冲她咧了咧嘴："预产期还有多久？"

"七周。"奥布里用一只手垫在后腰上，他没有错过那个细微的动作。

"芬顿在这段时间里会将你安排在实验室工作的。"他知道那实验室主任不会拒绝这个想法。

"就让这些笨蛋独享这点乐趣？"奥布里用大拇指朝她的同事们指指，"我告诉过我丈夫，再过一两个星期，我就要生。要是再多等几周，估计就算我能蹲下来，恐怕也很难站起来。我希望到那个时候……"她的声音逐渐降低，但是卡姆完全明白她在想什么。到那个时候，这次调查就彻底结束了。万斯和他的同谋将双双入狱，被关在一间铁笼子里，以保证他们再也出不来。

"我也希望如此。"

他走出公寓大门，小跑到索菲的朋友兼邻居莉维·哈梅尔的住处。当那位红发女士满脸疲惫地打开门看到是他后，她的表情可算不上友善。

她静默无声地为他打开门。卡姆走进去，她将门带上，确切来说是锁上。

"我和索菲亚谈过了。除非你承诺说服她放弃这疯狂的想法，不然你别想走。假装死亡？再次一头扎进这个案子？我简直难以置信，你竟然会允许她那么做。她昨晚上搞不好就被杀了。卡特也是。"她的眼眶中涌出泪水，“那男人抓住了卡特，伤了他，还可能造成更严重的后果。你们这群该死的，最好做些什么，把他抓起来。你们为什么不出去抓他？”

她说到这里停住言语埋下脸去，但是他已经看到了，泪水从她脸颊上流淌下来。卡姆不自然地动了动。当看到女人哭泣时，他总会表现出男人天生就有的手足无措的样子。

“整个区的人都在找他。我们几个小时前刚在新闻发布会上公布了一份罪犯面貌素描。诱导那位谋杀犯以为他的行动成功了，索菲会更安全。”重复索菲和玛丽亚的论点让他心痛，但那说法中也有一定的真实性，“她给你打电话了？”

莉维用T恤衫的袖子擦干眼泪，无声地点点头。

“把你手机中存的她的号码删掉，或是换个联系人名称。”他命令道，“删除之前与她的所有聊天记录，不管是短信还是电话。跟你们另外的那位朋友，住在街那头的凯莉也说说，让她也照做。这样所有人都会更安全。”

“更安全？”最后她重复一遍这个词，有那么一刻，卡姆以为她又会崩溃哭泣，“过去的二十四小时里可没有什么安全可言。如果那人再回来找卡特呢？卡特是没看清那人的长相，但是那家伙并不知道啊。如果——”

卡姆有意识地让语气柔和下来，说道：“他没理由再回来。但是为了让你安心，你和卡特应该去别处待一阵子。只要等到我们解决掉这家伙就可以回来。”

莉维看上去有些犹豫：“索菲亚还在危险中，我不能就这样离开。”

“她没事。”至少不会有莉维所说的那种危险，“她有人保护，但是你离开这个环境，感觉会好一些。那份假的讣告已经登报了，而且考虑到你离索菲的住所很近，可能会有难缠的狗仔队想找你探听消息。”

她退后一步，脸上露出惊恐表情。

“哦，上帝啊，卡特会听说那消息的。他会以为……”

卡姆严肃地点点头。索菲的这个计划将引发的后果，远远超出她的想象。

“最好是让他完全不知情。你有什么地方可以带他去吗？”

莉维咬咬下嘴唇。

“我妈住在密苏里州的布兰森。开车要走一阵子，不过我们可以在那边待一段时间。如果有必要的话，等我回来工作后，可以让卡特在她那里住长些。我妈本来准备过来照顾他的，不过……”

“这计划听上去可行。你介意我和他谈谈吗？”看到她脸上不确定的神色，卡姆安慰她说，“我只想再问他几个问题。”

“他已经回答了许多问题了。那孩子精疲力尽，不过我敢肯定，这次骚动让他比以往都更加兴奋。”她做了个苦脸，“不管你做什么，别怂恿他。现在他觉得自己是个超级英雄。我就等着噩梦开始吧。”

卡姆跟着她穿过客厅，走进后面的一间小日光室。卡特被安置在里面的一张沙发上，眼睛盯着一台掌上视频设备。

“嘿，哥们。”卡姆在那男孩身边坐下，等他注意力从游戏中转移到他身上来。

“妈妈说钱宁医生昨晚没受伤。”男孩将游戏机放在膝盖上，用亮蓝色的眸子看着他，“她说钱宁医生根本不在家。”

卡姆看一眼靠在门框上没出声的莉维，回答道 :“好吧，你妈妈说对了。不过你当时并不知道，对吧？”

男孩摇摇头，说：“当时那个人叫我回屋去，我以为他和那个坏家伙是一伙的，要伤害钱宁医生。但是他不是，对吗？”

“对，那是和我一起工作的另一位探员。你的行为真的很勇敢，但是也有点蛮干。你明白这两者之间的区别吗？”

卡特耸耸肩说道：“就是说我失去了我的气枪。”

“好吧，那也算。”卡姆忍住笑，“你做的事，大部分你这个年纪的孩子都不敢做，这很勇敢。但是七岁这个年纪对于抓捕坏人来说，还太小。你必须等到长大了才能那样做。”他停了片刻，然后又说，“你看到那个家伙的脸了吗？”

卡特使劲摇头：“他戴了个帽子，眼睛上也戴了什么东西。我甚至都没看出来，那个探员真的是好人，因为他撵我们的时候，天太黑了。”

和弗兰克斯的报告里说的一模一样，所以卡姆也没想过会得到什么不一样的答案。

“你试图帮忙，这一点很重要。我还有一件事需要你帮忙。你想帮助钱宁医生对吧？”他看到莉维警惕地站直身体。

“她为什么需要帮助呢？妈妈说她没受伤。”男孩的眼睛布满担忧。

“她没受伤。但是我们必须对昨晚发生的事情保持沉默。我们需要你把看到的东西保密。你知道什么是保密吗？”

男孩看上去显然对这个话题缺乏兴趣。

“我只会告诉扎克，甚至不会告诉莱德，因为他什么事情都喜欢到处乱说。不过别的人我一个都不说，我发誓。”

卡姆严肃地摇摇头，说：“保密不是这样的。当我在查一个案子的时候，有许多事情都不能说出去。因为如果走漏了风声，坏人就要溜了。我知道这很难，但是你不能告诉扎克、莱德，或是其他的任何人，甚至他们问起来你也不能说。”

莉维越快把这孩子带出州境，可能会越好。无法预知会有多少新闻机构发现那份假的讣告，然后，当他们发现以后，他们过多久时间才能拼凑出昨晚发生的事实。希望记者们不会一路追着这孩子跑到密苏里州去，但是那并不意味着，卡特就不能和朋友联系。

“甚至连爸爸也不能讲吗？”

“只能告诉妈妈和爸爸。”卡姆回答道。他看着男孩的表情，“我们成交吗？到我抓住那个坏蛋之前，一直保密好吗？”

“好的。”卡特的语气中写满顺从，接着他又拿起游戏机，“但是我希望你能快点抓住他。我真的很不擅长保密。”

“说得很对。”莉维小声说着让开道，好让卡姆出门，“再过一个小时，我们就能上路了。在出发之前，我会确保他不会有任何机会说出去。而且我敢肯定，他爸爸也会明白保密的必要性。”

“那样最好。”卡姆放慢脚步，好让莉维能跟上他，两人声音压得很低，“再过两个小时，这片街区会议论纷纷，会有人打电话来，要你就索菲的死讯说些什么。你们上路后，最好也屏蔽这些电话。等到了你母亲家里，想好怎么应付了，然后再和你其他的朋友一样，假装悲伤的样子。”

“我会尽力的。”她用那双几乎和她儿子一样的眼睛看了他一眼，“你只需要履行你的职责。保证我朋友的安全。”

“相信我——索菲的安危是我的首要任务。”

卡姆把办公室门大敞着，然后走进去站在离门口不远的地方。

“你在这里做什么？钱宁医生呢？”

米琪·洛林探员转过身，对卡姆说："或许你还没读到讣告。索菲亚·钱宁医生昨晚去世了。详细信息将在给家人的通知书中说明。我想让你见见代替她的咨询师，莫娜·基尔比医生。"她说着让到一边。

这时候卡姆才看到之前一直待在她身后的一个矮一些的女人。他眨眨眼。

粉底遮盖了她脸上的擦伤，但是也让她的肤色看起来暗了好几度。她穿一套简洁的深蓝色轻便短上衣，裤子也是配套的蓝色简洁款。看上去非常实用化，完全不像索菲平素喜欢的粉色套装、裙子，高度惊人的高跟鞋什么的。不过，让他呆住的是头发。那是一种低调的棕色，直直的，长度刚刚到她的肩膀，额前有刘海。他突然无法解释地颤抖起来。

"你剪头发了。"

那话并不是指责，不过两个女人听到后交换了一个心照不宣的眼神。

"放轻松，是假发。其实是我的，所以请不要下判断。"米琪快速瞄了索菲一眼，"我得说，几个小时的时间，能改变到这种程度，已经不错了。变装完毕后，我们去了一家验光中心，定做了一副棕色的隐形眼镜。过个一两天，我们就能把她瞳孔的颜色也换了。我想这样应该足以糊弄所有人了吧，他们要找的是一个蓝眼睛的金发女人。"

"而且还有一个额外的好处，这样就能允许我重新回到调查队伍。"

听到索菲的声音从另外一个女人身上发出，着实让他震惊。她们还用口红做了些改变，让她平素丰满的嘴唇看起来薄了一些，虽然下嘴唇上的皴裂和浮肿依然很明显。卡姆快速扫视一眼后，他注意到，她们甚至没忘给她的双手也用了暗色的粉底。

“不错。”卡姆勉强承认。虽然他还是更倾向于，她安安全全地待在他的公寓里提供帮助，但也必须承认，这两个女人的伪装足够通过平常人眼光的审视。

“在普雷斯科特的话术体系中，‘不错’就等于‘绝赞’。”洛林在索菲的身旁说道。

“我熟悉他的说话方式。”索菲不露声色地回答道，“他是说言不由衷的恭维话的大师。”

“如果没人专门寻找破绽的话，粗略看一眼，你还是能过关的。”卡姆大步越过两人，收拾好办公桌上散落的卷宗文件，“但是如果有人起了疑心，比如某个在监视我们行动的人，他们不会上当太久的。”

他从卷宗中拿出齐格勒转运箱和轮床的照片，递给洛林，“既然你自由了，那我想让你去联系波尔克县以及周边县市的殡仪馆，询问是否有哪一家在去年或什么时候，遭遇过这些物品被盗。我刚接到实验室的电话，这架轮床被查明是一种单人操作的轮床，是殡仪馆和验尸官往汽车上装卸尸体用的。如果你打算从殡仪馆入手，可以先咨询县法医和验尸官。”他合上文件夹，绕过办公桌，“如果没有结果，我们就需要查一下当地提供这两种产品的公司。”

洛林看上去显然对这个任务没有热情。

“他要是聪明的话，可能直接从网上订这些东西。”

“希望他不是。”在没有传票的情况下，要想取得基于网络运营的公司的合作，请他们提交顾客名单，难度要远远大于他刚刚交给这位探员的任务。

“我查了犯罪记录，没发现本州内有任何尸体遭窃的事情发生，无论是殡仪馆，还是公墓都没有。所以我们需要考虑到这样一个事实，即罪犯对本地区很了解。我已经派罗宾斯给殡仪馆打电话，调查过去十五年内他们曾雇佣过的职员名单。”

“行，我去查。需要我返回保护岗位，你再叫我。”米琪冲索菲挥挥手，打开门正准备往外走时，却差一点撞上正端着两杯热气腾腾的咖啡的珍娜。

“哇哦。”珍娜匆忙向后闪避，“差一点就受工伤了啊。我可不希望我的咖啡遭到这样的下场。”

“抱歉，”高个子的米琪为珍娜把着门，“需要我帮你搭把手吗？”

“谢谢，我能行。不过我没想到卡姆有客人。”珍娜刚进门就停下脚步，“我要不要晚点再过来？”

“先把咖啡放下。不介意我给我的客人拿一杯吧？”

珍娜咧嘴笑道：“我把你的给她好了。嘿，索菲亚。喜欢你的新造型。”

卡姆瞥一眼索菲亚，注意到她神情一下子沮丧了。

“她可是位合成素描画家。想骗到她可就难了。”不过他也非常希望，索菲的伪装在其他人面前效果会更好，珍娜·特纳探员的角色要求她能看出真相。

“我就当你这话是在赞美我了。”索菲回答道，“不过谢谢了，咖啡我就不喝了。我过去几天摄入的咖啡因数量大到让我自己震惊。”

卡姆从珍娜手中接过咖啡，说道：“你同帕尔斯和亚当姆斯合作完毕了，没把他们哪个掐死吗？”

“那女孩还是相当配合。她主动交待，帕尔斯拍了视频。你同那男孩谈过之后，他列出了发送过视频的那个群里可能会包括的将近四十个人的名字。”珍娜灵巧地将夹在一只手臂下的文件夹换到手上，然后轻轻一挥，“名字都在这里。还有你那位不明嫌疑人的素描。想瞅一眼吗？”

卡姆抿一口咖啡，喝第一口时稍稍皱了皱眉。如果说总部大楼里有某个人能泡出像样的咖啡的话，那不管是谁，他可能早就设法把那份天赋隐藏起来了。

“让我来看看，我们收获了怎样的结果。”

珍娜把文件夹递过去。当他翻开，露出里面的三份素描时，索菲凑近了些。其中一份是珍娜在柯特妮·范·惠顿被绑架后，根据明尼苏达州伊代纳那位目击者的描述所绘的。卡姆认出第二份是她同帕尔斯合作完成的。他仔细研究珍娜刚刚根据特里娜·亚当姆斯完成的第三份。目击者的陈述不可信赖，这一点是众所周知的，所以考虑到这样一个事实，这份素描同其他两份的相似性就显得十分惊人了。

万斯的同谋绑走了范·惠顿。昨天晚上他又被人发现，在对一位不明身份的受害者实施侵犯。而且也几乎可以肯定，几个小时之前也正是这个人试图杀死索菲。

“毫无疑问，我们要找的人是同一个。”索菲喃喃道。

卡姆点头：“我们已经将第一份素描公之于众了。新的两幅在下一次媒体发布会时就可以公布。”

珍娜的眼睛睁大了些，卡姆冷酷地笑笑。一般情况下，他总是非常厌恶向公众公布细节信息的。

“我想给这个家伙施加些压力。他完全有理由逃离本地区。他以为自己的任务完成了，而且他知道自己有可能会被昨晚的那几个孩子认出来。我们的时间可能不多。公众现在已经知道他开的是什么车，长什么样子。运气好的话，可能曾经有人见过他，然后会向我们汇报。”

“我把复印件拿给指挥官冈萨雷斯。”

“送过去之后，你可以开始联系帕尔斯列的名单上的那些孩子，给他们留言。不过最好是联系他们的学校，讲明需要学生打电话，汇报他们有可能已被卷入其中一项敏感事件。这样也许能尽快得到他们的回信。”

“遵命。”珍娜对身旁的女士露齿一笑，“你能返回这个案子真好，索菲亚。”

“我很感激每个人的热情欢迎。现在就不需要人保护我了。”她冲卡姆的方向点点头。

“你是在开玩笑吗？普雷斯科特竟然向你表示热烈欢迎。”

“不，普雷斯科特这是在告诉你，让你赶紧去执行你的下一个任务。”卡姆直言不讳。

两个女人笑出声来，这时卡姆的手机发出滴的一声，是有短信进来。他掏出手机，阅读那条简洁的信息，接着肚子剧烈地抽动了一下。

“那莫娜·基尔比医生该做些什么？”索菲问道。

卡姆无奈地顺从了，他将手机放回口袋，收拢文件夹，朝门口走去。

“基尔比医生跟我来。”

“我们要去哪？”

他一直把着门，等两个女人走出去才关上。

“我们要重返犯罪现场。”

当他们走出那片通往浣熊河河堤的树林时，索菲亚迟疑了。当卡姆回过头来，露出质疑神色时，她一言不发地冲他挥挥手，于是他便沿着满是岩石的山坡，下到底下仍然有刑侦专家在忙碌的地方。

虽然她已经为全国范围内一些最可怕的犯罪案件提供过咨询，但实际进入现场的次数却极少。尤其是在尸体刚被发现的几个小时之后。一阵微风吹过，树叶沙沙作响，让那些守卫在树上的哨兵，都停止了有关于几个小时前在这里被发现的事件的八卦。她静静地站在那里，让自身沉浸在那氛围之中。用罪犯的双眼来打量，试着去感受，那位选中这里来实施他那叫人反胃的癖好的男人的感受。

梅森·万斯将家安在了外祖父空置的房屋里，那里离安克尼有将近四十分钟的行程，位于东边的小镇阿莱曼。根据她的GPS导航，这里距离范米特更近，范米特的人口比阿莱曼大概多一千人。到目前为止已经发现的六位受害者，都被埋在得梅因大都市地区周边的乡村公墓中的拱形棺材上。

她接受过寻找罪犯行动模式的训练，而即使那位不明嫌疑人在这片地域上点对点地画出标记，他的模式也不可能像现在这般表现得那样清晰。

他们刚步行穿过的树林，在晚上看起来会黑暗，充满凶险，但现在阳光从浓密的树冠上斜射下来，将光线洒在地上。往下走六英尺是一片面朝河道的草地。这时只有昆虫发出的慵懒的嗡嗡声，河水轻轻拍打堤坝低处的声音划破宁静。如果是在其他时候，这氛围会显得恬静而闲适。

索菲亚敢确信，正是这种与世隔绝的感觉唤来了那位不明嫌疑人。

卡姆和一位身穿泰威克合成纤维服饰的刑侦专家走了一小段距离，走到堤坝的一个缺口处，他蹲下来，往那黑暗的入口里面看。她的目光紧跟着卡姆的脚步。

想起万斯关押受害者施暴的那座隐蔽仓棚，一股寒意顺着她的脊背钻下去。那是他关押她的地方。他们现在正追捕的罪犯可能拥有一套不同的作案方法，但是他选择这处地址是有理由的。那些理由完全取决于他秘密实施犯罪行为的能力。

她小心翼翼地走下山坡，意识到不时有好奇的眼光朝她投来。她走到卡姆的身边，也跟着弯下腰。

“我们要找的是什么？”她认出了卡姆身边的那位刑侦专家，尽管她想不起他的名字。她从那人的表情中意识到，他也没想起她的名字，或是没认出她来，心里不由感到一丝喜悦。在目前这种形势下，她希望是没人能认出她来。

“我只是在向普雷斯科特探员展示。”那男人一边回答，一边用手拿的LED手电对准洞里面，“我敢肯定，这处密围式结构已经有上百年历史了。从这里墙壁上粗糙的石头纹路就能辨别。”他用手电光照亮他所说的那片区域，“它们是自然形成的。这片地区的岩石几乎都是黏土形成。有可能是冰川经过时切出了这些绝壁，顺带着也切出了这个小小的缺口。”

她顺着那男人的意思往下说道：“那凹陷现在已经不只是浅浅的一层了。”

“赛斯认为，这个洞穴自然形成的部分只有两英尺深。”卡姆说着掏出自己的镁光手电筒，往洞内更深处照去。

记忆闪现。赛斯。索菲亚现在想起那位刑侦专家的名字了，赛斯·迪亚兹。去年冬天她参与政府的另一个案件，试图阻止一次强奸案时曾见过他。一种荒谬的满足感浮出。她的伪装显然已经足够成功，都能糊弄住几个月前曾见过一次面的人了。不管怎么说，这都算是一种成功。

“我已经进去过，拍了照片。标识物还放在我们发现骨头的洞穴后面。里面的洞壁是平滑的，偶尔有些岩石，不过周围的地面要更平整一些。”

“你认为罪犯在发现这地方之后，做过扩大，以满足他的需求？”

那专家点点头让到一边，好让卡姆趴在地上爬进那洞中。

“洞穴的出口在距离河水四十英尺的一座斜坡上。那个口也有石头遮盖，但是看起来完全是人工挖通的。自然的力量不可能贯通到那么远。”

“或许他是希望从河上也能进去。”索菲亚慢慢说道。

做法医简况描述的第一原则就是，要记住罪犯所做的每一个选择都与他的欲望和需求相关。他可能是看到了这处隐蔽的地点，觉得其私密性可以供他夜间实施侵犯。这洞穴就是为了那个目的而量身打造的。不过最能说明情况的，还是洞穴那一头人工开挖的出口。

“那他还需要有地方推土。”那位专家表示赞同，“不过目前一切只是推测，怎么称呼您来着……”

“基尔比。”她快速朝他投去一个微笑，“莫娜·基尔比医生。我是负责为本案提供咨询的法医心理学家。”

那男人惊讶地盯着她。

“哦，我明白了……”不管他原本准备说的是什么，显然他又重新考虑过，于是吞掉了后面一句，“幸会，医生。”

索菲亚让到一边，好让卡姆扭动着从洞中钻出来。卡姆站起身拍拍衣服上的尘土，索菲亚在这一刻突然决定，自己最好还是看迪亚兹拍的洞穴内部的照片就好，不要钻进去近距离亲自查看。

“我很难相信，露西竟然花了这么长的时间才确定那骨头是人类的。”卡姆在来这里的路上已经告诉过索菲亚，他早些时候收到了那位验尸官的消息，其中确认了洞穴中发现的遗骨的身份。

“她离开的时候，骨头还没找到。”迪亚兹蹲下来指着洞穴内部，“我们是在那头出口里面一点点找到的。太阳出来后，看得更清楚些。”他看着卡姆说道，“根据我看到的情况判断，那骨头看上去并不像是昨晚那位受害者的。”

“不是，”卡姆表情严肃地表示赞同，“昨晚发现的那具尸体完好无损。露西只说，根据找到的那根骨头的尺寸来判断，它应该是属于一个小骨架成人的。”

“洞口离河这么近，可能会遭遇洪水。”索菲亚指出。

“如果是像五年前的那场洪水，是有可能。”卡姆表示赞同，“当时水位超过了历史记录水平。而且在春天下雨期间，浣熊河的水绝对会没过河岸。不过应该不会高到没过斜坡进入洞里。”

“齐格勒的转运箱不防水。”赛斯告诉她，“不过如果河水曾经淹进去过，我们在实验室里能看出来。”

索菲亚退后一步，换个视角来打量这处地址。断崖上方的树林很浓密，从两边将这块长满青草的空地包围起来。另一面是一座岩石耸立的小山，这条隧道就隐藏在里面。河岸上零零散散长着一些树木和矮树丛，使得空地那边看不到河流。这样造就的这块隐蔽地方，刚好能完美贴合那不明嫌疑人的活动。

“挖通那条隧道需要多久？”她大声问道。

罪犯投入大量的时间，寻找完全能供他施展暴行的场所，这种情况并非罕见。有些杀人犯会花费数年时间在地窖中安装牢室和刑具，在此期间，就靠伴侣或是娼妓来施展他们的幻想。其余有些人则会寻找无需进行太多改造就能满足需求的场所，例如万斯所使用的那座废弃的畜棚。

“我想这条河里应该有很多鱼。虽然他会被隔绝在视线之外，但还是有可能会被发现，除非他只在晚上过来。”

“晚上也有人钓鱼的。”卡姆告诉她。下车前他穿上了西装上衣，这会儿双手插在口袋里，表情让人捉摸不透，“他不一定非得要靠手去挖。如果他用挖土机的话，一两个晚上就能搞定。或许需要两个晚上，因为他还需要把土拉出来丢掉。这样还是太冒险，不过他已经证明了，他没有遭到抗议。”

索菲亚沉默以示赞同。这第二名罪犯在跟踪万斯的最后一名受害者时已被录像拍下来了。他当时就等在银行门外，命令受害者下车去取了一大笔钱。但是一直到他在前往爱荷华州的路上，被一家加油站门外的监控视频拍下，他们才把他同根据伊代纳那名证人的描述所绘的素描对上号。

“这样一来，犯罪的成本就太高了。”

“毫无疑问。”卡姆从口袋掏出手机拨了一个号码。“我来给斯托里县紧急服务部和人事处联络员打电话，让他们把一号明星小组派过来。”

这话让索菲亚一阵发抖，居然与她的想法不谋而合。斯托里县紧急服务部将派遣一个接受过训练的平民遗骸探测犬队，来查找隐蔽的抛尸地，或是定位水下尸体的位置。在洞中发现的那根手指遗骨说明，那位不明嫌疑人可能也曾将其他受害者带去过那个地点。

一只鸣禽发出一声鸣啭。一只好奇的松鼠停在山脊上的一棵树下，好像是在疑惑，为什么在这条平时都很安静的路上会出现人类?

索菲亚环顾这宁静的场景，悲凉地想到，在这样祥和的外表之下，隐藏着的该是何等令人毛骨悚然的秘密。

第5章

能与露西·贝纳利的房子凑得这么近，他兴奋得几乎要飘飘欲仙了。

他小心翼翼地打开门，爬下那辆借来的汽车，停下来拿上工具包，然后再转身瞥一眼周围的房子。网上的图片显然已经过时了，并没能正确描绘出这地方的样貌。这座房子新涂了一层绿漆，正闪闪发光。窗户都一致装饰成淡紫色，形成鲜明的对比效果。草坪看上去像是新修剪过，露台前后都有花卉盆栽。

他给IOSME打过电话，得知了他想要的信息——露西在上班。但是这并不意味着，她房子里就是空的。他走完剩余的几码距离，来到那座独立的车库门前，透过侧窗往里打量，没有汽车。

他穿过院子，爬上房后露台的两层台阶上，拖出一把椅子，谨慎地在那里的露台上坐下来，环顾四周。他坐的是她也曾坐过的地方，看到的是她每天都能看见的风景。

这地方真安静，与世隔绝。三面都环绕着粗壮的松树防风林。最近的邻居也在四分之一英里开外。露西·贝纳利显然很珍视她的隐私，就和他一样。

想到这里，他觉得自己离她又更近了。就和昨晚看到她在料理詹妮丝时所感觉到的一样贴近。那时候，她以某种方式走进了他的世界。走进了他那远离闲言碎语的私人领域，那是一个要求很高的世界，里面永远宁静。

止疼片减轻了桑尼腿上的伤痛，他只感到一种钝重的悸动。即便当他步行走过短短距离之时，那感觉也还在他可承受的范围之内，而且药物所带来的轻微眩晕感也并非完全无益。

戴维斯说过，这是肌肉伤。那家伙只是个兽医，根据他的业务水准来看，干得也并不是太成功。但是桑尼希望他的判断是对的。

他去过药店，买了急救用品，还买了染发剂和透明镜片的眼镜。染发剂盒子上说是灰金色，但最后却染出来一种不好看的红色。不过这样或许更好，因为他脸上的胡须长出来后，也会是暗色的。桑尼正在说服自己接受事实，他可能不得不把头发彻底剃光，不过那将是万不得已的办法。

汽车是个问题。他知道怎样给车子做伪装，他曾经把那辆货车染成深蓝色，过了一段时间之后又恢复到原本的白色。但是他手上目前没有工具能装扮汽车，而且当下的身体条件可能也不足以应付。但他没花多久时间，就想到了备用计划。在从药店回家时，他去了一家面包房。

住在他隔壁的莫克斯利老太太一定得有八十岁了。要是有人肯听她唠叨，或是给她几块饼干，那老母猪愿意做任何事情。他买了十几块饼干给她送了过去，耐着性子在那里坐了十五分钟，听她把她看的那些肥皂剧大概剧情念叨了一遍，接下来，当她终于喘不上气来的时候，他则讲出自己的悲惨故事，说自己的车子坏了。一如他所料的那般，那老女人把她的车借给了他。

桑尼只希望，她别忘了车子借出去的这档子事，然后又打电话报警说被偷了。

他站起身，从口袋里掏出手套戴上。接着他查看了一下后门，外面的纱门开着，但是里面那扇看上去更新的门锁着。门把手上面嵌着一把闪闪发亮的锁定插销。他掏出撞匙，先插进门锁。只轻轻施加正确的力道，就感到钥匙在他手中转动了。接着他拔出钥匙对锁定插销也做了同样的动作。当锁打开时，他感到极大的满足。开锁是一门艺术，需要时间和耐心才能做到完美。

他轻轻推开门，走进去，开始搜寻离门最近的区域，看有没有安全系统控制面板发出信号触发警报。厨房里什么也没有，于是他迅速大步走到前门处，同样也搜寻一番。不到一分钟的时间他就确定了，露西安保意识的第一步和最后一步都是新换的门和锁定插销。

桑尼在心里对她的疏忽发出失望的啧啧声。他必须教会她，要提高安全意识。能把他屏蔽在外的安保系统很少，多年的经验已经教会他，怎样弄瘫痪市面上的大多数安保系统。普通的窃贼不可能有那样的本领。他不喜欢露西就这样让自己的脆弱暴露在外。

他走进她的客厅，坐在那张填充得很满看起来很舒服的沙发上。墙上有些挂饰，架子上放有照片，还有一只摆满图书的书柜。她的电视尺寸算小的，不过总体看来很舒适，是个漂亮的客厅，让人感觉温馨。

他有点费力地站起身，继续探索。一楼还有一间浴室、一间被用作办公室的房间。在楼上他找到三间卧室，但是只有两间装备了家具。所有的衣柜中都没有男人的衣物，浴室中没有男性用品。当他发现她的内裤和胸罩中藏着一把装了子弹的手枪时，他自顾自地笑了。

或许露西·贝纳利也不是完全没有防备。

他打开枪膛，将弹药筒倒进自己的口袋。接着他又花了几分钟时间，寻找他敢确信她还存着的备用弹药，最后在走廊橱柜的顶层格子上找到了。桑尼把那些也一并拿走。

他推开橱柜旁边的那扇门，发现里面是一座狭窄的楼梯井。因为好奇，他走了上去，发现自己置身于一间亮得出乎意料的阁楼中，午后刚过不久的阳光从三扇天窗照射进来。这里让他想起他被安置到的第二个寄养家庭里的那间卧室，或许是第三个吧。那家的房子有一层半，整个楼上空间被改造成一间大卧室和浴室，他和其他三个男孩一起住在里面。那差不多——差不多就像是个家了。

这种情况直至他的养父母发现了他上一次被州政府监管宣布告终。接着他又继续在寄养家庭系统中辗转。就和他之前待过的绝大多数家庭一样，他从没有机会展示自己并不坏，并不吓人，他只是一个普普通通的九岁男孩而已。

妈妈的好儿子。那声音拂过他的脑海，就像一阵凉风。

来帮帮妈妈。

他发起抖来，尽管阁楼里很热，就和他过去那些年里待过的另一个房间里一样，闷热。

撅着你的屁股赶紧给我过来，你这个该死的小鬼。把我解开。现在!

心脏像钻子一样在胸膛中钻个不停。他的呼吸开始变得急促困难起来，他转着圈，眼睛在那空洞的阁楼里疯狂地搜寻。他隐隐期待着能看到妈妈站在里面，从那虚空的对面冲他嘶吼，她刻薄的眼神阴郁又恶毒。

但是这阁楼里是空的，只有些码得整整齐齐的盒子，一些尘埃在阳光中舞蹈。

妈妈不在这里。

他是安全的。

安全地待在露西·贝纳利的房子中。

索菲亚跟着卡姆返回他的车子。

“你不打算等搜查队过来吗？”

“哦，我在等啊。”他下意识地放慢迈得很大的脚步，好让她能赶上自己，接着扶着她跳过一棵倒掉的树，“得开启多任务模式。”

当然。他现在是调查的负责人，要回应所有探员发来的定期汇报。很快警犬搜查队就会过来，等待的大部分时间里，他都得阅读手机上的邮件或短信，或是编辑信息发送。

他们走出树林，朝他的车走去。

“我昨天晚上已经将发现的那具尸体的面部照片，上传到几个失踪人口数据库了。搜索了爱荷华州和FBI网站上的照片，但是一无所获。我已经让州无线电中心将那照片提交至国家犯罪信息中心（NCIC），但是我还需要浏览其他在线失踪人口网站。”他斜睨她一眼，“我想你可以用这段时间写一份新的简况报告。”

“我是有些想法。”她承认道。索菲亚之前在水边的时候，完全没有意识到今天的气温。她太过投入，尽最大努力探索着选中那地方的男人的信息。但是走出相对较凉爽的树林后，阳光变得那么暖和，那热度让她假发下的头皮发起痒来。

到达车子后，卡姆绕到另一边帮她打开车门。那份绅士之举看起来虽老派，却奇怪的魅力十足。接着他走到驾驶座，钻进车子，但没关车门。索菲亚也没关车门，这样能让微风在车内流通。

她突然产生了一个想法。

“或许那洞穴后面的出口是为了接近水源。或许他挖通洞穴是为了通风。在那样密闭的环境下，尸体分解的臭味会变得相当浓郁。”

卡姆伸出他穿着长袖衬衫的手臂。

“如果你想要证据，闻闻我的衣服就知道。”

那邀请动作让她躲闪不及。那片区域任何时候可能都弥漫着一股淡淡的尸臭味，但是如果那洞穴只有一个开口，味道会难闻得多。

“你或许是对的。即便他不把后面洞口的石块挪开，那些缝隙也足够让新鲜空气流进洞穴，达到通风效果。不管怎么说，这地方要维持目前状况以供调查。”卡姆脱掉西装上衣，“这里是乡下。靠近得梅因大都市区，但是他目前为止还没有将城市选作抛尸场所。”

“这种模式完全符合他的作案手法，”她指出，“不会向我们透露这位罪犯的任何身份信息。但是我在万斯的简况报告中提到的一点用在这里依旧合适。一定有一个固定场所，将他的同谋绑定在爱荷华中心地带。万斯的锚定点被证明是他外祖父的房子，因为他曾在外祖父家度过暑假。我们需要弄清楚绑定第二位不明嫌疑人的纽带，以及他在这个地方为什么打破了模式。”

看到卡姆疑惑的表情，她解释道：“这里发现的骨头表明，这位罪犯可能用过这个抛尸地不止一次。以前他从未这么干过。”在每一座墓穴的棺木之上，都只有一具尸体，抛尸的公墓散布在得梅因周边的好几个县市。

“我们等等看。这会儿我们还不知道，那些骨头是否与我们昨晚发现的尸体有关。”

索菲亚知道，他正期待着发现那样的结果。但是她也意识到，他的直觉告诉了他什么。曾经在史莱特公墓发现的一具尸体引出了后面的五具。

“我倾向于相信，万斯拿这位不明嫌疑人当苦差使。我们知道是他绑架了范·惠顿。”

她从包里掏出iPad，接着说：“考虑到你们昨晚在这里发现的情况，这个人可能还负责处理了万斯的所有受害者。”前六具尸体在生前和死后都遭到过性侵犯，但是侵犯手法差异巨大。万斯很残忍，考虑到他有突然暴怒的倾向。他在强奸过程中所得到的满足，有部分是源自于他对受害者的控制和施虐能力，这一点与性虐狂的行为习惯一致。

但是不管负责抛尸的人是谁，他首先都对尸体进行了清洗。或许主要目的是为了抹除证据，但是其中所表现出来的关怀不止于此。实验室鉴别出，那些尸体从头到脚都被擦上了“母亲的爱抚”牌乳液。接着她们还被放进杀虫剂中浸泡过，目的要么是为了延缓腐烂速度，妨碍调查，要么是为了助于死后性侵犯。

“是什么让你如此肯定，这位不明嫌疑人是负责抛尸的人？”

“孩子们的访谈。”索菲亚打开笔记本电脑，找到她已经为这位不明嫌疑人建立的文件夹，“他们都表示，觉得那男人像是在和女朋友说话。他的语气、用词都充满爱意。这一点似乎与他对尸体的爱护程度很相符。而且每一位受害者身上都有死后性侵犯的证据，但却没有迹象能表明她们死后身体也受过虐待，至少前六具没有。”她脑海中对于他们正在追捕的罪犯有了更清晰的画面。既然他可能不像万斯那么暴虐，那么他的变态程度可能严重得多。

卡姆在座位上转动身子，面朝向她，伸手到后座上拿出他的笔记本电脑。他身穿的长袖衬衫是深灰蓝色的，看起来很衬他，与他剪短的棕色发色对比强烈。虽然他实际上已经年过四十，但头发中还没有一丝灰白，至少在目力能及的边边角角是没有。衬衫的颜色柔化了他面部的线条和棱角，那张脸太过坚毅，很难说得上英俊，却实在性感。

他身体转回来时，发现她正一手拿着电脑，盯着自己看。

“怎么？”

“没事，我只是在想简况报告。”

至少她本来确实是准备想来着。她立即打消脑中刚刚浮出的他不穿衬衫的样子，或是什么也不穿的样子。后一种形象让她喉咙涌起的灼热一直烧到脸颊上。

卡姆看起来并不相信。

“你画的暗妆或许能掩盖你真实的肤色，但是我敢打赌，你是因为某事感到尴尬了。”

她努力移开视线。如果这粉底能够掩盖住她那恼人的爱脸红的毛病，那她可能会禁不住诱惑，就算不需要伪装了也要继续使用。

“因为什么，工作吗？”

“你懂的，如果这案子对你来说压力太大，我敢肯定冈萨雷斯会理解的。”

索菲亚愣住了。她目光与他交汇，呆在那里。

他则面无表情地继续说道：“我说真的。”他说着用食指指一指自己，画了个小圈，“我热辣的身体里汇聚了各种强大的男性魅力。你不是第一个被征服而无法专心工作的女人。”

她嘴角挑了一下。在她允许自己被卡姆·普雷斯科特征服，度过激情四射的十二天之前，他二人的交集从未离开过职业领域。而就在几个月之前，她可能还太过保守，不会做出回应。

“当然了，你说得对。”她不露声色地回应道，“我必须动用极其坚定的决心，付出极大的努力，才不至于在此刻拜倒在你的脚下。”她停顿片刻，接着又说，“顺便说一下，你闻着隐隐有路上被轧死的动物腐烂的臭味。”

他露齿一笑，而她的心跳在胸中缓缓地停了一拍。之前她同卡姆·普雷斯科特合作过好几年了，但从未感受过他这份陌生的吸引力。直至几周前发现他身上这从未见过的一面，她的防御才突然崩塌。

“既然你似乎抵御住了我强大的吸引力，那我们或许还是开始工作的好。”

一阵融洽的沉默蔓延开来，只时不时地被卡姆接到其他探员的信息提示音打断。索菲亚快速敲下她对这片地区的观察，然后开始集中精力思考那罪犯为什么会选中这地方实施他的变态幻想。

她有与梅森·万斯接触的第一手资料。被他绑架和囚禁的经历不啻于一场恐怖的噩梦。但同时也为她提供了一个独特视角，让她可以审视那罪犯，这是多年来她采访被关在监狱中类似罪犯的经历所无法相提并论的。索菲亚见过万斯能控制自己时的正常样子，也见过他残暴的一面。他能够做出一个人能对另一个人所作出的最残忍的举动。

甚至在他们还不确定他有同谋的时候，她就一直难以将他同会对受害者实施死后性侵犯的人联系起来，因为她对那种人再熟悉不过了。但是之前他们并未发现毁尸的迹象，虽然在她被关押期间，万斯多次威胁要弄死她，而他的具体行动也仅限于他早就计划好的性侵犯，仅限于折磨，他一次也没提过会用怎样的手段杀死她。

她之前面访过许多残暴的性犯罪者，他们都曾连篇累牍地详细描述过谋杀受害者的过程。死亡是对他们所创造出来的幻想的延展，是他们所实施的致死性虐待的终极目的。

万斯只说过她一定会死，除此之外再无其他细节，这件事似乎很能说明问题。

想到那个曾绑架过她的人，索菲亚的手指僵硬了，笨拙地停在键盘上。心脏跳跃的节奏加快了。虽然车里很热，但她还是感到刺骨的寒冷。她将汗湿的手掌放在深蓝色的宽松制服上擦干，做了一次长长的深呼吸，慢慢放松。

她了解所有能平复回忆所引发的身体反应的技巧。但是即便考虑上她的专业背景，她仍无法阻止回忆让她付出情感代价。因此她用了几分钟时间深呼吸，希望卡姆会以为她的停顿只是为了整理思绪。

他在身旁驾驶座上发出一声几乎听不见的声音。索菲亚扭过头，发现他一只手正拿着昨晚那名受害者的照片，目光却定在电脑屏幕上，另一只手正以极快的速度拖动鼠标翻阅照片。那些照片的背后隐藏着几十个故事。有些人可能是主动消失的，有一些精神疾病也会导致同样的结果。

还有一些可能是成了万斯或他的同谋这类捕食者的牺牲品。

想到所有这些走失或失踪了的女人，她的心理防御增强了一些。让她有了力量，能阻止回忆返身工作。昨晚发现的尸体可能有卡姆正在挖掘的数据库中的某张面孔，也可能是某个从未被归入失踪人群的人。不管怎么说，这名受害者都应该得到正义，她的家人需要答案。

索菲亚继续打字。

万斯对受害者的兴趣主要集中在劫持她们所获得的金钱，以及性虐待上。她也毫不怀疑他拥有谋杀的能力。一阵寒意沿着她的脊椎往上爬，她想起了他突然爆发的震怒以及反复无常的暴力行为。但是在与他如此近距离接触过之后，她可以相当确定，一旦受害者死亡，对他来说就丧失了一切吸引力。

进入二号不明嫌疑人的分析部分。

当二号罪犯的简况报告开始显形的时候，她加快了打字速度。他已经被证明对死亡很久的受害者怀有性欲。考虑到他与万斯之间的关系，这位不明嫌疑人有可能也正是早前几周公墓发现的弃尸的死后性侵犯的施虐者。

尸体上所用的乳液表明了罪犯的某些性格特征。也许他父母曾给他用过那种乳液？或者这个乳液的品牌名称反衬出他童年时代所缺失的关怀？她特意搜查了那个乳液品牌投放市场的时间。不管是在什么案件中，这种选择都能说明问题。万斯是个自大的罪犯，他从贬低和折磨受害者的行动中得到刺激。或许这位同谋只有在受害者死亡之后，才有机会接触到她们。也或者，更有可能的是，死去或即将死去的女人才更让他感到兴奋。

有关二号罪犯的简况中，最让人费解的是，缺少性反常行为相关的证据。死后性虐待和毁尸迹象的缺失，使得他不像其他常见的嗜杀犯。

这时卡姆的手机响了，索菲亚不加掩饰地倾听着他讲电话。挂断电话后，他转身看着她。

“比彻姆和塞缪尔斯可能发现新线索了。他们正在追查罪犯素描发布后所接到的最有可能的一条热线电话。其他电话的内容多是宣称，那素描与他们的前任，或是前任新找的男友一模一样，不过他们刚刚询问了东欧几里得路上的一家品特斯的收银员贝琪·盖纳。”

索菲亚点点头。品特斯是一家在中西部地区经营的连锁杂货店，开车往得梅因市大都市地区任何一个方向走，不出五英里总能看到一家。

“她觉得她见过那罪犯？”

“她从我们发布的素描中认出了那人的身份。就是珍娜根据伊代纳目击者的描绘画的那幅。根据盖纳的说法，他时不时会去他们店里买些东西，她每个月至少会见他一到两次。”

“她是真的在与他约会，还是只是想和他约会？”

听到她的话，他停下来瞪她一眼：“我是开免提了吗？”

索菲亚轻轻笑了。

“第一份素描中呈现的男人相当迷人。”在珍娜今天上午早些时候根据那几个孩子的描述画出的素描中，那男人的面貌看着就没那么舒服了。不过他们对外公布的是第一份素描，那是一张会引人注意的脸。不管他真实性格如何，至少会引起一些女人做出回应。

“比彻姆称，他觉得盖纳对那男人有兴趣，但是他并不是每次都去她的柜台结账，所以他们从没有过更多交谈。那男人总是一个人行动，没戴结婚戒指，所以你说的可能是对的，盖纳对他有兴趣。他看上去彬彬有礼，有些害羞……‘一个完美绅士’，盖纳是这么形容的。”

“商店的监控录像呢？”

“盖纳觉得，她上一次在店里见到那男人，应该是十至十二天以前。这两位探员正在赶往商店获取监控录像的途中，内外都会调取。然后我们就可以弄清楚，那人同我们的素描到底有几分相似。不过两位探员表示，那女人语气似乎相当肯定。这条信息也将为我们提供一个时间标识，这样我们就能弄清楚他的日程。”

她体内一阵兴奋。如果那男人身份被证实确实是素描中的人，那这确实将是一条很有价值的信息。

“如果真的是他，那你需要优先处理居住在那一区域的人在热线中提供的信息。将附近所有的品特斯编成三角形网格，重点排查距离这家店最近的街区和商业区。他应该是在这家杂货店几英里范围内居住或生活。哦对了，”她突然想起来，“品特斯大部分店铺中还设有药局。看看他是不是在里面也买过处方药。”

“这份素描会发布给那家店铺所有员工看到。”他表示赞同。“如果需要查看他的处方历史，可能需要有搜查令，但是我能搞到。你有什么具体的想法吗？”

“还只是在猜测阶段。我想他可能正在接受某种确诊的精神疾病的治疗。不过我怀疑他是不是因为某种状况，而导致丧失了嗅觉。”贴近尸体时，腐烂的味道足以压倒一切，就算遮掩鼻子也无法屏蔽。“我发现现场的孩子们没说过那男人戴了口罩。所以考虑到这名罪犯对尸体的变态偏好，可能他已经克服了尸臭的问题了，因为他根本就闻不到。”

“你的思维……”他脸上的钦佩温暖了她体内的某种东西，“什么样的身体状况会导致永久性丧失嗅觉呢？”

她思考了片刻，回答：“有好几种。晚期糖尿病和多发性硬化症是其中的两种，但是我无法想象，如果这罪犯正处于这两种疾病的晚期阶段，还能有力量去施行这些犯罪行为。这样也就排除了阿尔兹海默症和老人。不过也有一些药物会导致丧失嗅觉。或者鼻子受到外伤、鼻息肉、辐射、长期服用可卡因……”她轻轻耸耸肩，“都有可能。”

“好的，是个好想法。”

她第一次发现，他嘴边浮出一丝浅浅的笑容。

“怎么？”

“我记得我们以前聊过，你可以成为一名很好的警察。”

看到他的目光那样炽烈地投在自己身上，她无法思考。他的眼睛一旦聚焦在某样东西上的时候，瞳孔更接近于金色，而非棕色，而此刻，她就是他注意力的焦点。她感到心头如小鹿乱撞。

“我所接受的培训仅限于搜索中运用，而且我只作平民法医咨询师，理由并未改变。”

“你说过，是因为你太过懦弱，不肯突破那个范围。”他的声音降低了。那稍显嘶哑的嗓音擦在她似乎过于敏感的神经末梢，“但是能在与万斯的对抗中以智取胜的人不可能懦弱。你救出了柯特妮·范·惠顿，并从关押你们的仓棚中逃了出来。这是怎么说的，竟然要我千方百计来说服你，证明你的这些壮举。”

索菲亚强迫自己转移目光，心里奇怪地担心起来，谈话内容竟然就这么轻易地转到了探究她的个性上来。此刻她强烈地希望，他能说服她相信那些。希望他能让她相信，她之所以能成功转移万斯想要侵犯她的注意力，换来时间创作出一份更加“准确的”罪犯简况报告，并发布给公众，这一切都只是因为她的勇敢。

因为在她发现万斯利用那被打断的时间，对另一名受害者实施了残忍的性虐待时……她的智慧值得赞美的程度也大大降低了。在她摆脱柯特妮·范·惠顿留在她脑海中的尖叫声之前，她知道她都不可能原谅自己。

当她注意到面前的公路上腾起一阵烟尘之后，心里感到放松了一些。片刻之后，她认出来，开过来的是一辆暗色的雪佛兰Tahoe。过来的是寻尸犬和训犬师。

她并不能完全确定刚刚卡姆对她的称赞，于是这辆车的到来实际上对她是件好事，因为能让她从回忆中摆脱出来。

第6章

“这位是乔治。”

两个男人握起了手。

“一直不敢确定，谁会来执行这次任务。很高兴是你过来。”

卡姆之前曾同乔治·罗伯茨合作过几次。这人是一号明星民兵小组的，与DCI有协议，会接受派遣支援整个斯托里县的紧急服务。最近一次罗伯茨帮卡姆解决的是一个五岁女孩的失踪案。这位训犬师对自己肩负的任务很在行。

“这位是本次调查中与我们合作的莫娜·基尔比医生。”

这名字从他口中说出来听着有些陌生，但他说起谎来连眼睛都没眨一下。卡姆在调到DCI之前，曾经在政府禁毒执法部门干过。还在卧底工作中待了比预计要长的时间，在那样的任务里，他能否生存，完全取决于撒谎能力。也正是早期卧底工作的经验，让他加入了两年前的一个跨部门工作小组。

这时候他对索菲说道：“乔治经营着一个自己的营销公司。”

那男人从略长的棕色头发上摘掉深色帽子问好：“我老板真叫我头疼。为了请个假费了好大一番口舌。”他身材瘦长，脸颊清瘦，幽默感也有些肆无忌惮。

他身穿的深蓝色T恤衫上写着：Z分队。我们致力于寻找僵尸。

卡姆读到那行字后，撇了撇嘴。寻尸犬的训练师和重案组探员一样，也会出现在一些相当可怕的调查现场。靠俏皮话来抽离情感的做法并不少见，但即便是这样，仍会有一些画面难以从脑海中抹除。

“我想让你们见一位新朋友。”他走到车后座位置，拉开车门，牵出一条黑白毛色的博德牧羊犬。

卡姆看一眼那狗，问：“迪克呢？”

之前每次同这位训犬师合作时，他牵的总是一条看起来很聪明的德国牧羊犬。

罗伯茨做了个苦脸：“上个月参与了艾喀德县的那个案子，你听说过吧？”

他听说过。一位上了年纪的阿尔兹海默症患者同护工走失，人们在几英里外的一处乡村地区发现了他的尸体，在一座废弃的农场里。

“迪克在返回车子的途中，一只脚踩进了腐叶覆盖的一座水箱。我甚至还牵着他的皮带，不过那地方草木太茂盛，我没看见。”他声音中明显带着悔恨，“从他的爪子里取出来一些可恶的碎片，拜之所赐，他短期内不能工作了。这位是薇达，几年前曾当过搜救犬，她符合所有训练标准，实力已经过多次验证，她能胜任的。”

卡姆看到那狗径直朝索菲奔来，毫无疑问，索菲脸上露出的是欣喜神色。有一天下午，他们花了好几个小时的时间在一家动物收容站里帮莉维挑选宠物，好送给卡特当生日礼物。索菲每走过一个笼子都会停下来逗弄，不管里面的动物相貌多么普通，或是因为恶斗受伤多么严重，她都挪不开脚，所以他们当时的进展很慢。

索菲小心地跪下一条腿，想爱抚那动物。但手伸到一半又停下了动作，抬头看着乔治：“这样会干扰她吗？”

那男人咧嘴一笑：“你会叫我们所有人都分心的，医生。不过她现在还没收到工作命令，你可以逗逗她。”

卡姆看着索菲爱抚那狗，而狗也喜悦地回应。那一刻他突然想到，在这方面，狗与男人并不是毫无相同点。无论是否有伪装，索菲会本能地掂量任何男性有意识地朝她投出的第二眼目光。

他简要地向训犬师介绍了最新进展。

乔治点点头：“调度中心说，你们的搜索区域很小，所以应该不会花太长时间。你想让我们从哪里开始？”

卡姆指向林中的一条路：“穿越树林，走下陡坡，那下面有一片空地。尸体就是在那里发现的。在那下面的一个洞里，还发现了一根和受害者无关的骨头。”

听到乔治的招呼，那狗不情愿地离开索菲，回到主人身边。乔治往薇达的项圈上套上皮带。

“他们就是从那条路上把尸体抬出来的。”索菲试探着说道，“她不会闻到味道吗？”

“她绝对会闻出来。不过我到搜索区才会给她下命令。一旦她忙活起来，就没有任何东西能分散她的注意力了。”训犬师朝树林走去，索菲跟上，卡姆调整步伐走在她身边。

乔治和薇达带头走到那条山脊上的小路，空地就在那边的山脚下。乔治很爱闲聊，行走之间他一直在自言自语地说些什么。他的话吸引了索菲的注意。

“狗的嗅觉至少比人类敏锐一千倍。他们甚至曾辨出三十年前的弃尸。”

“她辨认味道依靠的是空气还是土壤？”那里的地势起伏不平，索菲绊了一下，卡姆伸手扶住她，同时向训犬师提问。她手腕受过伤，如果跌倒可能会撑不住。

“两者都有。”他们穿越浓密的树林，“你会看见她昂着鼻子，接着一旦她辨别出气味，就会紧咬不放，拼命找出源头。这些狗被训练来专门搜寻人类遗体，他们能辨别尸体腐烂时向空气中散发的味道。我们的鼻子中有大约五百万个嗅觉感受器，而狗的数量几乎是我们的五十倍。”

就像是为了证明他的话一般，薇达先是将头扭到这边，接着又扭向那边，整个身体也随之颤动，以便为嗅到的各种气息归类。她时不时地还回头看一眼主人，似乎是在质疑，为什么还不下达开始的指令，这里明明已经有这么多的目标气味了。

当他们抵达空地上方后，卡姆转过身帮索菲下坡：“等我结束这个任务，这片地方应该就会在我梦里出现了。”索菲的一只脚踩到一块不稳定的位置，他伸手抓住索菲的腰身。

“我已经开始感觉到，在这地方要花的时间，将会远远超过我们所有人的预期。不过让我们祈祷不会吧。”

卡姆看索菲一眼，发现她的表情很严肃，他也有同样的预感。鉴于他们知道这位不明嫌疑人同万斯的联系，很难指望这次搜查会有好的结果。

卡姆向乔治·罗伯茨指了发现尸体的位置，以及藏尸的洞穴。

罗伯茨若有所思地扫视一圈这片区域。

“如果有人想抛尸，那他一定会想要将体力劳动量减到最小。具体到这里，就意味着，他会将尸体抛到河中，或是在那片空地的某处挖个浅坑，这样就不用将尸体拖出那片树林了。不过他应该不会在这附近往河里扔。”

索菲看向卡姆，想向他确认：“为什么不会？”

“来浣熊河钓鱼的人很多。根据自然资源部的说法，这片区域是相当热门的钓鱼场所。这就意味着，尸体被人发现的几率会大大增加，因为鱼线会被尸体绊住。”卡姆很后悔自己穿上了西装上衣，上午的温度很凉爽，但现在至少有华氏八十多度。他从上衣内口袋掏出一副反光太阳镜，架在鼻梁上。

乔治则展开地图遮在头顶上。

“在这条河的某些地方，他们曾经拖起过不止一台车底盘和洗衣机。如果是我，我会用船把尸体往下游运。开到西得梅因附近，浣熊河在那边要深得多。”

“而你也是这么做的，对吗？”卡姆开起玩笑来也依旧不动声色。罗伯茨却咧嘴笑了。

“你不知道自己有多幸运，我幸好没变成杀人犯”。那训犬师将注意力重新转移到薇达身上，而那狗正在拽皮绳，显然是急着想开始，“你觉得他是什么时候抛的尸？”

“我们不知道。我们甚至无法确定这里是否有尸体。”卡姆说话的语气既像是在提醒索菲，也像是在提醒他自己，“轮床是为了帮那位不明嫌疑人将盒子和尸体从停在路上的车子中搬到洞里。同样也能轻易地将它们运回车上。”这话说的是事实，但缺少证据。

或许这罪犯曾计划过，要为这具尸体在乡村公墓中找个家，就像万斯之前的那六位受害者一样。如果情况真是那样，那这里会被选中，只是因为地处偏僻，能让不明嫌疑人秘密施行他的变态爱好。

如果那根骨头没被发现的话，这个说法接受起来会更容易。

索菲就像是读懂了他脑中的想法一般，喃喃说道：“如果能查明那根骨头主人死亡的时间就好了。我知道露西认识这方面的专家，不过她现在忙得不可开交。加文·康纳利现在已经不再提供咨询了，这真是太糟糕了。”

“他正在赶回来的飞机上。”

听到卡姆的回答，索菲摇摇头，脸上写满惊讶。

“之前我收到冈萨雷斯的消息，说加文曾经给她打过电话，说起报纸上发的你的那篇……文章。”卡姆指的是她的讣告，不过没有必要让训犬师也知道这个秘密。知道真相的人现在就已经够多了，“冈萨雷斯请他来接替你，他也自愿立即赶回来提供咨询，不收费。”

她嘴角浮出一抹微笑，不过并不能十分相信他。

“加文真是太无私了。”

听到这句话，卡姆哼了一声。之前在鉴定他们从乡村公墓发掘出的人类遗骸的死亡时间时，这位来自伯克利的法医人类学家帮了大忙。卡姆不知道这人为什么会回来，不过他也不在乎。这位人类学家提出的任何见解他都会欢迎。

还有一个额外的好处，那就是他将再次穿上验尸官的制服，而贝纳利似乎对他很抓狂。那方面的天赋卡姆还是很欣赏的。

“那么现在开始搜寻这片空地？”

卡姆冲那训犬师点点头。

“我没问题。”

罗伯茨耸耸肩取下背包，拿出一个用旧了的拉扯玩具。

他告诉索菲：“这些狗接受的是正面强化的训练方式。我们使用的犬类品种，为了玩他们愿意做任何事情。所以我们就先和他们玩，给他们的奖赏也是玩。”

他说着转身朝向薇达：“来吧，女孩。来扯啊。”

薇达咬住玩具的另一头，龇牙咧嘴地拽起来。她狠命地拽着，四只脚稳稳地撑在地上，伪装发出激烈的咆哮声。玩了一两分钟后，罗伯茨将玩具放回背包，重新背到肩上。他带着那狗走到空地最远的角落，在那里他们可以顺着风向搜寻。

罗伯茨将皮绳解开，说道："开始吧。"

那狗从玩乐模式转向工作的速度之迅捷，在人类身上也并不多见。

薇达小心地嗅探空气，接着将脑袋扎下去，试探土壤。她一次又一次地重复同样的动作，用只有训犬师才能辨识的模式行动。罗伯茨稍稍移开一点，小心地让狗保持在一个网格范围内，卡姆知道他在第一眼看到这地方时，就在脑海中将这里分成了一个个网格。

"他为什么把皮绳解开了？"索菲的目光定在罗伯茨和薇达身上。

"我合作过的有一些训犬师是会给狗解开皮绳。乔治一般习惯给狗拴上绳子，除非搜寻的区域时刻都能被他看在眼中。狗很容易被高草中看不见的东西弄伤，或者是掉进废弃的水箱或井里。不过这片区域很小，狗不栓绳子也不会有危险。当要搜寻的范围很大时，现场会有几十名工作人员，还会派遣一整个训犬师和寻尸犬队伍。那时候会用上皮绳，而且为了方便辨识，每个人还会穿上能见度很高的衣服，否则狗会被弄糊涂的。"

这时候刑侦专家赛斯·迪亚兹走了过来。

"离开前还需要我们再检查一下树林吗？我们搜了那条路以及两边区域，不过都只局限在周围几码的范围内。"他团队中的其余人员正在将设备拖上山脊，穿过树林朝公路上等候的汽车走去。

卡姆想了想："你找几个地方取一些土壤样本，之后就和其他人回去吧。"

赛斯费劲地从山坡上下各取了些样本。之前他们就是凭借万斯在索菲公寓中留下的土渣，缩小了他所在的范围。也许这次他们又会撞上好运，将这周边的土壤同万斯的同谋联系起来，再一次追击到他。

有魄力的辩方律师会辩解称，孩子们隔得太远，不可能认准罪犯面貌，说是他们合谋编造出来的。但是脚印证据要辩护起来，会更难一些。

那位刑侦专家没有任何离开的意愿，虽然他的同事们都已经不见踪迹。他们一起又看了十五分钟那狗的搜寻过程。每多一分钟，如果那狗依然没有发出警报，卡姆悬着的心本来应该多放松一些的。但是他无法忘记洞中的那根单独的骨头。在这样的情况下，很难为它的存在想出合理的解释。

于是他看看另外两人，赛斯和索菲两人也都没有入迷的表情，而是每过一分钟，惊恐感就多增加一分。

狗将鼻子凑近地面，时不时地抬起来闻闻空中，接着又低下去。她停在一块六英尺宽的地界上，对那里的气味嗅了又嗅。当她将头凑到地面时，卡姆的心也随着她一起沉下去。

薇达突然吠叫起来，向她的主人发出警报，她守在一块地方不肯离开，尾巴因为这一发现而激动地摇摆起来。

乔治抬头看向三人所在的方向，喊道："我想你们应该找个挖掘队来，好好搜搜这块地方。"

露西·贝纳利把车子开上家里的车道，太阳穴依旧涨得厉害。她想弄完之前还未结束的一些工作，好专心检查昨晚发现的受害者。只需要再多加几个小时的班，她就能做好准备，明天一早就开始尸检的初步准备了。其他任何人都不能被允许为那位受害者做尸检。

一旦她开启一个案子，就要跟到底。

不幸的是，排在她尸检队伍最前的是一个四口之家。他们全都在家里的火灾中丧生，而起火的原因却被认为存有疑问。她今天白天都用来给那几名受害者做尸检了，还有两名没做完。法医部部长史蒂夫·本森却将她早早打发回了家，称她昨晚就加班加到太晚。她怎样辩解都无法说服他。

当她把车子开上长长的车道，停进独立车库时，心中怒火太旺，以至于罕见地有些失神，忘了观察周围的动静。不过她往家里走了没几步，就发现后面露台上正坐着个人，在盯着她看。

她放缓脚步，即便是在这么远之外，那男人也立刻意识到了她的警觉。她内心深处有某种胆怯懦弱的东西正在慢慢抽紧。刺激之下，她将那情绪一下掀开，大步往露台走去，正面对抗那魔鬼。

“现如今他们发明了这玩意，”她以交谈的语气说道，“GPS，了不起的发明，帮助人识别方向。例如说吧，西在那边。”她用一根指头指指方向。

加文·康纳利伸出一只脚勾住身旁的椅子，把它拉近一些，好把两条腿在上面摊开。

“我听说过那东西，”他温和地回应，“我刚坐的飞机上应该也有类似的导航工具。不过爱荷华是在加利福尼亚的东边，所以我才来了这儿。我乘坐的飞机是向东飞的。”

露西咬咬牙，埋头在包里找家门钥匙。那男人就像针尖一般刺进了她的皮肤，而且如螨虫似的决心就住在里面不走了。

“要是为了约会的话，这一趟走得似乎有点远哈。”

加文向后仰起头，大笑起来，从声音能听出来他真的很开心。

露西早就觉得，殷勤是他最讨人嫌的一个特性。此外，他似乎还在她身上发现了幽默感，这一点也招人嫌。在她的世界里，生活与死亡都是严肃的事情。

以前还从未有人被她逗乐过，而且恰恰相反。

她找到钥匙，用手指紧紧捏住，紧得几乎要让钥匙钻进她手掌了。

“但是，我没看到车啊。”她刻意向两边都看了看，“你要么是乘降落伞空降在我屋后的，要么就是搭出租过来的。但是不管你用的哪种方式，你的好运用完了。你不能住这儿。”

“嗯，我不住。”他的话出乎她的意料，“我在安克尼的万豪酒店开了房。我租的车出了问题，还没送过来。”他说着降低了声音，语气变得亲密起来，“你没接我的电话。你还好吗，露丝？”

他的表情写满真诚。

但是她没多看他的脸。盯着加文·康纳利的脸看会让人太愉悦，而愉悦会让一个女人变软弱。露西的这条经验是从亲身经历中总结出的。她十几岁的时候都在照顾弟妹，而她的母亲则沉迷于酒精之中，她对男人所表现出的那种单方面的奉献精神从来不曾用在自己孩子身上。史黛西·贝纳利会忘记食物、账单和家庭作业这类的小事，她甚至不能按时服用能控制她情绪波动和抑郁的药物，是露西扛起了家里所有的重任。

但康纳利却像是个讨厌鬼，当她把钥匙插进后门门锁时，他的脸竟印在她脑中挥之不去。他金色的头发一如既往，按照他喜欢的样子束在脑后扎成马尾辫，但是她曾见过一次那发丝散在他肩膀上的样子。她曾用手指划过那头发，感受它们落在她皮肤上的触觉，与此同时，他的嘴唇却顽皮地忙来忙去。他的脸看起来尖利而智慧，尖尖的下巴和颧骨似乎能蚀刻冰块。他一只耳垂上挂着一枚耳环，一双机灵的蓝色眸子能洞察太多事情，整个人都像是被包裹在一层懒洋洋的男子气概中。他待在自己的保护层下，实在是过于舒适了。

但露西则和她纳瓦霍族[1]的祖先一样，需要牢牢抓住自己的身份和定位。她克服了成长环境的影响，找到了自己的航向，并绕开了生活在她的道路上播撒的各个障碍。

可是她的经历却让她在面对加文·康纳利这样的男人时手足无措。

“我了解你的工作习性，想着最好是在这里多等会儿。”

“涉及到加班的时候，部长的态度就和你一样。”她简单地说了一句。门打开了，她借势又看他一眼，“最好把那辆出租车再叫回来，带你回酒店。”

他的眼睛被笑意点亮，真够要人命的。

“我走了好长一段路呢，嗓子都干得要冒烟了。能给我瓶水吗？”

露西审视他片刻，她太了解这男人，不管他来这里是想说什么，不让他把要说的话说出来，是不可能赶他走的。她顺从地走进厨房，从冰箱拿出一瓶水，回到门廊上，将水放在他面前的桌子上，用的力道比实际需要的稍大了一点。

接着她走到他身旁的椅子边，把他的两只脚推下去，好在上面坐下来。

“你来这儿做什么，康纳利？”

康纳利拧开瓶盖，将瓶口举至嘴边，长长地喝了一大口。

“显然就是为了来和你说说话啊。”看到她皱起眉头，他笑着说道，“其实是这样的，我在网上看到《得梅因纪事报》发布的索菲亚的讣告，就给冈萨雷斯挂了个电话。我有点吓到了。”

---

① 北美的一个印第安人民族。

一阵寒意漫过，她体内五脏都像是冰冻起来了。

“讣告？你在说什么玩意儿？我两天前还和索菲亚说过话的。”

他一定是搞错了。没有理由朋友出了事，她却一无所知。这是真的吗？

他伸手盖住她的一只手。

“放轻松，她没事。冈萨雷斯不肯告诉我他们的计划，不过她倒是和我说了，没什么可担心的。她还把我召了回来，继续为这个几天前才刚离开的案子提供咨询。这事看上去还没完。”

体内的冰封融化了。露西从未有过任何亲密朋友，那是她有意为之的。但是和索菲亚·钱宁的关系超过了大多数人。原因只是因为，她很善于突破他人的防御心。这是训练的结果，还是她性格如此，露西不得而知，但要和那女人保持距离很难。

在她身边坐着的这个男人也共享了这一特质。

“那我就得再问你一次了，你来这儿做什么？”

她不会通过相信原因与她本人有关，来逗自己开心。为了让自己相信，他在普雷斯科特这个案子之前六名受害者的调查中所提供的帮助，不仅毫无必要，而且不受欢迎，她将她那不算小的武器库中的每一样工具都用上了。但他的出现其实完全是DCI邀请的。

当然，在他要返回加利福尼亚的头一天晚上，她同他睡过之后，那个想法可能变模糊了一些，她心里感到十分困窘。她本想着他们再也不会见到彼此的。

而这只证明了一点，但凡你放纵任何一个缺点，命运就总是会让你付出代价，屡试不爽。

那男人又喝了一口水，慢慢花时间将瓶盖拧好。

“当然是为那骨头。”

“骨头？”

“冈萨雷斯说普雷斯科特的案子中除了尸体之外，还发现了一根骨头。显然并没有找到那骨头所属的身体。”他用拇指顺着瓶身上凝结的水汽划出一条线，“我还有累积的假期没休，所以就提出回来，尽我所能鉴定那骨头的死亡时间。”

她不相信他说的话。哪怕只是一根长一点的手指骨，法医部也完全能通过检验获取一切信息。但是剩下的唯一一个能说得通的原因就是，他是为了见她才回来的，而这个答案让她不敢想象。他们毕竟只在一起混过一夜。

露西与男人的亲密关系或许有限，但她知道，对于一个像他这样的男人来说，飞越大半国境，就为了见一个只睡过一次的女人，这实在是不合情理。而这个女人甚至根本就不喜欢他，不是特别喜欢他。

不管他想玩什么把戏，她突然间对参与其中感觉到厌倦。

“很好。那我或许就等上班时再见你了。”或者她出于强烈的自我保护本能，在他造访期间，可以安排上夜班，这样就能完全避开与他的接触了，“我要进去了。你还是打电话叫辆……”

这时他的手机响了。他悠闲回话的样子一举粉碎了她以为能奏效的逐客令。她应该直接进屋，任这男人在这里接电话，但她却奇怪地被钉在椅子上。尤其是当看到康纳利接电话，目光却一直盯着她的时候。

他别的没说几句，最后就答道：“没问题。我搭个车，很快就能过去。”他将手机放回口袋后，说道，“你可能不得不与我多待一段时间了。”

她提高警惕，但心中同时也违背了她的本意，一丝本已熄灭的喜悦迅速浮现出来。

“这话从何说起？”

加文站起身说：“是普雷斯科特来的电话，他们开始挖掘昨晚发现尸体的那块地方了。我需要搭车过去看看。”

露西急忙站起身，再次锁上房门，说：“我送你去。”

他语气中又重露出那种该死的开心意味。

“真是很难弄清楚，你到底是急着想甩掉我，还是想参与发掘？”

“都有。”她小跑下了台阶，“我送你过去，这样一来，就既有理由拒绝史蒂夫的命令，又可以前往现场。正如普雷斯科特说的那样，这是双赢。”

“这么说，当我因为开枪射击而在接受审查，汗流浃背地说着老生常态的客套话时，你却在河边优哉游哉地过了一天。真有你的。”汤米·弗兰克斯弯腰拍掉裤子上因为刚才尴尬地从斜坡上摔下来而沾到的泥土。

卡姆用带着笑意的眼神看着他。听到这位探员被认定为无过，他松了口气。不只是因为案子中又多了一位经验丰富的探员，也因为弗兰克斯是位极其优秀的侦查员，他私底下的朋友。卡姆很看重这位长辈的眼光。

“你知道那里有条路可以下山吧？”

弗兰克斯站直身体。

“我现在知道了。我都错过什么了？”

其实他们不到一小时前还通过话，所以这问题应该是他故意夸张的说法。根据这片区域目前的喧闹程度而言，也并没有任何不贴切之处。

“人力资源开发部的训犬师将狗带去了洞穴的后部入口，一路沿着河岸搜索。”卡姆转身指了指那一片。他提高声音以压过小组正在使用的电铲断断续续发出的呜呜声。试着不去想象，那位不明嫌疑人可能也曾使用过类似的工具来扩大洞穴，“那狗发出警报，所以他们就又派了一位训犬师过来，一路乘船搜寻，而乔治则带着狗在河岸上搜寻。”一阵钝重的痛感在他的太阳穴扎下根来。他有预感，今天结束之前，那痛感会加重到手提钻的程度，“与此同时，发掘工作也开始缓慢进展。”

发掘秘密墓穴是一项费时费力的工作。土层破开之后，更多时候要用到的是小泥铲，而非铁锹，因此进展很缓慢。眼下发掘地几乎看不见，验尸官和高科技技术采集人员正围在周边。一位刑侦专家正使用探地雷达定位发掘的界限。不过接受任务的是另一位验尸官，二十分钟前加文·康纳利赶来了，露西·贝纳利也跟着一起。或者说是加文跟着露西一起过来的。卡姆不知道他们怎么会一起过来，不过他也并不在乎。就他所能看见的情景来说，这两位正位于现场的中心，指导发掘工作。

弗兰克斯从西装上衣口袋里掏出厚厚一叠折起来的文件。他的脸上已经隐隐能看到有一层汗水在闪烁。卡姆几个小时前就脱了西装上衣，卷起了衬衫袖子，但此刻还是想好好冲个凉水澡，跟着再喝一瓶冰冻啤酒。眼下这两个选项似乎都遥遥无期。

“子弹报告？这么快就能出来，真是打破实验室记录了。”卡姆展开那叠纸，迅速扫了一遍。这天的早些时候，他曾接到实验室的电话，得知了大概的调查结果。其中所包含的信息是他们在本案中得到的第一个真正的突破。要是在平时，他可能早就为这其中所蕴含的可能性激动万分了。但是看着眼前展开的严酷场景，他只能保持缄默。

“子弹测试结果表明，罪犯在钱宁家中所使用的枪支，同大约十五年前一家便利店抢劫案中所用到的是同一支。”弗兰克斯从上衣的另一个口袋中掏出半瓶水，拧开瓶盖，长长地喝了一口，“是一个小孩从他养父收藏的枪支中偷的。那小混混因此被捕，枪最后也物归原主。”

“但是六年前，又和藏品中剩余的枪支一起被盗。”卡姆翻到下一页，“要么就是那家伙倒霉透顶，要么那枪主就是个白痴枪主。”

“我想，从你上次跟实验室了解过之后，我们又发现了更多信息。”卡姆一下子来了兴趣，注意力从报告文件上转移到他身边的男人身上。

弗兰克斯一边盖好瓶盖，一边说道：“三年前，在厄本代尔一座车库的屋顶上挖出了一颗与这枪配套的子弹。那屋子的主人汇报他妻子失踪了。家人和朋友都宣称，没见过她，所以一位名叫蒂蒙斯的侦探对那屋子进行了搜查，结果并无定论。那妻子的汽车、手提包和一些衣物没了，而且在她丈夫报案之后，她用信用卡透支了最大金额的钱款，之后丈夫才去取消了信用卡。她的手机再也没使用过。家里也完全没有任何像是发生过谋杀的迹象，但是厄本代尔罪证搜查组找到了那颗子弹。不过却没有办法证明，那子弹嵌在天花板上有多长时间了。”

卡姆的思维开始高速运转，他问道：“房主叫什么？拥有那座房产多久了？”

“凯文·斯塔尔史密斯。四年。”

“所以那子弹有可能在他搬进去以前就存在。”他感到失望的刺痛，“你和蒂蒙斯谈过吗？”看到弗兰克斯点头，他又问，“信用卡查出什么问题来了吗？”

弗兰克斯从口袋里掏出一个小笔记本翻看。

“大多数是购买电子产品。一个笔记本电脑、一个大屏电视、一套立体声系统，都是这一类的东西。买的一些衣服尺码也同她衣柜里的那些相符。还有一些大额礼品卡。”

换句话说，都是那些能迅速脱手，或典当来赚快钱的东西。

“她家人怎么说？”

“这位艾米丽·斯塔尔史密斯同她母亲形同陌路，到她失踪的时候，母女俩已经有好几年没说过话了。两个姐妹也都宣称，没有她的音讯。她们对那段婚姻都不抱乐观态度，所以蒂蒙斯把那位丈夫看得相当严。但他有不在场证明，那位侦探一直没能得出足够的证据结案。他倾向于认为，斯塔尔史密斯太太可能是想摆脱不愉快的婚姻生活，于是用信用卡获取逃走的资金支持。”

弗兰克斯赶到现场时，索菲离开卡姆，去挖掘场地周边转悠了。这时候她听到弗兰克斯的声音，立即赶了回来。

“你找到与万斯作案手法相同的失踪人口报告了吗？”她问道。

弗兰克斯听到她的声音，露出一副难以置信的表情，一贯沉默寡言的脸上写满惊讶。

“你是钱宁医生？我差点没认出来。”

她笑一笑：“我就当你是在夸我了。不过这伪装几乎都是洛林探员帮忙做的。”

当卡姆向她介绍了两人之前的谈话内容后，她褪去微笑，显出沉思的表情。

“她是三年前失踪的？万斯从内布拉斯加州的监狱出来……是在什么时候来着，四年前？”不等两位男士点头，她又说道，“他的前狱友告诉过你，万斯在监狱中就计划要犯罪了。跟踪富有的女性，绑架她们，强迫她们从银行户头里提取大笔现金，然后实施性侵犯……即便你们所说的这位女性是遭人谋杀了，那也完全不像万斯的作案手法。除非……”

她的声音低下去，卡姆急忙问道：“除非什么？”

不管索菲当时想说的是什么，这时候挖掘场地周围聚集的人群中突然传来一声吆喝，打断了她的话。他们三人立即赶过去与众人汇合。在场的露西、加文和最早来的法医皮特·勒达尔此刻全都戴着手套，手脚并用地趴在那正不断掏深的墓坑。卡姆走到一个镶有木框的筛子旁边，他们一直在用那东西从土壤中筛选碎骨和牙齿碎片。这块地方摆满了他们的工具：铁锹、铲子、一只白色的大塑料桶，附近还躺着一些刷子。

一位法医技术人员和一名刑侦实验室摄影师正在记录发掘的每一步过程。

“加文，帮我挖这里，”露西的声音异常冷静，“皮特，你想换换班，来筛土吗？”

“那样我的脊背就能休息一下了。”说话的是位矮胖的秃了顶的法医，他退后几步，给站在洞口旁边的卡姆腾出地方。

卡姆一走到坑边，立刻就明白了刚刚让众人兴奋高呼的原因。

那坑口现在只挖到二乘三英尺大。但是这时候从土里露出了一张肮脏的枯萎的脸的一部分，以及几缕纤维般的黑发，下面毫无疑问是一个人。

第7章

“你，”卡姆驾车穿越绿灯下的十字路口，这时候他已经相对放松了些，说道，“真是霸道。”

索菲没有从膝盖上的iPad屏幕上抬头，声音很冷静。

“我更喜欢‘独断’这个词。在这个案子中，我绝对是对的，而且你也知道这一点。”

“我不知道。”他反驳着将车子在希克曼大街的红绿灯前减速停下来。接着他开始用手指不耐烦地敲击方向盘，“今晚我可以让洛林探员来接你，送你回家。我是说……”这句失误让人尴尬，正确说法应该是，“去我家。”

她轻轻叹了口气，在这种叹气声之后，她往往会以一种非常有礼貌和简洁的方式，说一句他是个浑蛋。

“问题不在于我累了，虽然我确实很累。而在于你已经将近有四十八个小时没睡过觉了。你这样子透支自己，对案子并没有好处。”

信号灯再次变换，他加速前进。他心里想到，她说出真相的时候，往往也是她最气人的时候。

“发掘将持续整晚。”卡姆听说赛斯带了一个新的现场调查小组过来时，感到如释重负。他们运了发电机和大手提灯过去，以确保工作继续进行。州法医办公室也派去了更多的人手。“操作探地雷达的刑侦专家威廉姆斯认为，那个洞里的尸体数量在两三具以上。”不把洞口扩到足够大，真相很难确定。

如果那位不明嫌疑人在那里挖了一个大坑，抛尸后又重新埋上，那么受害人有可能是被码成了一堆，一具叠着一具埋葬。唯一能确认的方法就是，继续挖掘。以后不要再出现在挖掘现场的希望破灭了。

“这个案子的每一个细节，你都能第一时间知道。”她没有询问，就在手提包里翻出一瓶泰勒诺，往手掌上倒出两粒递给卡姆，“你只要眉头上出现那种小皱纹，就是头疼又犯了。”看到他先看看药片，又看看自己，她解释道。

事实上，看到她这么了解自己，他有些许的不安。过去的几个小时里，头疼加剧了不知多少倍，于是他拿起药片，扔进嘴里，但并没理会她递过来的拧开了瓶盖的水，干咽了下去。

“疼得厉害吗？”

要是换了任何其他时候，她关心的语气都会让他感到温暖。但是他一点都不想因为吃饭、睡觉这种小事而耽误时间离开案子。

“比被迫听到泰勒·斯威夫特的歌声时头痛的程度要低两个度。”

她笑了。在他们短暂相处过的那段时间，有一天早上他撞见她在冲咖啡的时候，跟着那位乡村流行歌手的歌声一起哼唱，从那以后就一直未放过她。

“我正准备提议听些轻松的东西，好帮你缓解缓解压力呢。”她伸手假装要开收音机的样子。

“你有危险了，女人。”不过这是自从他昨晚接到范因斯坦治安官的电话以来，第一次感到稍稍的放松，“我需要为明天的简报会准备更新报告。”

迎面车辆打过来的灯光让他太阳穴捶得更加疼。他需要将今天一整天一直没停过的各种情况细节，整理成一份连贯的报告，这工作至少要耗费他两个小时的时间。也许先冲个澡，一边喝冰啤酒，一边整理报告，然后再睡上几个小时，头就不会疼了。就像索菲刚说过的，如果发掘现场有任何情况，工作人员会立即向他汇报的。

但无论如何，在这个时刻，最让他感到压力的细节，并不是那墓穴中掩埋了多少尸体。

而在于凶手本人，有可能仍然待在这个地区。

“几个小时以前，针对品特斯药店的搜查令下来了。品特斯一位雇员回忆称，曾在商店见过那位不明嫌疑人，但是没有人提到他是药店顾客。我们可能还从监控录像上得到了些证据，不过目前发现的只有一个他走向他的汽车的画面。那条线索卡壳了。”开车的一路上，他至少有时间可以告诉索菲，下午其余队员一直在向他汇报的各种事实。

“那车子和汤米看见的从我公寓离开的是同一辆吗？”

索菲提到的是一次针对她自己的未成功的谋杀，考虑到这一点，她的声音听起来显得极其克制，事实上是太过克制。卡姆看了她一眼。在他们相处的短短时间里，并不是只有她一个人发现了两人之间的个性差异。

“我们现在没必要一定要说这件事。放下案子休息几个小时不会要人命的。”

“确实不会要命。不过没关系的，卡姆。我整天都在忙各种事情。”她将药瓶放回手提包，药片晃动着响了几声，“我不会因为听到描述一辆车的样子就崩溃的。”

“会的。”他很难将视线从她身上移开，保持在前方路上，“你会的，他们没看见那人离开时开的车子的牌照，但是汤米说，那绝对是他在你家看过的那辆车。我已经让得梅因警察局的警员到那片地区挨家挨户登门拜访，向品特斯商店员工和附近居民出示珍娜所绘的第一幅素描。但是这可能要花几天时间。”

“一定有人见过他。”她将头靠在头垫上歇了一会，发出一声几乎听不见的叹息。这提醒着他想起来，她昨天晚上和自己一样，几乎都没怎么睡觉。

“我真的认为这条线索将是最有可能……”

这时卡姆的手机响了起来，看到她在旁边满怀期待地坐直身体，他在心里骂了一句。接着他从叠放在控制台上的西装上衣里掏出手机，接通放在耳边，简单回答几句。来电是约翰·塞缪尔斯。那位探员听起来就和卡姆一样疲累。

“我现在在家，但是得梅因警局刚刚报过来一条他们得到的线索。有个家伙宣称曾见过我们的这位不明嫌疑人。说他在富兰克林县河湾社区中一家名叫‘怪胎’的酒吧当酒保。这位举报人用手机拍了张他的照片，发送给了负责接听热线的警员，对方转给了我，我发给你看看。我不知道那家伙是不是我们要抓的，很难说。如果我们的嫌疑人把头发剃光的话，有可能好认点，对。这人脸型上有些相似。你希望我今晚过去看一看吗？”

“不用，我现在就在车上。如果觉得有必要，我就自己去看。地址在哪来着？”

河湾社区正在进行缓慢的改造，修复了一些古老的维多利亚时代风格的建筑。在摇摇欲坠的建筑和租金低廉的出租公寓大楼中修了几座闪闪发光的新写字楼。但那里的犯罪率仍然是得梅因地区最高的。虽然市里投入了大笔资金用于区域重建，但可能还需要再过几年持续果断地投入温暖的关怀，才能制止当地猖獗的卖淫、贩毒和帮派活动。

电话挂断后，他等待着短信提示音的响起。收到照片后，他仔细研究了一番，然后递给索菲看。“你觉得是他吗？”

索菲亚看一眼那男人的照片，接着伸手打开车厢顶灯。

“这是……这人是谁？”

“一个酒保。他所在的那间酒吧……”他在心里快速合计一番，“大概在我们那位犯罪嫌疑人被发现的品特斯商店以南的八个街区之外。”

又过了片刻，她说道：“我不知道。特征不是太对得上，而且他胡子太邋遢了，还剃的是光头……不过他脸型是有些相似。”

“对。”卡姆在下一个街角转了弯向东行驶，“那地方很近，也许值得过去看看。”

“怪胎”店如其名，卡姆一走进去，所有的眼睛都朝他瞄来。

里面光线昏暗，唯一能营造氛围的差不多就是霓虹灯啤酒广告了。他的装扮绝对是有些过火了，酒吧里大部分顾客穿的都是背心或T恤衫，下身是裂口牛仔裤或短裤。他在穿过零零散散的顾客时发现，这里的着装准则是不分性别的。而且所有人都立刻认出了他的警察身份。

他看到两个男人骚动起来，侧身走上走廊，往酒吧后部走去，那里可能是一间卫生状况可疑的厕所，也可能是出口。他仔细观察一番，任那两人离开了。他们都不像是他刚看到的照片中的人，而现在，他没兴趣知道那两个家伙心虚的理由。

他的注意力集中在酒保身上，但那人绝对不是照片中的那位。

卡姆在吧台上靠近酒吧门的地方挑了个位置，用一种能保证最大程度看到整片空间的姿势歪在那里。除了刚刚溜到后面去的两个人之外，其余顾客打量了他一番之后，都继续喝酒、打台球去了。

孤独的酒保把自己乌黑的头发整得更蓬松一些，然后朝卡姆坐的地方走来。她朝他俯下身来趴在吧台上，让他能够近距离看到她那从紧身上衣中挤出来的深邃乳沟。

“给你来点什么，大杯的黑啤？警察爱喝的。”

两个打台球的人争吵得越来越激烈，角落一个破玻璃窗下的小隔间里看上去像是在进行毒品交易。

“你完全误会我了，我是干会计的。”

女人闪过一抹应该是在挑逗他的微笑。

“啊，那我的真身其实是修女呢。不过，我的伪装可比你强多了，不是吗？”

“演技精湛。”他掏出手机，调出塞缪尔斯刚发给他的那张照片，然后转过去，好让那女人能看到屏幕，“认得这家伙吗？”

她看了好一阵子，然后摇摇头，说：“不认识。我应该认识吗？”

卡姆狠狠瞪她一眼，说：“有人告诉我说他是这里的酒保。”

“好多家伙都在这干过，不过没一个干长的。你说他在这干是什么时候的事？”

“不是我说的。”

那女人耸起肩膀，半转过身抓起一条吧巾，开始擦拭散落有划痕和涂鸦的台面。

“我来这八个月了，从没见过他。我觉得是某人故意给你指了条错误线索。”

卡姆同意这种说法，但是那个“某人”正站在他面前，这女人正龇着她那口肮脏的牙齿扯谎。

他将手机放回口袋。“对，你说得对。在那人跟我说的详细地址背后，可能还有许多酒吧都是用肥鼓鼓的轮胎做的招牌。跟你们这间耗子洞似的，吧台镜子的同一位置上也碎了一块，这样的酒吧可能想找多少就有多少。”他站起身，“谢了。我想我还是去问问你的客人吧。就从角落那两个刚做完毒品交易的家伙开始。然后我再把这个窝藏非法活动的地方关掉，坐等代理律师过来。”

那酒保抓住他的胳膊。

“老天爷，冷静。我说了我没见过那伙计。有可能就是个流氓过来喝酒，结果喝高了，翻进吧台，免费给自己倒了一杯而已。经理在后边呢，我去把他叫出来看一眼，行吧？”

他狠狠地看她一眼：“那就去叫。”

女人顾不上招呼等着点单的顾客，赶紧从吧台后面离开，朝几英尺外的一扇侧门走去。

卡姆看了她片刻，接着便跟了上去。

他跟着她走进一片灯光昏暗的狭窄区域，里面堆满了啤酒箱和装烈酒的盒子。正好看见一个身穿松垮垮的牛仔裤的身影从出口一晃就跑了出去。

他正准备追上去，那女人却挡住他的路。卡姆将她推到一边，跑出走廊。眼见着一个秃顶的瘦子狂奔出巷子。他正要冲过去，那酒保却一下子朝他扑来，像只倔强的猴子般抱住他后背，一只手环住他脖子，另一只手则握成拳头，猛砸他原本就疼得砰砰作响的脑袋。

他将她的胳膊掰开，粗暴地将她仰摔在地，然后朝那逃窜的男人冲去。

这片街区光线很暗，许多路灯都没亮。不过当那男人冲上人行道后，那里的店家招牌很亮，足够照出他的行踪。后来他们冲到一个住宅更多的区域，要追着他穿过一座座后院和被车辙压得坑坑洼洼的小巷子，难度加大了。

那男人放慢速度，回头看一眼。见卡姆追上来了，便又加快速度，转身朝一条夹在两座旧屋之间的窄道冲去。卡姆停在旁边的院子门口，掂量着是否有陷阱，接着掏出枪，背贴着一边的房屋墙壁，举着枪侧身穿过黑暗。

两座房屋中有一座是黑的，另一座装了铁条，拉了窗帘的窗口则有朦胧的灯光透出来，里面传来情景喜剧的欢乐笑声。走出窄巷，到达两座房屋后院所提供的开敞区域后，他在角落转过身，将枪晃动着指向两个方向。

一个人影像热导飞弹般朝他扑来，把他撞倒在地。

卡姆重重地摔在地上，一翻身，用一只胳膊扼住那男人的喉咙。他将攻击他的人按在身下，一瞬间一道刀锋划过，他将枪抵在那男人的太阳穴上。

“放下武器。”

那人停顿片刻，似乎是在考虑自已所面临的选择。接着他慢慢松开握刀的手指。

当卡姆拿到刀后，那男人尖叫起来：“打啊！赶紧的，老天呐！”

身后传来砰的两声，卡姆一闪身将那俘虏抓着站了起来，接着转了个身。这时候他看到那女酒保跪在地上，双手捂住头，身前的地上扔着根棒球棍。

他眨眨眼，惊呆了。

而索菲则像个复仇天使一般，高高耸立在那女酒保身旁，当她弯腰去捡棒球棍时，打着夹板的那只手腕依旧防范着举得老高。

他摇摇头，想确认这场景是不是真实情况。这时才隐隐意识到，头痛的感觉并未消退。

“这究竟是……”

“我想，”索菲将棒球棍抵在那女人背部正中，催促她脸朝下趴在地上，“你想说的应该是‘谢谢你’吧。”

二十五分钟后，得梅因警察局的人过来了，卡姆向警察们解释了一遍刚才所发生的事。

“显然，这两个家伙都没有名字。至少他们没一个肯承认。我想等你们采集到他俩的指纹，肯定会查到两人的案底，而且这家伙肯定还有一张正在执行中的抓捕令。”他用手指向刚才抓住的那男人，而那家伙这时候正戴着手铐，坐在他们身旁路边的一辆警车后座上。那女人也被锁住，拉到前面的警车去了，还能听见她嘴里的骂骂咧咧。

站在他身边的警察一头花白的头发理成圆寸，满是皱纹的脸上透露出老手才有的干练神情。

“等我们查清他们的身份了，需要告诉你吗？”

卡姆从口袋里掏出一张名片递过去。

“可以给我打个电话。不过我想我找他们应该没事了。”刚刚一把那家伙拽到警车的投光灯下照亮，他立刻就知道了，这不是他们要抓的不明嫌疑人。他虽然身高和体重都相符，下巴的相似点也足以让人多看几眼，但他的嘴巴不对，鼻子也不对。

他确实是个渣滓，但却不是他们要找的那一个。

卡姆大步往回走，他的车子仍停在两个街区外的“怪胎”酒吧门前。越靠近汽车，以及坐在里面的女人，他的思绪就越快地忘掉了刚才的追踪和逮捕过程，完全定在索菲刚刚让自己置身的险情之中。

他打开车门，钻进去，将钥匙插进点火器，但并没转动。取而代之的是，他想了一会儿索菲的事，注意到她正在揉打着夹板的那只手腕。

“这一回又把你的胳膊伤得多厉害？”他以谈话的口气问道。

她的眼神落在手腕上，看到她自己正握着那手腕，似乎也吃了一惊。

“我吃了几片镇痛药，”她的声音有些啼笑皆非，“所以等早上再问我吧。”

“我不是锱铢必较，不过我说过让你待在车上的。”

“我是待在车上的啊！”她激动地辩解道，“一直到我看到那个丰满的黑发女人抓着根棒球棍，从酒吧里冲出来追在你身后。那会儿我想着该死，不行，我必须跟上去以防万一。”

他露出难以置信的表情。

“你刚刚是不是说脏话了？”虽然并不是什么了不起的字眼，但他之前还从未听过从她嘴里冒出任何跟脏话沾边的东西。她有完美的语言攻击能力，根本不需要大声吼叫，或是说脏话。他敢打赌，这时候她那张化着暗色妆容的脸一定红了。

“我想对于十岁以上的人来说，‘该死的’就不再是脏话了吧。而且你在转移话题。我刚刚是觉得你需要支援，仅此而已。”

卡姆无法将视线从她身上移开。这女人有着无限的魅力。

“用一个打着玻璃钢托板的手腕，去对抗一根路易斯维尔·斯拉格牌的棒球棍。”他无法掩饰声音中的笑意，“那女人完全没有获胜的可能性。”

“我的钥匙链上还挂着一小瓶胡椒喷雾呢。”索菲镇定地说道，“我等着她一回头，就可以朝她喷了。”

老天啊，饶了他吧。和这个女人在一起每待一天，他都能了解到她的一些新东西。某些让他体内因她而起的混乱感情更显纷扰的东西。某些能将这似乎总被黑暗笼罩的世界照亮一点的东西。

“你要等的只是那个吗？我记得你刚说，你在等一句‘谢谢你’来着。”

她将安全带拉下来扣好，散落的头发遮住了她的侧脸。

“说吧，我不会被吓得不敢出声的。”

“你是没必要。”他凑过身去，托住她的后颈，稍稍用力将她扶拢一些。

在他的嘴唇刚与她的接触的那一甜美刹那，他毫无疑问立刻就有一种归家的感觉。于是他留恋着，品味着那熟悉的感觉，而那熟悉感又勾起一种被他漠视了太久的欲念。

他本来只想着吻吻她的。没想过要打开过去亲密关系的闸门，那段在他还未满足之前就早早地被她戒断了的关系。但是此刻，在他的亲吻下，她张开了嘴唇，于是他原本的想法便烟消云散了。她的滋味渗透进他的整个身体，让他的腰部立即熟练地绷紧起来。唇舌交触的瞬间，他感到血液又重新恢复了活力。

他几乎要说服自己，这种激情爆发的时刻，是他蓄意设计的结果。但实际上他之前并未这么设想过。而且他不知道，为此他是该感到高兴，抑或抱歉。他凑得更近些，更深刻地去体会，在那个瞬间，他任由周围的世界都远离开去。

附近一辆车关门的声音打断了这个瞬间。

两人突然意识到周围世界的存在，卡姆退回座位，同时长长地舒了口气："谢谢你。"

她过了片刻才回应。她的声音有些颤抖："不客气。"

一返回卡姆的住所，索菲亚的第一个任务就是立即摘掉假发。洗完澡后，她拿起一把梳子，梳过仍湿漉漉的头发，如此简单的一个动作，却让她彻底放松下来。之前当她看到镜中自己的样子，她都会被那个正盯着自己看的陌生人吓一跳。才过了一个下午而已，她却已经开始希望，需要伪装的日子能立即结束。

她围上浴巾，往浴室门外的走廊看了一眼。卡姆的卧室里有一间浴室，不过次浴室是在客厅那条走廊的尽头。

索菲亚缩回浴室，抱起衣服和洗漱用品，匆匆退回她的卧室。热水澡在消除疲劳方面发挥了惊人的效果，但似乎并未消除卡姆的吻在她脑海中留下的记忆。虽然她极力想将那感觉抛开，但那画面却很顽固，依旧栩栩如生地印在里面。

她用脚带上门，心想着，这个吻的激情程度并不如他们之前短短的相处时光中的那些。它缺少了他们第一次接吻时的新鲜感和试探性，缺少了后续的那些探索的兴奋感。

但它依然唤醒了他们曾一起分享的每一个激情时刻的那份眩晕的记忆。从上个月在米奇家碰到他的那一刻起，他所呈现出来的诱惑力重又复苏了。那短短的亲密时刻打开了记忆的闸门，那些记忆将她围困住，她无法逃脱。在刚加入梅斯·万斯案调查小组的时候，她就努力地将它们屏蔽了。

但被囚禁的那段经历，却给了她太多的时间去思考。她终于承认，与卡姆的分手，更多的是因为他所造成的情感压力让她恐惧，而根本不是因为她当时所提出的那些呆板的理由。

想到万斯，她打了个冷战。那男人此刻正被关在监狱中，无法再来伤害她。

而且他也一直没有机会，用他对其他受害人的方式来伤害她。他当时折磨柯特妮·范·惠顿的方式让她恐惧，范·惠顿此刻依然静静地躺在医院中，毫无动静。

她的脚步停下了，她将衣服紧紧地抱在胸前。在计划逃亡的时候，她曾经有过无限的后悔，也担心万斯在她还没能离开的时候，就又卷土重来。而今天看到那些被挖掘出土的尸体，又不可避免地提醒她想起，她的命运原本有可能会更糟的。

她的大脑命令她抬脚向前走，走到衣柜前面，拿出睡袍，将手中的衣物放下。

但是打开的衣柜突然变成了她之前被囚禁的那间牢室。后面是裂了口子的冰冷的石灰岩墙壁。两侧是木板墙壁，前面是原本用来关牲畜的牢实的铁门，顶上盖着粗重的镀锌铁丝网。

而放在角落里的那张充气床垫，万斯曾经将她按在上面，他的意图再明显不过了，直至她想方设法转移开他的注意力。

她的手掌都汗湿了。钝重的心跳越来越快，越来越响，直至那声音填满她的耳畔。节奏与血管中的脉搏保持一致。肌肉逐渐紧绷，胃里泛起恶心。

她挣扎着深吸一口气，将那些不想看到的画面推出脑海，那里面有万斯，有那成为囚禁她的牢室的畜栏。

索菲亚是一位职业心理医生，但是意识到身体面对突如其来的闪回记忆的反应，却并没能让克服的过程变得更简单。她努力寻找着其他东西，任何其他能让她集中注意力的东西。她试着平稳呼吸，先深吸一口气，然后缓缓吐出。

不等她成功，一阵敲门声传来。

“如果你还没睡的话，我有事情想和你商量。”卡姆的声音从走廊上传来，“你穿着衣服的吗？索菲？”

但她却僵作一团。那些事情本来已经不该再造成这么大的影响力了，但此刻她却无能为力地被定在那里。

她没有回答，她不能回答，这时候门却打开了。卡姆迅速看一眼，似乎就完全明白了里面的状况。

“我……需要穿上衣服。”她的声音在颤抖，那让她痛恨。她无法控制，而且她的脚依然无法动弹。

“是的，你说得对。”他走到她面前，确切来说，是从她紧握的手掌中撬出了那些衣服，然后若无其事地将它们扔在梳妆台上。接着他走到衣柜前，从衣架上取下她的浴袍，走回来为她披在肩上，帮助她把僵硬的手臂伸进去，拽下浴巾，好把她的浴袍系在腰上。

“我只是……”她舌头似乎变重了，所以她又试了一次，“我刚想到万斯，然后衣柜……在那一瞬间，它让我想起……”

“我知道。”他轻轻地帮她转过身，领着她走到床边。他将被子掀开，然后抱起她，平放在床上。“疲劳会让回忆更恐怖。单独与它们作斗争也是。”

他脱掉衬衫，打开床头灯。接着走到房间那头关掉顶灯。当床垫因为他的体重而下沉时，她感到一丝与那记忆无关的恐惧。之前的一切都是因为另一种软弱，但这时候却是因为他的出现。

卡姆躺到她身边来，贴在她的背后，这样一来，他们就像两把勺子一般贴在一起，那感觉太过熟悉。

“我有件事想征求你的意见，”他低沉的声音在黑暗中听起来让人感到抚慰，“我一直想着养一只狗。”

“一只……”这突然插入的话题成功转移掉她的注意力了，“你来这里不会就是想要说这个吧。”

“就是想说这个。”他沿着她腿的弧度，伸开腿，“不过我需要你帮我选。还记得那天你拽着我去动物收容所吗？我们在那里看见好多狗。你最喜欢哪一只？”

“唔……”她想着，四肢的僵硬程度松缓了些，“很难说。不能太吵的。”

“当然。”她感到他的微笑就贴在她头发上。

“而且脾气要好。要喜欢运动，因为你说过想要一只能陪你跑步的。”

“我又想说，你真是太了解我了。这样我们就可以避开胆小又爱叫的狗了。我想我们运气不错。”

她的心跳开始放缓，恢复到更稳定的节奏。索菲亚知道此刻她血液的沸腾，更多的是因为她被这个男人紧紧地搂在怀里，而非之前伏击了她，让她颤抖的恐惧。这两种原因都让她软弱。但是被万斯囚禁的漫长时间，却让她对之前最担心的事情的态度发生了巨大的转变。现在她不会再因为自己在卡姆·普雷斯科特面前展现出软弱的一面，就责备自己。

她的身体贴着他放松下来。

“莉维说起过，葡萄牙水猎犬很活跃，也不爱叫。不过我想在收容所应该找不到那种狗。”

“那么说不定可以找只搜救犬。我考虑过拉布拉多贵宾犬，因为它们很爱运动。不过活泼的狗应该不可能整天都关在公寓里。所以或许我需要开始找一座独幢房子了，带院子的那种。”

“独幢房子？”他是故意想吓她的，“那你去看过吗？”

“还没。只是我一直在考虑的想法而已。我在家的时间没那么多，不过我倒不介意空间大些。能多一间卧室，不用兼做办公室的卧室。有个带洗涤槽的吧台，也许还该有一间运动房，这样就不用把跑步机放在卧室里。”

躺在床上说话，这举动中有种古怪的亲密感，有影子将他们包裹起来，远离了那案子所带来的压力，远离了外部世界。他的声音在她耳畔隆隆作响，这让她感到安慰。他手臂的重量落在她腰上。

就在不久前，曾经有一段时间，当他的持续出现让她感到心安时，她脑中曾拉响警报。有一段时间，她本可以拒绝为一个远远超出她舒适范围的男人投入太多感情。

尽管他依旧在说话，低沉的声音让她感到抚慰，但睡意还是袭来了。索菲亚将注意力集中在他的声音上，这一次就放纵一回，不再理会她的那些条条框框。卡姆的声音还在她耳畔，他紧挨着她的身体透出的暖意成功地将梅森·万斯从她的脑海中赶出去了。当潜意识将她包围起来时，她想到的只有身边的这个男人。

桑尼将双手放在耳边拍一拍，然后踱起步来。脑海中的噪音又出现了，自从他离开露西·贝纳利的房子，返回自家开始，那噪声的音量就一直在加大。妈妈的声音已经住在他脑海中了，一种持续不停的愤怒的噪声，无论付出多么大的努力也无法将之消除。

不过他已经不再去聆听了。他有更重要的事情要考虑。

万斯为了预防他们两人中的谁被抓，曾经做过一个计划。他指望着桑尼会留在他身边，帮他执行那计划。但桑尼并不傻，他知道如果坐牢的是他自己，梅森·万斯可能早已逃出爱荷华州，前往能安安静静沉迷他的爱好的新地方了。万斯才不会关心他的搭档，那桑尼也要以牙还牙。那家伙就是个愚蠢的施虐狂。只要还留在这附近，那桑尼就也有可能被抓进去关在他旁边的牢室里。

不管怎么说，他都不会为了那个前任搭档而在附近逗留。让他清醒的不是万斯，而是露西，是可爱的温柔的露西·贝纳利，和他一样对死亡感到亲切的露西。桑尼没有欺骗自己，他认为她能理解他一开始的行为。那些事情他也是迫不得已，但是假以时日，他可以教她，塑造她。最终她会意识到，他们有着相似的灵魂。他们是灵魂伴侣，注定要在一起。

如果她无法学会的话……这想法让他喉咙都喘不过气来了。一开始他会回避这个想法，接着他会强迫自己去思考。

如果他对露西的判断是错的，那总还会有别的女人。

但是他没有看错她，他知道他没有。露西·贝纳利对他来说是完美的对象。他们注定是要在一起的。他需要做的只是关掉脑海中已经响了很久的噪音，找到办法，将那一判断变为现实。

他在沙发上坐下，拿起笔记本电脑，开始为他和露西寻找新家。某个遥远的，与世隔绝的地方。桑尼有耐心，又温柔，不过一旦露西意识到她已经无处可逃，没有人可以依靠之后，那些课程会变得容易起来的。

除了他之外别无他人。

第8章

“睡眠恢复体能的力量是众所周知的，露西。这也是人们发明床的原因所在。”

加文·康纳利忍着哈欠，帮体形娇小的露西将轮床从停尸房的冷冻室里推出来，上面停的是头一晚发现的尸体。他们推着轮床沿光线昏暗的无菌门廊，朝露西之前吩咐过的验尸间走去，轮子滚动的哗啦声打断了清晨的寂静。

“你要是累得那么厉害，那等我们把这具尸体抬上验尸台后，你可以爬到这张床上躺一会。”

露西的语气中并无敌意。对于这份让他们忙了好几个小时的工作，和加文不一样的是，她感到的是极度兴奋，而非精疲力竭。不弄清答案，她的大脑就无法歇息，而如果大脑不能歇息的话，好吧……那她的身体就要倒霉了。

“当你提议要陪那几位法医助手，搬运发掘出的头两具尸体回办公室的时候，我很震惊。”加文的语气中有怀疑，也能听出不安，“出什么事了，露丝？”

“别那么叫我。”她打开通往验尸间的门，两人想方设法将轮床推了进去，“一号站。帮我把她抬到那个台子上去。拜托。”

这时候他咧了咧嘴，这让他瘦削的脸庞变得不可思议的迷人。她的胃明显动了一下，因为饿了，她让自己确信。两人说着将轮床推到不锈钢检验台旁，小心地将那尸体放上去。她没吃晚餐，至于早餐，还得跟加文刚提出的睡觉的请求一样，有待考虑。

“我想刚刚是我听到你说的第二个‘拜托’。”

因为他显然是希望她能问个明白，所以她便没理会那句话。

“往下我自己就能解决了，如果你想回酒店的话。”

“第一次听你说那个词，是我回加利福尼亚之前，我们一起度过的那个夜晚。”他将轮床推到对面的墙边，返回的步伐中带着一种闲庭信步的意味。他那双蓝色的眼睛因为开心，以及别的什么东西，而点亮了，“我记得当时你说过那个词，在我触碰到你的……”

“我好像记得，央求最多的人是你。”她转身朝几英尺开外的橱柜走去，拿出她所需要的工具，然后摆在工具盘上。她在心里骂了自己一句，终归还是被他拉进了这场对话。露西不需要任何言语来提醒，她被加文·康纳利搂在怀里那晚的情景。她脑中那段记忆无比清晰。

“是的，你说得对。”他跟着她走到工作台前，将瘦削的身体抵在上面。这男人似乎有直立恐惧症。“如果能让我们先放下工作，那我不介意再多央求几声。我不是一个骄傲的人。”

“我发现了。”

她将铁锤、骨锯，几把解剖刀和小刀排放在托盘中覆盖的无菌纸巾上，接着将托盘放到一辆四层推车最顶层的架子上，小心翼翼地背对着他，以防他看出她在笑。正在进行的是一份严肃的工作，而她又是个严肃的女人，没有时间来消遣取乐。长时间面对加文那看似永远不会停止的殷勤，对他的态度当然会从恼火逐渐变成难以忍受。

或许那正是将他从她思绪中赶出去的诀窍。这个想法让她来了兴趣。她应该增加和他在一起的时间，而不是完全对他避而不见。几乎可以肯定的是，他不可能一直坚持下去。

这个想法又引出了另一个，比刚刚那个还要亲密得多的想法。

她朝他投去一个揣测性的眼神。如果她肯陪着到他提及的那间酒店的床上多躺些时候，或许他们之间的化学反应就会燃烧殆尽，足够让她对她所感受到的这种毫无缘由的吸引力完全腻味。

他皱了皱眉头，说："不管你在想的是什么，我想我都会喜欢。"

她扭过头，看到那正在等待的三具尸体，一动不动地，静静地躺在光闪闪的不锈钢检验台上，她深受震动，于是将注意力挪回到工作上。

"我说真的。我可以留下来工作。但还是去睡一会儿吧，受害者又不会去任何地方。"

他在她身后很久没说话，气氛充满压力。

接着加文走到她身边："我想我们都知道，你不可能摆脱掉我的。而且你很快就会和我讨论，那个从我到这里以来你就一直成功避开了的话题。"

"我想手头的工作比谈话还是更重要一些，"她反驳完从他身边擦过，拿回一把手持型摆锯，以及她在剪断肋骨时喜欢用的修枝剪。这两把工具都放在另一个托盘上，然后放进推车的第二层架子。

"同意。"他走到橱柜前，找出几只量杯、一个颅骨凿、几把带齿的镊子，放进她刚刚摆出来的工具中，"工作优先。但接下来……"

他言语中所渗透的要求承诺的语气，让露西脊背一阵发凉。她刚刚是得到了一次缓刑，不过却让她充满感激。等再忙一会儿，她得设法重新建立起平素坚定的防御心。因为要想把这个男人赶走，她所需要做的远不止犀利的言辞和易怒的外表。

她需要建立起一座堡垒。

“你叫我？”

卡姆和索菲亚戴着口罩，穿上手术袍走进验尸间。索菲亚对那味道很敏感，缩在后面。那尸臭味就像是一把强有力的武器，强到将她的眼泪都熏出来了。她眨眨眼将眼泪逼回去，再一次被提醒着想起，鉴于那罪犯对死者的嗜好，他有可能没有嗅觉，要么就是故意损坏了嗅觉。那臭味不同于她之前所以为的腐烂物的臭味。那气味中最刺激她鼻子的是甲醛，尽管她戴着口罩。

加文·康纳利朝他们懒洋洋地招招手，不过露西只用最短的时间瞥了他们一眼，“我想着你肯定想尽快拿到结果。正如你们看到的那样，我正在急着检验，我想开始尸检了。索菲亚，我猜那丑得要命的西装也是伪装的一部分？”

在此之前索菲亚并没想过，不告诉露西假讣告的真相，她经常不被视作调查组的成员。这时候她才感到追悔莫及。

“显然效果不是特别好。”她走到露西身旁，摸了摸她的手臂，“抱歉，露西。我只能把真相告诉少部分人，不过我没有你的电话。”

“好吧。”露西冲她轻轻一笑，“这件事告诉我，我太吝啬，连电话号码都不舍得给。要不是这里有个大嘴巴，我现在都还不知道真相呢。”她冲加文点点头。

“不用谢。”加文插话道。

“你能把尸检时间往后推一个小时吗？我三十分钟后要开简报会。”

卡姆的要求引得露西用匕首般锋利的目光瞪他一眼。

“可我已经让三名受害者做好准备，要给出杀害她们的人的信息了。”她走到第一张验尸台旁，不耐烦地敲着台面，“我想在我们说话的这时间里，应该还有一具尸体在发掘。”

卡姆点头。

“那个墓穴里，甚至还有可能有第四具尸体。他们还要挖上一阵子。我也已经组建了一个潜水队，所以我可能白天大部分时间都要去盯现场。但这并不是说，我就不想待在验尸间。”看到露西眯缝着眼睛看他，卡姆急忙又说，“我只是没办法分身，同时出现在两个地方。”

“你俩要是在这儿，那要操心的事就太多了，我反对这种做法。”

索菲亚看着那几具尸体，将注意力都集中在呼气上，然后转身朝向露西：“你今天要给这三位都做完解剖吗？”

露西撇了撇嘴：“我是很厉害，但可惜也不是超人。我已经给三位都做完了初步检验，也都拍完照了。称重、清洗、X光拍照都完成了。不过我自己可能只解剖一个，然后得回去睡一会儿。”

“别听她骗你。她希望等其他员工进来之前，就给第二次发掘出的两位受害者做完检验，他们做尸检是宜早不宜迟。”加文说道。

卡姆冲他咧嘴笑笑。

“这女人正合我心意。”他瞄一眼尸检台旁托盘上排列的锋利的工具，“打个比方而已。”

“我只是想提高效率。”露西的语气听起来充满不屑，“不过我打算在今天离开前，把第一位受害者的检查弄完。等最终报告一出来，我就通知你。”

“我可以另派一位探员过来，只需要再给我点时间。”

卡姆和露西交换了下眼神。索菲亚知道，另派探员参加解剖的意思是，当露西在给受害者做检查的时候，那探员也会在场。因为他们正急于搜集有关这次犯罪的一切信息，所以就不可避免地要从调查组中派一个人过来观察，而非等几天或者更久之后才会出来的验尸报告。

“我理解你很着急。”她转过身扫了一眼其他工作台，告诉露西说，“你手上的工作已经够多了。我们也很急切，想知道你能告诉我们的一切信息。”说完她转身对身旁的女法医微笑。“我不是说我要自愿过来观察你的工作，不过应该从调查组派个人过来。你能等我们多久？”

“啊，拜托了，露丝，告诉他们真相吧。”加文离开他靠着的台面，朝两人走去，“她确实是想赶在其他法医上班之前，尽可能多地完成工作，不过那她也得跟你们分享有意思的地方。”他对卡姆说道，“正式开始解剖前还得忙上一个钟头。不过最多只能等你们那么久了。我们俩昨晚都没睡。”

露西向这位法医心理学家投去的目光，都足够将他的皮都剥掉好几层了。

“这里你说了不算，康纳利。你甚至都没受到邀请。我想说……”

“正如露西所说，我们已经给三位受害者都做完初步检验了。”他继续镇定地说道，似乎完全不为身边那位激动的女法医所干扰，“三位都做过防腐处理，虽然可能不太专业。其中的两位有尸体防腐液渗漏。全部三位的阴道和肛门都被贯通过，不过……啊……性侵所造成的损伤，至少从外表来看，似乎不如之前的六名受害者那么广泛。”

露西将这男人一把推开，走向房间中央一辆推车上放着的电脑，键入几个指令。

索菲亚如释重负，而且被逗乐了不只一点点，她看着详细记录着发掘过程每一步的幻灯片。这位女法医在保存她工作的电子档案方面简直像是有强迫症，这一点是出了名的。

露西翻到那些明显是她在实验室拍的照片。接着放慢速度展示给他们看。

“不仅仅是性侵的残忍程度有所降低。她们所受的折磨当然确实很明显，但不如其他那几位所受的凶残。你们看这儿……”她翻到另一组照片，拍摄的是尸体脱水后粗糙的背部皮肤，“全部三名受害者都编了号。如果我增强画质，把它们转一下……”

卡姆和索菲亚走上前去，更仔细地观察那些照片。

“这一个看上去像是七，或者是一。”

“朗达·克劳森，万斯的第一名受害者，身上有一。”卡姆目光盯着屏幕，插话道。

“那就是七了。”索菲更仔细地观察，露西调出画图工具在每一个伤疤上画上圈来加以强调，这时候她更确信自己的观察，“这个是七。下一个……”她重重地咽了口唾沫，伸出一只手放在旁边的桌面上，紧紧抓住台边，“四。”她不露声色地深吸一口气，慢慢吐出来，挣扎着紧紧封上记忆的闸门，不想让它们闯进来。

如果她没能从万斯手下逃脱，那她身上将会被编上什么号码呢？或者是她的尸体会被从哪里的浅浅的墓穴中发掘出来呢？如果最终能被发现的话。但是想这些问题是没用的。

“这接下来的号码是多少？该死。”

卡姆的声音成功地将索菲亚从即将猛扑过来的噩梦中拖了出来。她重新聚焦屏幕，嘶嘶吐出一口气。“那是……”

“没错。这位受害者是于两天前的夜晚被发现的，当时那个变态正想着浪漫一番。”露西的声音很严肃。她的眼睛和他们一样，都紧紧地定在屏幕上所展示的那张照片上，“我不得不对画质做增强处理才能确定编号，不过没有人反对吧，她身上这个号码是十六？”

“我一直在想，露西刚刚展示的幻灯片上的那个标志中写的是什么意思？”卡姆将车停在爱荷华州立巡警队一号大楼的停车场，那里是DCI一区探员在得梅因的办公室所在地。IOSME与安克尼的州立取证实验室共用一座办公楼。现在正是早高峰时段，所以他们一路是逆着车流抵达的。卡姆和索菲亚穿过人行道朝大楼走去。“我之所以知道那是她的，是因为在她加入法医部之前，我从未见过那个标志。不过我不确定那上面写的是什么语言。”

索菲亚意识到卡姆说这件事是为了转移她的注意力。她这会儿思绪正围绕着那法医刚刚呈现出来的发现疯狂打转。不过马上召开的简报会将重点讨论这个问题，所以尽管她为了追赶他的大步子，显得有些吃力，但她还是接过了他抛出的这个话题，暂时不去想那个数字的意义。虽然她没有穿平时爱穿的高跟鞋，但她的步伐还是比他要小。不过他无意识地调整了自己的步伐，以同她保持一致。这一小小的举动让她心里的某些东西软化了。

“我想应该是纳瓦霍语。露西是在土著民族保留地长大的。”

卡姆停下脚步，瞪大眼睛。

“她是原著民？”不过他几乎是话刚说出口就又纠正自己道，“当然了。她的肤色是那样，我只是从没想过……实际上在不涉及到案子的时候，我一直试着不去想贝纳利这个人。所以昨晚我才能睡着。”

索菲亚露出一个得意的微笑："你们俩对待彼此真是太刻薄了。我觉得你们有太多的共同点。"她侧着看他一眼，"都有一种粗粝的魅力。"

"你这话真的冒犯到我了。"他说着因为头顶晃眼的日光而眯缝起眼睛。

那动作让他眼角伸展出皱纹来。她意识到，这个男人并没有因为岁月而受到磨损。在最终并不公平的命运面前，他脸上的每一条皱纹，每一条折痕，都只会让他变得更性感。她正越来越清晰地意识到，她想要陪着他，见证往后的岁月。

这一想法引发了一阵熟悉的恐慌，她需要很努力才能将其消除。过去她总是小心翼翼地控制生活的方方面面，包括她允许进入生命的男人。与卡姆的那段短暂关系却是一次脱轨，当她感觉到，自己太快就对这男人投入了太多的情感时，她只能快速做出纠正。但是梅森·万斯却击碎了这种幻想，让她认识到无论付出怎样的个人控制，都无法真正地保证个人安全。她开始相信，有些风险是值得尝试的。

卡姆·普雷斯科特可能就是其中的一个。

"每次去尸检室找过她后，离开时我都觉得被她的解剖刀解剖过的是我，而不是受害者。"他们一边朝大楼走去，他一边抱怨道。

"每次见到像她这样易怒的人，我很快就会思考，那是什么经历造成的。这种思维模式其实是她和我共有的。"她轻快地跟在他身边说道。但是因为健康问题，或其他原因戴假发的女人，可能只有在面对将来时，才会怀有她这种强烈的崇拜之情，"我解剖人性。她解剖尸体。"

他嘟哝一声看了看手表。不管看到的是什么时间，都让他加快了脚步。

“不只是尸体。如果康纳利再在她身边多待些时间，那他最好小心自己的脊背了。”

想到那两人的样子，她嘴角浮出一丝微笑。

“啊，不过我想加文不会被露西吓到的。事实正好相反。”

他显然过了片刻才明白她的意思。回过神后，他呆住了，手抓在大楼门把手上没有动弹。

“你是说……不不。不可能。”

“这里谁才是识人专家啊，探员，是你还是我？”她伸手拉开门，而他不得不让到一边，以免被那门反弹回来砸到。

“你是说他……他们……他俩都……老天呢。”他像是被她所暗示的意思吓晕了，“难怪他这次主动提出要过来帮忙，还是无偿的。可是跟露西·贝纳利睡……”卡姆轻轻摇头，似乎是想要打消这个念头，他们穿过大堂，朝举办简报会的会议室走去，“康纳利真有种，我只能这么说。可能维持不了太久，毕竟那是贝纳利，可还是让我震惊。”

她用手肘捅向他的肋骨，说：“够了。我倒觉得他们在一起很般配。”

他金棕色的瞳孔夸张地瞪大：“般配？这么说的话，螳螂也般配呢。可最后雌螳螂还不是会把雄螳螂的头吃掉。”他推开会议室大门，等着她跟上来。

他这番话让她想起她刚刚的思绪，几乎让她感到不快。

“然而雄螳螂却是心甘情愿的。这就说明，即使是在自然界，爱情也从来都不是没有风险的。”

“到目前为止，已经又发掘出两具尸体。”卡姆扫一眼会议室中聚集的队员，看到每个人的表情都同样的凝重，“我们知道至少还有一具。所有尸体都做过防腐处理，所以都没有变成骸骨。这给我们的辨识工作可帮了大忙，为什么说帮大忙了呢？因为防腐处理会让死亡时间非常难以断定。”

随着发掘工作的继续进行，搜证小组应该已经从土壤中提取了土芯样本，以便寻找植物生命体，以及其他也许能透露受害者埋葬时间的证据。

“发掘工作仍在持续，”卡姆又说道，“人力资源开发部的工作组在河流沿岸找了三个不同切入点。我已经向自然资源部提出要求，他们正在安排一艘带侧扫声纳系统的船。”

“你还安排了水肺潜水队员？”

这个问题是特派探员指挥官冈萨雷斯问的，她正坐在前排，索菲的边上。

卡姆扫了一眼队员，没发现有要员到会，于是松了口气说道：“我今天早上请水下搜救组派人过去的。”

昨晚睡觉的时候，他隔一段时间就会被发掘组成员更新的信息吵醒，但没有一条是好消息。不过每次接完电话或看完短信，他都又迅速睡着了。或许是因为太过疲累，不过他更愿意把这当作是索菲的功劳。一开始是为了打断索菲因为创伤后压力症候群而产生的回忆，但最后那方法不仅对她起了效，也加足马力让他得到了安慰。而意识到这一点后，他所感到的不安可并不只一点点。

“可是他没有多少理由要把她们抛到河里，不是吗？”罗宾斯探员脱口问出这个问题后，耳垂羞红了。他一边吞吞吐吐地解释，一边靠在椅子上坐低身子，“我是说，他在公墓和这处洞穴都抛了尸，为什么还要打破惯例，向水中抛尸呢？”

“这个问题就是钱宁医生的领域了，我让她来回答。”

索菲听到卡姆的回答，站起身面朝会众。

“这是个好问题，探员。目前我还只能根据我学过的东西来推测。不过我认为，我们可以假定，这第二位罪犯在某些方面，是从属于万斯的。他至少在一次绑架案中担任过万斯的同谋，即在绑架柯特妮·范·惠顿的时候，有可能两人的搭档关系要求这位不明嫌疑人来负责抛尸。”

索菲稍稍转动身体的角度，好看清卡姆的反应。“考虑到那天晚上目击者在埋葬场所看到的情景，我们要找的这个人极有可能是对死后性侵行为感到羞耻。我认为那条河同公墓中新挖的墓地一样，都起到了相同的便利作用，都是为了方便抛尸。”

“在爱荷华冬季环境下，”卡姆插话道，“这家伙不可能全年都能为受害者挖掘坟墓。他可能找到了一种方法，能让抛尸这整件事情都变得更简单。”

索菲点点头：“等到地面结冰后，我想河上还有未封冻的区域，这样就能解释他为什么会两种方法都用。根据我们刚刚从法医那里得到的检验结果，我对这位罪犯所持有的疑问多过于答案。其中最急迫的一个问题是，为什么在河边找到的尸体做过防腐处理，而头六具未做过。而且抛尸的时间也让我产生了兴趣。法医和法医心理学家都赞同，公墓发掘出的尸体埋葬的时间是在十二个月到十八个月之间。对那些受害者所作出的身份确认也证实了这一推测。但目前还没有办法能确定，这处新的抛尸地点的受害者的死亡时间。不过我们现在知道了，最近发现的这位受害者有可能是最新一位。”

卡姆接过话头：“河畔找到的三具尸体背后都有编号，正如万斯的其他受害者一样。”他等到人群中的小声议论平息后，才继续说道，“洞里找到的那两位身上的编号是四和七。放在洞里的那具编号是十六。”

“这说不通。”

卡姆等着汤米·弗兰克斯把话说完。这位年长探员往往和他有着同样的反应波长。

“暴力罪犯逮捕计划（ViCAP）数据库中，没有任何其他犯罪案件，有我们从公墓中发掘出的前六名受害人身上的那种编号。”那位探员的表情异常愤怒。之前卡姆要求用新视角审视从FBI的同类暴力犯罪案件数据库中收集到的大量信息，弗兰克斯已经浏览完毕。但是除了几周前发现的那六位之外，没有找到更多的受害者，“你是说他改变了目标选择标准？”

“我认为有那个可能。”索菲镇静地将双手叠放在身前，声音充满忧虑，“也许并非所有的罪行都是万斯和这位同谋一起犯下的。或者也有可能是他们改变了目标选择标准。他们甚至有可能是在进行某种，抱歉，找不到更合适的词汇——单人竞赛。这样就能解释，为什么受害者受到攻击的残酷程度有所不同。法医认为，虽然新发现的这几位受害者也受到过残忍的性侵犯，但至少身体上的外伤不像前六位那么严重。”

索菲话音落下后，会议室里突然安静下来。

卡姆发现自己稍稍向前倾了倾身，希望听到她接下来的发言。当她在一群人面前发言时，喜欢走动走动，这时候她踱了几步，又继续说道：“万斯之前的工作是体力劳动，所以这两人不是在殡仪馆工作时结识的。但是有什么东西将他们联系在了一起？也许是爱好相同。”

“所以他们可能是在一个施虐恋尸癖互助小组认识的？”米琪·洛林的问题逗得众位探员发出几声轻笑。

卡姆从索菲的回答中能听出笑意。

“有可能。不过我想我们不会发现万斯的性反常行为最后发展成了恋尸癖，公墓中发掘出的尸体有明显受过折磨的痕迹，两天前晚上发现的那具也有。我们已经知道，我们要找的人年纪大概在二十五岁到三十五岁之间，我想他的名字应该能在殡仪馆当下或过去的雇员名单中找到。其余可能的职业还有太平间工作人员、护理人员、公墓看守人……”

她停下来看一眼卡姆。

“不过那些名单我们在追捕万斯的时候就全部调查过了。”这时候她再次面对众人，继续说道，“不管他从事的是什么职业，他现在都有可能已经失业，缺乏社交技能，没有与女人交往的能力。独居，或者是与某个单身家庭成员生活，可能是女性。”

“你是说在两人的搭档关系中，他是失序的那位，而万斯负责发号施令？”比彻姆从会议室后部发言。

卡姆几乎能感觉到索菲畏缩了一下。他已经不止一次地听她讲过，使用组织与失序这种典型两分法分析问题的危害性。

“我确实认为，他有可能受万斯支配，不过我怀疑我们要找的这位罪犯身上融合了多种行为模式。他有能力做出高度组织化的行为，虽然他可能完全不懂社交。抛尸的方法，抛尸地点的选择，跟踪柯特妮·范·惠顿的过程都显示，这人并非随机行动。”

这时候她的语速加快了。卡姆意识到会议室中每一个人，包括冈萨雷斯指挥官在内，全都听得很认真。索菲曾经说过一次，说她已经厌倦了大学课堂上的教学模式。但她实在是一位很有天赋的演讲者。而且考虑到本案的内容，她的主题很吸引人。

“他同样也有可能是这种组织化模式的囚犯，是个循规蹈矩的人。即便他意识到那晚差点被抓之后，他的面容会登上各大媒体，但他还是倾向于认为，他能成功逃脱抓捕，只要改变外表，或是在同一片街区找个新的住址就行，或者两者同时进行。”

“你觉得他还在这附近？”弗兰克斯语声惊讶。

“我认为极有可能。”索菲直接做出肯定回答，“他只有在熟悉的环境下才能安心。他之所以选择河畔那个位置，是因为他之前曾经去过那里。他了解那里，认为那地方与世隔绝，能满足他的需求。但那地方又受季节变化的影响。无论他住在哪里，他应该都还有一个可用来袭击的备用场所。在他的家里应该能找到一个柜式或大型的直立式冷柜。”

“他喜欢他的妞儿都冷冰冰的。”塞缪尔斯笑着说道。

索菲微笑了。

“没错。这样有助于他的性反常行为。冷藏能稍稍减慢腐化过程，冰冻则几乎能让腐化停止。他还需要一条船或一辆拖车。我想他还有可能患有某种精神疾病。”

会议室中一片安静。

“大约有百分之六十的恋尸癖被诊断为患有人格障碍，有多达百分之十的都是精神错乱。”

这时候会议室的门打开了，珍娜·特纳探员迅速走进来。

卡姆告诉她：“我需要你给陈尸所里的全部三名受害者都做一份法医素描。”

珍娜没有落座就说道：“我已经完成第一份了，就是昨天在河堤上发现的那位。恐怕你可能要提前用到它了。”她停顿片刻，紧张地看一眼指挥官，“昨天我接触了帕尔斯联系过的每一个孩子。等网络犯罪调查部处理完他的手机后核实姓名。我尽了最大的努力来吓唬所有那些高中生，但显然我没有自己所想的那么恐怖。”她冲着卡姆放在会议室前面的电脑点点头。那电脑经常是贝纳利放在陈尸所里用的，为了展示图像信息。“我能打开吗？”

卡姆迅速点头。他有预感，自己会被这个新消息击倒，而且是他之前没怎么注意的东西。

“我在谷歌上设置了关键词提醒，以防他们中的哪一个想要小聪明。”珍娜一边急忙敲击键盘，一边解释，“关键词是浣熊河、范米特镇、僵尸女。”她说着抱歉地看卡姆一眼，“只是为了模仿孩子们的思维。如果他们想把视频上传到社交网络上的话，他们是不可能告诉我的，不过如果他们上传到YouTube上了……”她让到一边，转身看向卡姆背后的大屏幕。

卡姆也看到了。他在心里暗骂。

“这视频是什么时候上传的？”

视频很暗，图像晃来晃去。不过不可否认，那就是帕尔斯在河畔拍到的罪犯的影像。

珍娜从口袋里掏出一本小笔记本来查询。

“大约今天凌晨一点钟，已经有两千点击率。”

椅子擦地的声音，冈萨雷斯正快步朝门口走去。

卡姆知道她已经完全做好准备，要转向损害控制了。

“把受害者素描复印一份送去冈萨雷斯指挥官的办公室。提醒网络犯罪部注意。首先要做的是从YouTube上删除视频，其次是寻找上传视频的浑蛋，以妨碍正在进行的犯罪侦查活动逮捕他。”

卡姆停顿片刻，抑制住刚刚爆发的怒火。如果他发现是帕尔斯干的，那么那位神通广大的律师杰森·德鲁不惜以命相搏，也会把这个小杂种捞出监狱。但是无论责任在谁，他都不会怜悯。

“有办法查到上传人吗？”

“还没有。”

卡姆点头，说：“我稍后再同你联系。素描也复印一份给我。等你和网络犯罪部沟通完毕，直接去陈尸所给剩下两位画素描。”

珍娜点点头朝门口走去。

如果说会议室里有什么变化的话，那么就是里面的气氛变得更加严肃了。

“倒计时刚刚已经开始。”卡姆绷紧下巴肌肉说道，“我们最不想看到的画面就是，受害者家庭在接到我们的提醒之前就看到视频，认出死者身份。尽快删除视频会起到帮助作用，不过帕尔斯联系人名单中任何一个孩子都有可能泄密。”他停顿片刻，等待话音落下，接着说，“我已经将受害者照片上传到国家犯罪信息中心（NCIC）和其他数据库，但没得到任何匹配数据。帕特里克，你查完阿莱曼那边的情况了吗？”

那探员点点头。在所有队员中，他是穿得最讲究的一位，他和往常一样，穿一套深蓝色西装，淡紫色衬衫，以及配套的花纹领带。

“看过万斯的房子附近有人员往来的人中，没有人认出这位不明嫌疑人。关于克劳森，他们的说法也不一致。几个人说偶尔会看到她和万斯一起坐在那辆货车中。一位老妇人发誓说她曾见过克劳森单独进出，不过这老妇人戴的眼镜有可能是全国最厚的。”他耸耸肩，“我不能确定她的说法的正确性，但我相当肯定，那个小镇上十岁以上的居民，我都和他们谈过。”

“很好。我需要你拿上珍娜留给我的素描复印件，分发给爱荷华和周边州县所有的执法机关。”无论如何，这任务卡姆今天本来自己也要完成的，但是事态的紧急性刚刚又提高了。各州之间的信息互通是没有问题的。在爱荷华州的执法情报网中，各个执法机构之间的犯罪信息也是互通的。但是其他各州的系统却是独立的，全都需要单独通知。万斯已经撒下一面很大的网，有的受害人甚至是在其他州绑架到的。他想要确保，不会漏掉周边各层机构中的任何一家。

“把这个任务标记为第一优先。”他将目光转向洛林，“想和团队分享一下你的发现吗？”

米琪优雅地站起身。如果站在一起比较的话，她可能比会议室中有些男探员还要高，不过这事她从未指出来过。

“收到两家殡仪馆汇报，他们曾遭遇闯入和盗窃。后来我去探访他们，给他们出示了齐格勒箱子和一人操作式轮床的照片。但是这两家都不能确定那是否就是他们丢失的物品。我觉得不明嫌疑人有可能是从网上买的。不过我也联系了本州境内出售丧葬用品的卖家。要拿到他们客户名单需要有搜查令，不过今天早上已经搞定了。”

她大步走到房间前面，将名单交给卡姆。

卡姆扫了一眼名单，接着看向她：“你复印过吧？”看到她点头后，卡姆又说，“好的。我需要你将这份顾客清单，同罗宾斯编集的本地区殡仪馆过去和现在雇员清单做个交叉对比。”他说着拿起身前桌子上的一叠文件，快速翻到刚刚他所说的那份名单复印件，抽出来递给她。

待米琪回到座位后，卡姆说道：“我查了昨晚不明嫌疑人热线电话里提供的一条线索。”他简要汇报一遍昨晚发生的追捕，具体细节省略没提，“被抓的那男人不是我们要找的家伙，不过他长相确实有些相似，去查一趟也值。比彻姆和塞缪尔斯，我需要你们继续收听警戒令热线电话。”

那两人虽然一句话也没说，但他看得出来，他们的表情都有些厌倦。

卡姆轻轻笑一笑，说："明天我们换班。不可能好处都让你俩占了。"

"你真会说笑。"比彻姆向其他人澄清道，"我倒巴不得谁出价最好就跟他换岗，赶紧出价。"

"罗宾斯。"卡姆看向队伍中最年轻的探员，"你让得梅因警察局的警员们去钱宁的住所去了吗？"

那探员迅速点头，说："上门拜访的媒体一直很多，街坊们的家里也去了很多。尤其是有个家伙特别固执。"罗宾斯看一眼索菲，"他告诉驻守在门外的警察，称他是你的前夫，钱宁医生。他要求知道与你死亡相关的具体信息。当他被送走离开的时候，我看得出来他不开心。"

"鉴于眼下的形势，我很难对他产生任何同情心。"索菲不露声色地说道。

"去她的公寓，在那里你可以搜索殡仪馆雇员的信息。开始拜访他们的住所，查询他们的档案，把他们的名字输入犯罪记录系统中调查。如果搜到任何有关他们的情况，向我报告。"接着卡姆将视线转向弗兰克斯说道，"你想作个子弹调查报告吗？"

当弗兰克斯以一贯的简练方式汇报完毕后，比彻姆慢悠悠地发表了质疑："我不明白。如果蒂蒙斯是对的，那么这案子只不过是一个女人想要逃离婚姻生活，并最终找到方法成功实施，这样斯塔尔史密斯就清白了。这就没有你们所想的那么复杂。"

"但是我们刚确定，罪犯选择目标的标准改变了，我们不能对子弹调查结果的一致性视而不见，我们付不起这个代价。”卡姆对弗兰克斯说道，“贝纳利正在等待我们派个人过去参加两天前晚上发现的那位受害者的解剖，她已经没有耐性了。你过去参加，然后去河边注意发掘的进展，等我过去。”

汤米皱皱眉头：“那你要去干什么？”

卡姆朝索菲看一眼，回答道：“跟进子弹比对。我稍后与你会合。”

那年长探员点点头，和其他探员一起朝门口走去。

“我需要你和我一起去。”他通知索菲，而索菲这时正在收拾手提包。那包和她所穿的西装一样，都是实用款式，他不得不同意贝纳利之前的评价。这套西装难看极了，完全不像她平时所穿的那些色彩鲜亮的款式。就伪装效果来说，这衣服就和假发，以及刚刚拿到的隐形眼镜一样有效。

“我需要你见见这两个人。”卡姆找出弗兰克斯昨晚交给他的资料，圈出那位养父及斯塔尔史密斯的名字，“趁你等我的时候，跟他们联系一下，看看是否能约个时间，今天上午和他们见一面。越快越好。”他开始往门外走去。

“好的……但是你要去哪里？”

“去冈萨雷斯的办公室。”

即将迎来的对话将远远称不上愉快，告诉他这一点的不仅仅是直觉。

第9章

桑尼抓紧时间在网上订购了给汽车换颜色要用的物品。在家庭寄养系统中来回辗转虽然算不得什么开心的记忆，但一路下来却让他学会了许多技能。他需要的东西原本是可以在当地的汽车供应店里购买的，但他更喜欢在网上匿名下单。网购追查起来很难，万事小心还是很重要的。

尤其是现在他已经为露西·贝纳利制定好了计划。

进她的房子里看过之后，他当即就确定，他一开始对于她的直觉感受是正确的，他们是天造地设的一对。贝纳利的家里没有一样物品摆放得失去条理。桑尼早已懂得欣赏秩序的重要意义。他自己的家里也是同样的整洁。每件物品放在某个具体的地方，都是有原因的。他满脸溺爱地笑了。至少，他不需要教会她整洁的意义了。

腿部阵阵作痛。于是桑尼想到戴维斯，那杂种是故意在他伤口里放了东西，好加重他的痛感的吧。他伸手从背后拿来一瓶止痛片，就放在沙发旁的桌子上的，但瓶子已经空了。他必须开车走上一英里半，才能到品特斯的药店买到。

一想到这趟奔波将耗费的力气，他的腿剧烈抗议起来。

他笨拙地将脚伸下沙发，费了些劲站起来。隔壁的老女人应该有些药的。那老母牛服的药都足够放倒一匹马的了。她混合服用的药片里面一定有止痛片。

他砰地摔上侧门，从厨房走出穿过坑坑洼洼的车道，走到莫克斯利家一模一样的小门廊上。因为知道那老蝙蝠耳背，他便自作主张直接走了进去，进到她厨房才打招呼。

老妇人养的虎斑猫弓着背，冲他不住地嘶嘶。桑尼瞄准它狠踢一脚，看到猫哀嚎着钻到桌子下面才心满意足。

“卡尔顿？”那熟悉的颤巍巍的声音传来，“过来咪咪，咪咪。到这儿来，卡尔顿。”

“是我，莫克斯利太太。”桑尼抬高嗓门，压过正在那女人面前嘟嘟作响的电视声。

他穿过昏暗狭促的餐厅走进客厅，莫克斯利大部分时间都待在那里。

“啊，是桑尼啊。”老妇人咯咯笑道，“我一定是打瞌睡了。我梦见听到卡尔顿在叫，你没看见它吧？”

“是的，抱歉。你需要我帮你找找它吗？”

“真是个好孩子。”她相当幽默地说道，“不过应该没什么要紧。再说它一直都不喜欢你。我想等它饿了，自然会回来的。”她笨拙地在安乐椅边上的电视柜上摸索着，拿起一副厚厚的眼镜，仔细看着他。“啊！”她的声音充满失望，“我还以为你又去面包房了呢。”

他咬紧牙关，控制住冲动，没用对猫的方式来对这头老母牛。

“我感觉不太舒服。我在想，你有没有泰勒诺，或是什么止痛的东西。”

他成功地打断了女人的注意力。

“哦，亲爱的小可怜。”她从电视托盘上抓起一把药瓶，一个个拿到眼前仔细打量，“我敢肯定，我能给你找些有用的。”

一条新闻简报蹦出来，她停下手中的东西去看电视屏幕。

“一条新闻都播了两天了。”她抱怨道，“偏偏赶在我看电视剧的时候蹦出来。他们肯定是还没找到那家伙，一直在张贴……”她说着声音逐渐减弱，接着伸手把眼镜往鼻子上方推着架正。她凑得离电视更近一些，然后看看他。

他的眼神被吸引到电视屏幕上的那幅素描上去。新闻主持人说话的声音几乎一直同他脑海中的那噪音掺和在一起，但是画面吸引了他的注意。

他们从哪弄到他的照片的？不对，不是照片，他定定地站在那里，纠正自己。这不是照片，有人给他画了张像。但是什么时候画的？谁凑到那么近观察过他？

素描中他戴的那顶便帽此刻就挂在他厨房桌子的木桩上，那是他最爱的帽子之一。但是他想了想，却想不出上次戴是什么时候的事了。

电视一回到正常节目，他就把目光从屏幕上挪开了。他发现那老妇人正盯着他，眼中写满恐惧。他脑海中的噪音愈发喧闹。

“这素描画的，我认识几十个那样的家伙呢。那种玩意儿，谁能认得出来？”

莫克斯利的声音很弱：“我敢肯定你说得对。什么时候……你留络腮胡有多长时间了啊？”

“没多长。你知道的，我也记不得了。我现在觉得好些了。”桑尼装着漫不经心的样子转过身，朝厨房走去，“说不定我该去睡一会儿，醒了再去商店买药好了。我要是去的话，就顺便去趟面包房，也许可以给你捎点布朗尼蛋糕。”

他回过头满怀期待地看着。那老蝙蝠还戴着眼镜，定定地盯着他看呢。而且他明白她那表情的意味。于是他昂起头说道：“你听到了吗？听声音像是卡尔顿。”

女人脸上的怀疑变成了担心。

“是吗？它在厨房吗？”

“不不。”桑尼将耳朵贴在通往地下室的门上，“听着像是它被锁在楼下了。”

“这小混蛋。”女人靠着拐杖的支撑，将自己搬离椅子，摇摇晃晃地走过来，“别，你别叫它。”桑尼表现得像是要打开地下室门似的，于是她说道，“你一叫它就不出来了。它一定是趁我今天早上下去扫地的时候溜进去的。我在天花板上发现一只有我拇指盖那么大的蜘蛛，不过我用扫帚结果了它。”

那老妇人上气不接下气地走到地下室门口，开始笨拙地开锁。

“卡尔顿？”她打开电灯开关，灯光只把下方的黑暗照亮了一小部分区域，“你这只坏猫，卡尔顿！”

桑尼快速闪到她背后，两只手环住她的脖子使劲掐起来。当莫克斯利伸出两只手抓他的时候，他用完好的那条腿将拐杖踢开，女人庞大的身躯抵抗的力气比他预想的要大。

要勒死她比之前的其他人都难。她的脖子简直和她身体其余部分一样粗。他更加用力，一直掐到她的双手从他的手上滑落，她的身体跌落下去。接着他重重地推了她一把，然后饶有兴味地看着她的身体弹跳着滚下狭窄的阶梯，最后停在快到地面的地方，以一个奇怪的角度卡在那里。

一个毛茸茸的东西快速从桑尼身旁闪过，跃进门里，朝楼梯下面奔去了，是那只猫。完美。他大笑着关上门，重新锁好。如果说他曾见识过什么恰当结局的话，这就算是一个。他一直都恨死猫了。

“想谈谈吗？”

卡姆瞄了索菲一眼，然后将视线转移到前方车辆上。自从上车后，他就一直戴着墨镜，所以索菲吃不准他在想什么。

“谈什么？”

“自打我从冈萨雷斯办公室出来，你才说了两个字。”

他扮了个苦脸，说：“她因为视频泄露不开心了，而且她还信誓旦旦地告诉我，米勒肯定更是气炸了。”

“我不知道当时除了联系那些孩子们，你还能做什么。而珍娜已经联系过那些孩子了。这个风险一直都有。”

“结果还是一样。而且我也没法怪罪她。如果受害者的亲人看到那场景……好吧，那简直不啻于一场公关噩梦。”他在红灯前停下车，再次转头看她，“幸运的是，那视频里面罪犯的样貌比受害者更清楚，而且场景很黑。不过我还是希望能尽快识别出那女人的身份。”

“希望把她的照片发布给执法机关后能得到些结果。”

幸运？这案子到目前为止，还没有一点点幸运元素存在，而且眼下依然看不出任何事态即将要变化的迹象。冈萨雷斯已经很清楚地表示过，她希望能立即得到结果。让人惊讶的是，这位指挥官自打一升职，竟然那么快就忘了调查的节奏。曾经还是探员的时候，玛丽亚·冈萨雷斯是最优秀的。现在面临上面施加的压力，她竟然那么快就变得不可理喻起来。

这种刻薄的想法让他心里一阵内疚。他曾与玛丽亚在一起共事良久，因此他明白她并未丧失对案子的直觉。但是他不确定的是，面对上面施加的压力，她有时候是否故意视而不见。而这对她手下的探员来说，从来就不是什么好的兆头。

卡姆不再说话，直到他们来到海狸谷社区一幢不起眼的砖建平房门前。卡姆鉴定般地看一眼那房屋，索菲看着他，两人下车走上车道。

那房子和那条两边栽有树的街道两旁的其他大部分建筑都很像，都过了时，应该是建于二十世纪四五十年代。但是房屋打理得很好，棕色的百叶窗最近刚刷过漆，灌木丛也修剪过，草坪上看不出有太冒头的草。

“我有时觉得，我也想要一片草坪来打理打理。”两人走上前门台阶的时候，他说道。

她斜视他一眼：“我对这方面不太了解，不过我猜应该没几个男人有这种梦想吧。”

他伸出一只手指去按门铃。

“那活儿干起来应该很轻松，可以叫人放松心情。”他斜着看她一眼，又说，“等案子太忙的时候，我可能得有个跟我有共同爱好的妻子，她会自愿接过那项活计。”

她假笑一下。“你就做梦吧。不过我必须告诉你，在当下这个时刻，没有什么比这个梦想听起来更不现实的了。”

一个看上去已经七十多岁的男人打开前门，他二人都严肃起来。

“您是费德洛维茨先生吗？”卡姆拿出自己的身份证件，“我是DCI探员卡姆·普雷斯科特。这位是我的助手……莫娜·基尔比。”他脑海中空白了一阵。这不是个好迹象，他是被迫接受这个任务，保守索菲新身份的秘密的。

“我之前给您打过电话。”

“对的。请进。”老人打开纱门未丢手，让他们进门。他穿一条卡其色的短裤和一件紫红色的高尔夫球衫。带领他们就座后，他返回去关上前门，“关上门屋里会凉快些。开空调太贵了。”

“我知道砖房更容易保持凉爽。”索菲冲老人露出一个温暖的微笑，“我童年的家就是砖房，记得我父母这么说过。”

“确实如此。”老人在他们对面的沙发上坐下。他那两只从短裤下露出来的膝盖看上去就像两只闪亮的白色门把手。他挥动一只粗糙的手，指指拉着厚重窗帘的观景窗，“每一个小细节都有帮助。”他将目光投向卡姆，表情中带着期许，“我很好奇，是什么原因会劳动DCI探员的大驾来我家。”

“我想向您了解一下十五年前的一桩旧案。当时一支登记在您名下的枪被用在一桩犯罪案件中。”

老人脸上闪出痛苦神色。

“我现在记性大不如前了，不过那种事我是不会忘的。对的，那支枪是登记在我的名下。孩子们长大后，我和妻子做了十多年的寄养父母。一个和我们住过的十几岁的男孩从我的枪匣子把枪盗走了，拿了几个月，抢了一家便利店。里面当然没有子弹，子弹我也上了锁，不过……”

他摇摇头，仿佛被那段记忆触痛了。

“那些孩子，有一些很听话，就是生错了人家。他们需要的只是一个机会，你知道吗？不过其他一些，他们的未来早已设定好了。杰米·华莱士就是其中的一个，坏到骨子里了。任何没锁死的东西他都偷，撒起谎来完全是个久经沙场的老骗子。那孩子进监狱的一周后我就知道了。前一阵听说他出来了。”

“我知道，您把枪收回去了。”卡姆柔声将老人引回之前的话题，“但是四年前，那枪好像又出现在一起入室抢劫案中。”

费德洛维茨似乎陷在了沙发里。

“我甚至都不知道枪丢了。听着真够粗心的，不是吗？那会儿我妻子刚过世。我去俄亥俄同我女儿住了几个月。警察是跟街坊们打听才联系上我，是街坊们发现地下室的窗户碎了。小混混们把枪匣子都砸烂了，一人拿了一支，什么都没留下。警察觉得那些混混很清楚他们要找的东西。”

卡姆感到一丝挫败感，那话说起来就长了。当时查案的探员很有可能调查了所有的可能性。

“您的邻居中有人知道您有枪吗？”

那老人点头，说：“啊，当然，有几个老伙计还经常和我一同出门去射击场呢。警察甚至还让我交代了那几个朋友的名字。”他悲伤地笑起来，“好像他们有什么原因要偷我的枪似的，我跟他们大多数都认识了几十年了，他们的枪可都比我的好。”

“那当时社区里的孩子们呢？”

“就和我当时告诉警察的那样，这是一个安定的社区。我家的孩子们在成长过程中，有很多社区玩伴，但是现在的年轻人，他们不喜欢这样的房子。”他用多节的手指朝东边指了指，“他们喜欢在离这里两个街区远的新区买新房子。我们也有过一些租客，但是大部分都是中年以上的人。”

“您提到说有一个女儿。”索菲身体稍稍前倾，“那您还有别的孩子吗？孙子呢？”

“我有个儿子在内华达。有三个孙子，分别是十岁、十二岁和十四岁。”他冲电视架上面放的那些镶框照片点点头，暗色的眼睛中露出骄傲之色，“他们一个个都机灵得不得了。所有的祖父母都喜欢说这样的话，我才不自谦呢，因为事实就是这样。”

索菲笑了。

“看到您，我敢肯定您说的是事实。警察当时有没有问您要过，那些年在您家住过的那些养子的名单？”

卡姆在心里笑一笑。索菲可能不会承认，但她确实有查案头脑。这些年同执法部门并肩工作的过程中，她也自然而然地学会了一些查案技巧。但是直觉是无法习得的，而她的直觉完全正确。

费德洛维茨咬了咬下嘴唇：“我不记得有这回事了。那个时候，我们已经退出寄养业务有一阵子了。实话告诉你们吧，我甚至都记不全家里住过的孩子们的名字了。有些孩子我们只是临时看护，其余的只是来住一个周末，然后就得到了永久安置。一共大约有四十来个吧。现在我记性没那么好了，能叫得出的名字只有几个了。”

“那财务记录呢？”卡姆问道。索菲提出了一条很好的问讯线索，值得挖掘。“做寄养父母，你们会从州政府领到报酬，是吗？您还留着当年的记录吗？”

老人看起来有些羞愧。

“我妻子克拉丽丝要是还在，她可能会说我是个臭名昭著的收藏癖患者。所以我的答案是肯定的，应该还留着。不过那东西应该同一些老税单一起，放在地下室里的哪个盒子中了。你们要是需要，我晚点可以帮你们找到。”

“如果不太麻烦的话。”卡姆站起身，递给老人一张名片，“您可以给我打电话告诉我名单，发短信，或者邮件也行。”

费德洛维茨咯咯笑了：“我敢保证，我不会发短信的。在适应新科技玩意上，孙子们可比我厉害多了。不过我有电子邮箱。我每周三上午都会去图书馆查一查。我会把名单交给你们的。”

卡姆站起身。

“十分感谢。”他和索菲走向门口。一只手已经握住门把手了，却又转过身，像是刚刚又想起什么似的，“您能不能告诉我，退休前您在什么地方上班？”

“在温斯格货运公司干了四十年保安。”卡姆听过那公司名称，是一家在得梅因市外经营的货车运输公司。“这些年也这里那里地做过几个兼职，为了帮助维持生计嘛。大多是晚上给一些地方执勤。还是同一份工，雇主不同而已。”老人摇摇头，“不像现在的孩子们。一份工换到另一份工。也许他们的理想更远大吧。不过有时候我觉得，他们是想一口气把父母挣了三十年才挣到的东西，一下子全都挣到手。”

“那您在殡仪馆做过兼职吗？”

老人看着卡姆愣了片刻，之后大笑起来，脸上的皱纹都加深了。

“没干过。我不想撒谎，我从来没想过晚上去什么殡仪馆。他们难道也招夜间看守？”

“那您和在家里住过的孩子们还有联系吗？”索菲不露痕迹地继续话题，“有没有可能，哪个孩子曾经在殡仪馆工作过？”

老人脸上的笑容消失了。他机敏地看索菲亚一眼。

“我觉得你们问这个问题，好像是有某种特别的原因。”他依次看他们二人一眼，轻轻叹了口气，“而且那原因你们不打算告诉我。好吧，答案是，我不知道。孩子们离开后，有几个和我们联系过一阵子。一般都是那些到我们家时，已经超过寄养年龄的孩子。不过哪一个联系的时间都不长。大部分时候，我们只是他们人生旋转门中的一个停靠站而已。克拉丽丝以前曾经这么说过。”他声音中流露出悲伤的意味，“我并不责备他们。大多数孩子前方的道路都很艰难，他们可能想把过去都抛在脑后。”

索菲摸摸他的胳膊，说道：“我敢肯定，您对他们的生活一定产生了积极的影响。”

老人也拍拍她的手：“谢谢你的这番话。我希望那是真的，不过谁说得好呢？”接着他将注意力转移到卡姆身上，“我会把你要的名单发给你的。”

卡姆和索菲谢过他后，朝车子走去。

“他是个好人。”索菲说着侧身进了车子，系上安全带，“而且有些孤独，我觉得。”

也许是因为那位老人，也许是因为索菲的话，卡姆不知怎的想起了他的母亲。她现在远远还不到费德洛维茨的年纪，而且应该也没那么孤独，因为她已经结婚六年了。但是他已经有近一周没同她说过话了。他在心里提醒自己，有机会要给她打个电话。

“这次拜访应该是白忙活了。”他发动车子，离开路边。“他告诉我们的事情，都和弗兰克斯调出的几年前的警察报告一模一样。”他朝她看一眼，“除了养子那条线索。那个问题问得好。”

“他提到他那些枪有多久历史时，我就想到，当他参加寄养业务的时候，应该也是有枪的。有这个可能性。”她倾身向前去调节收音机，把频率调到一个古典音乐台。他控制住龇牙咧嘴的表情，不过并没有发表评论。

“或许吧。不过更有可能的是，他被一个或多个寻找无人房屋入室行窃的人看上了。”这就意味着，这一系列相关的问题是在浪费时间。不过他已经查过了老人能记得的养子的姓名。还同过去几年中本州获释的暴力性侵罪犯的名单，以及本地区殡仪馆雇员的名单做了交叉比对。假以时间，这些长线可能会在什么时候收获结果。

不过那个时间应该不会很快来到。

他让车子离开塔温纳大道，开上下海狸路，朝厄本代尔开去。

“我不知道你怎么想，但我希望能从凯文·斯塔尔史密斯那里得到更多有实际意义的信息。”

阿尔弗雷德·费德洛维茨费劲地挪动一个个箱子，瞅一眼箱盖上标的日期，直至找到他要找的那一箱为止。他把那箱子搬到地下室里的一张折叠桌上，开始整理那探员想要的东西。

今天他也没有别的更好的安排。而且考虑到近来正愈来愈退化的记性，如果把这工作耽搁久了，他可能就完全忘记了。正如他和克拉丽丝以前常说的那样，变老是怯懦的借口。

她就从不怯懦，哪怕在生命的最后阶段，她因为胰腺癌而经历了巨大的痛苦。她被确诊后，他陪她只过了短短的三个月。在她生命最后时刻的每一天里，她都仍维持着这辈子一贯的优雅姿态。

一滴眼泪落在手里的文件夹上，跟着又是一滴。阿尔弗雷德之前甚至没有意识到自己在落泪。他从短裤口袋里掏出一方手绢，擦掉泪水，重重地吸了下鼻子。四年过去了，但一想到过世的妻子，他还是会被击中。他会像婴儿一般痛哭出声，仿佛她的死就在昨天。

他下定决心返回工作，希望能转移注意力。正如他预料的那般，这活计花了他几个小时。家里曾经来过那么多孩子，读着文件中他们的一个个名字，给他带回了那些并非每次都能让他开心的回忆。他从前就喜欢婴儿和刚学步的孩子。自己的孩子们长大后，家里又有小孩子出没是件好事。不过大多数时候，被挑选来寄养的都是十岁及以上的儿童。从手上一直在增多的名单上的名字来看，男孩多过女孩。有些名字甚至已经没有印象。阿尔弗雷德为此感到羞愧。每个孩子都曾来到过他的生命，应该都在记忆中烙下印记才对。他似乎至少也应该记住这些的。

他合上一只箱子上的标签，走向另一只。克拉丽丝应该都会记得，她记得每一个孩子的名字，记得每一张脸，能复述他们每个人的悲惨故事。她的心里为每一个孩子都留有一席柔软之地。

阿尔弗雷德叹口气，打开另一个箱子，小心地浏览里面的文件。他仍记得那个与他们待得最久的孩子。也有一些当他看到文件夹封面上的名字时，就能迅速想起来的。就像他手里拿的表格上的那个。

桑尼·巴克斯特。

要将名字和模样对上号很难，阿尔弗雷德一直都这么觉得，但是只有这一个他做到了。而且这孩子也是他记得的孩子中，他永远不会忘记的一个。

这个少年当时在他们家住了三个月，之后社工就告诉了他，这孩子参加心理治疗和服用大量药物的原因。那孩子过去的历史并不光彩。得知那孩子都经历过些什么之后，阿尔弗雷德甚至带他出去参加过几次射击活动。对于过去发生在他身上的事情，那男孩或许并未有过防御，但是对于将来，他毫无疑问已经学会了该怎样保护自己。

那时候他是个安静的孩子，太过安静，从不惹任何麻烦，总是一个人待着。至少当他和其他三个男孩挤在一间屋子里的时候是那样。也许他是个怪胎，但是谁又能责备他呢？桑尼和其他孩子不一样的是，他从未让他们有过丝毫的担心。

有某样回忆敲响了警钟，但是阿尔弗雷德却想不起任何具体内容。他继续往箱子里刨，寻找克拉丽丝为每个孩子保存的文件夹。其中一张列表上记录了他们的才艺，另一张上则是她对他们行为的担心。

接着他就找到了，在他的手上，那东西一直在他脑海后方隐隐作响。克拉丽丝用她整齐的笔迹记录了桑尼年满十六周岁之后所从事过的工作。

在福斯特葬礼服务公司做清洁工。

阿尔弗雷德就好像手指被烫了一下似的，丢下表格。巧合，一定是巧合，不是吗？和他们一起生活过的孩子们，有许多在某个时间段都打过工。对于大多数孩子来说，那是他们生活中第一次有机会能自己挣钱花。在那个时候，他是赞同他们这一自主行动的。

他不安地将表格从文件夹中取出，放在一边。但是那事实却印在了他的脑海中，往深处钻。

他应该打电话给那位探员报上桑尼的名字吗？谁知道那位探员正在调查什么事情呢，就让他们对他施行法律惩罚吗？那孩子之前的十六年生活过得已经够糟了。阿尔弗雷德对桑尼·巴克斯特一直心怀歉意，虽然他在九岁时曾对他母亲做了那样的事。阿尔弗雷德有一次曾同妻子透露过，那个贱人，是罪有应得。

当然，桑尼现在已经不是小孩子了。他应该……阿尔弗雷德眯起眼睛开始计算。应该有二十八岁左右了。十七岁的时候他逃走了，从那以后他和克拉丽丝再未听说过他的任何消息。他不知道是否有社工与那孩子取得过联系。

阿尔弗雷德此刻担心，那孩子是否有了什么成就。是否因为他做了什么事情，才导致那位探员今天上门来询问。

阿尔弗雷德感到犹豫，他拼命地与思绪做着斗争，完成工作。如果他给那男孩的人生带来更多不幸，那克拉丽丝永远也不会原谅他。但话说回来，他们也一直是一对安分守己的夫妇。她永远也不会拒绝同DCI的探员合作。

最后他决定这样做。他将桑尼的名字写在名单中，通过邮件发送出去，正如他向普雷斯科特探员答应过的那样。但是他不会提醒探员特别注意桑尼。

那个失踪了的内向男孩已经经历了那么多磨难，这将是他能为他提供的最后一点保护了，在不违背法律的前提之下。虽然有所妥协，但却是阿尔弗雷德能够接受的程度。

凯文·斯塔尔史密斯领着他们走进他那座楼中楼格局的房子，刚听完他们的介绍，就急着问道："你们有消息要告诉我吗？关于艾米丽的？"

"抱歉，我们来是想向你了解一些有关她失踪的问题。"

卡姆的答案似乎让那男人泄了气。

"我以为……你们办公室打电话来的时候，我还以为会有新进展。我还请了假，得到允许可以晚点去上班。"他伸出一只手，揉了揉沙黄色的短发，宽阔的肩膀沮丧地耷拉下来，"当时我就跟那位刑警，蒂蒙斯说过很多了。你们需要的信息，他都可以给你们。"

卡姆没有忽略，斯塔尔史密斯没有请他们坐下。

"蒂蒙斯刑警列的文件夹，我们已经拿到副本了。不过我有一些事情需要澄清，也许我们可以坐下谈几分钟。"

斯塔尔史密斯依然站着没动。

"我真的得去上班了。"

"不会占用太长时间的。"

那高个男子不情愿地转身，走上四级台阶到达一个客厅区域。他不太热心地招呼他们坐下，但他自己仍然交抱手臂站在那里。他的身体语言所透露的信息，比大吼大叫还要多。

卡姆故意置之不理，然后说道："我正在调查的一个案子中有把枪的子弹，与几年前你汇报妻子失踪时住所的墙壁上找到的子弹吻合。"

斯塔尔史密斯表情空洞地看了卡姆和索菲片刻。接着他仰了下头，尖锐地笑出声来。

“你们这些家伙真他妈的让人难以置信，你知道吗？”

卡姆看看他，没有说话。

“当时警察就一股脑地全都跑来查我。一开始蒂蒙斯搞得就好像是我杀了艾米丽，然后把她的尸体藏起来了似的，看在上帝的份儿上。接着又认为我丢了枪，因为，嘿，他们到处都找不到枪。现在你们一身轻松地走进来说什么：‘等等，我们觉得你还留着那枪，四年后又用来犯了另一个案子。’”他往台阶走去，猛地挥一挥手，“都他妈的给我滚出去。律师不在场的情况下，我不会再回答任何问题。”

“你有那个权力。”然而，这句话说出后，卡姆却不由自主地发起抖来。

“你说‘一开始’。”

斯塔尔史密斯的注意力一下子被转移到索菲身上，他皱起眉头。

“你说一开始蒂蒙斯刑警以为你和妻子的失踪有关。”她解释道，“那后来是什么改变了他的想法。”

那男人嗤了一声。

“也许是因为车库天花板上有个我说不清来源的子弹眼，但并没有血迹。更有可能的是有几十个人发誓，那天我一连上了十六个小时的班。”他的喉咙有些哽咽，他说着转开视线，“如果那天我能及时赶回家……”

卡姆感到索菲的眼神落在自己身上，于是说道：“斯塔尔史密斯先生曾收到一封信，邮戳正是他最后一次看见妻子的那天，是一封绝情信。”

“那不是她写的。”凯文激动地说道，“我告诉过蒂蒙斯，艾米丽不可能自己一个人离开。但是经他查证，那确实是艾米丽的笔迹，所以他就指出，那封信意味着，她有理由想要同我分手。”

“那她有理由吗？”

卡姆轻声问出的这个问题让那人脸红了。

“就和其他夫妇一样，我们的生活中也有好坏。但是我们一直过得很融洽。我们当时正想着要建设一个家庭。她不可能在那个时候离开的。我还是无法相信她会离开，不愿相信。”

“她拿走了衣服，一只行李箱。”卡姆帮索菲说道。他看出索菲看那人的表情中写有同情。极有可能与这个男人无关，但是车库中不明来源的子弹孔还是让卡姆感到困惑。

他将手伸进西装上衣，掏出一张罪犯的素描复印件，抖一抖展开来递给斯塔尔史密斯看。

“你记得妻子消失之前，见过这个男人吗？或是之后见过吗？”

男人脸上闪过一丝像是认出来了的表情，卡姆心里一阵激动。但是男人说道：“这画像整天都在新闻上播放。说任何人若见过这人都应该打电话报警。”于是他的激动熄灭了。男人的目光从卡姆移到索菲身上，然后又落回来，“你们在查的案子就跟他有关吗？”

“请好好看清楚。”索菲说道，“人的相貌会随着时间变化。这张素描是几周前才画的。”

斯塔尔史密斯多研究了片刻，然后摇摇头：“看着没印象。”他将素描还给卡姆，“蒂蒙斯觉得艾米丽是自己离开的。我从来都不相信。你们觉得……”他犹豫片刻又说道，“这家伙和她的失踪有关吗？”

看来他们是问不出别的什么信息了。卡姆对这一点深信不疑。于是他站起身，说：“我们所知道的就是，从你车库顶棚上挖出来的子弹，和近来在一桩谋杀案中用到的枪符合。但是那枪几年前就被盗了。不合法的枪经常易手。”

“你说收到过妻子的一封信。”索菲没有追随卡姆的线索，她依然坐在那里。

当斯塔尔史密斯看向她时，她继续说道：“她离开的时候还带了别的什么东西吗？你的银行户头里钱少了吗？”

“我们存款不多。不过信用卡当时被最大程度套现了，就在她消失的那天。她带了些衣服，但是蒂蒙斯说她带走的大部分东西都可以变现。说她可能是靠这种方法来筹措离开的资金。”

索菲终于站了起来。

“那她的家人从此再也没收到过她的消息吗？她的朋友呢？”

“他们告诉我说没有。”男人的语气平复下来，“我才不相信蒂蒙斯的话。人不会无缘无故地消失。艾米丽和她的姐妹非常亲密。不管那警探怎么看艾米丽和我的关系，她都不可能那样逃走，再也不和姐妹联系。”

“她的姐妹们有没有告诉过你，她是否和她们联系过？”

男人的犹豫本身就是一种回答。

“或许我们的关系不是处于最好的阶段。我们争吵之后，她曾不止一次去某个姐妹家里住过。”

“那你打电话过去……她们怎么回应你的？”

索菲的问题似乎要把这男人激怒了。

“有时候她们说艾米丽不想和我说话，有时候她们会说艾米丽不在那，哪怕我开车过去，看到了艾米丽的车。”

男人说着说着似乎被那承认的话语击中了，他扭过头去看向别处。有那么一刻，卡姆真的很同情这个男人。

“你有艾米丽的照片吗，斯塔尔史密斯先生？”索菲的声音中怀着歉意，“我知道蒂蒙斯警探的文件夹里可能有，但是我没见过。如果你可以拿给我看看的话，那样能节约些时间。”

那男人显然是急着想赶他们走，于是便摇头：“蒂蒙斯当时似乎非常确认，她是自己离开的，所以我就把照片都处理了。还有那封信……”他说着耸耸肩，“我的意思是说，如果她都不想要我了，那我也不想再想起她，你明白吗？”

“但是她也有可能没离开你。”索菲柔声提醒他，“你有的时候也会觉得她没有离开。那么为了那样的时刻，我想你会留一张照片在身边，以提醒你这种可能性的存在。”

男人移开视线。片刻之后，他猛地转身，穿过小客厅，下楼走到门厅。

过了一会，他拿回一张五乘十的镶框照片。

拍摄那张照片时，两人的动荡关系正处于一个较快乐的阶段。他们都用胳膊环着对方的腰，艾米丽昂着脸看向丈夫。

卡姆的胃仿佛被一只拳头紧紧握住了，被打成一个又大又硬的结。艾米丽·斯塔尔史密斯肯定不是两天前晚上，在浣熊河岸边发现的那位死者。但是他见过她。

他看向索菲，而索菲的目光也在寻找他，他立刻便明白了她脸上的神色。

那照片中的女人，正是他们刚从那洞中墓坑里挖出来的一位。她的身上别无身份标识，只有背上被烟头烫出了一个数字“七”。

第10章

“你似乎很沉默。”卡姆驶出辅路，开上80号州际公路，“蒂蒙斯的案件档案副本在我的办公室。那案子应该费了他很大工夫。”

一个小时之前，凯文·斯塔尔史密斯在陈尸所里认出他死去妻子时，脸上极度痛苦的神色依然清晰地留在她的记忆里，让她说话的声音直发抖。

“费了很大工夫？艾米丽·斯塔尔史密斯根本都没有被上报为失踪人口，你怎么能这么说？”

“不能怪那警探。那场景明显是精心设计的结果，就是为了让人们以为她是自己离开的。”卡姆瞄了一眼旁边车道上那辆亮红色凯美瑞车的司机，那女人的注意力更多地集中在手机上，都没发现她的车过了线。

“街坊说这对夫妇过去经常吵架。她还收拾了行李箱，车子也一直没找到。一个手上没有现金的女人，想要重新开始新的生活，于是她使用信用卡，购买了一些可以很容易变现的物品。”

当那辆凯美瑞再次越界开到他们的车道上时，他放慢车速，按了按喇叭。那司机这才发现，于是嫌恶地瞪了他一眼，打直车子加速开走。如果他有那个时间和想法的话，他本可以加速把那车拦停下来，因为开车犯蠢而逮捕她的。

“是你自己说的，”索菲的语气中还带着些许激动，“那场景是设计好的。蒂蒙斯本该发现那种可能性的。尤其是在车库顶棚上发现了那颗子弹。”

“斯塔尔史密斯也不敢说，他买那房子的时候那里没有子弹。倒霉罢了，索菲。不是那警察干得不好。如果我在蒂蒙斯的位置上，我可能也会做同样的事。”

“不会。”她否定的语气很坚定，“你疑心太强，不可能看不出那些可能性。”

他就这句话思索了片刻。

“我不确定那话是不是恭维，不过我接受。”

她沉默下来，而他则不禁好奇起来，她那惊人的思维现在又引向了何方呢。虽然有时候当他看着她的时候，她的假发和暗色妆容依然会让他迷惑，但她还是从前的索菲。而他能听见她脑中思绪运转的声音。

“这么说克劳森是万斯的第一个目标。斯塔尔史密斯是第七个，虽然不能确定，谋杀斯塔尔史密斯的，到底是万斯还是他的同谋，还是他二人皆参与了。他们有可能依然在进化当中。斯塔尔史密斯失踪后，信用卡的交易额一共是多少来着？”

卡姆在记忆里搜寻起来。

“大概六千块。银行户头里还取了五百块。当然算不上大数目，尤其是还要考虑到，要把那些东西贱价卖出去，或是挂在克雷格分类列表网站或易趣网上出售，卖出的钱会低于标牌价。”

“然后还有车。也有可能被卖给销赃店了，还能再多几千块钱。

总量不算少了，跟万斯从公墓中找到的那六位受害者身上得到的不同。”索菲沉思着说道。她的头对着窗户那边，但是他确信，她正在思考的不是钱，“根据万斯的狱友所说，他是在监狱中想到的那点子。所以很难相信，他出狱的头几年，从挑选的目标身上就敲了那么点钱。”

“好家伙，所以说我们又回到另一种可能性上了。也就是说，这两个人是在进行杀人比赛。”

“四年十六位受害者，真是好一场激烈的比赛。”她冷冷地说道，“我就算用上一辈子的时间，也摸不透他们编号的系统。”她的声音又转向了沉思，“根据受害者身上的数字来看，万斯应该是从内布拉斯加监狱一出来，就立即来了爱荷华，开始实施计划。我们需要弄清楚，他是在何时，以怎样的方式同这位不明嫌疑人缠在一起的。”她再次转头面对他。而他不相信，她眼中闪出的目光是在推测。

“你要去河边挖掘现场待多久？”

这个问题让他清醒过来。

“说不准。”刚刚带斯塔尔史密斯去陈尸所的时候，他接到了一通汇报电话。发掘队发现了第四具尸体，正在挖掘。根据弗兰克斯所说，潜水队依然没有收获，“可能得待一整天，或者待到潜水队员叫停为止。”

“也许等把你送过去之后，我可以把你的车开走。我真的得和朗达·克劳森谈谈。”

这个建议让他猛地回过头来看着她。

“你耍我呢？没有保护人的情况下，你休想去任何地方。”

她发出怀疑的笑声，说：“哪怕这样也不行？我妈现在也认不出我来的。事实上，如果我认识的人中，有谁看到我这副邋遢样，还能认得出我，那我可会很受打击。”

“那你就受打击吧。”他目光移回路面，“只不过戴了假发，化了妆而已，又不是穿了隐身衣。”

“还有变色镜片。”她提醒他说，“今天早上开始戴的。”

“好好，棒极了。你把蓝眼睛变成了棕色。我怎么记得哪儿有首民谣的题目就叫这个来着。”

现在她被逗乐了。

“我想那歌的题目正好相反，叫《别让我的棕色眼睛泛着忧伤》。”

他变得不耐烦起来。这一次他没法再责怪那辆红色凯美瑞了。

“随你怎么说吧。你一个人哪儿也别想去。”

她沉在座位里，露出满足神色。她的声音中有种他不敢太确信的调调。

“那样我的目的就达到了。”

索菲亚看着那座二十世纪四十年代风格的装有护墙楔形板的房屋，它正好缩在一座新建的牧场和一座形状不规则的安妮女王式风格的房屋之间。

“当你说是在爱荷华州谢尔多尔的时候，老实说，我都不知道还能在地图上找到这么个地方。”

“幸好不是让你找。”从卡姆说话的语气，以及他停车时所用的力气中，索菲亚听得出来，他还在为这次绕圈子，以及这么做的原因而沾沾自喜。

“别输不起好吗？”她努力控制住声音中的愉快，“我们是抽牌决定先去哪的。不管打什么牌，王总比二要大吧。要是倒过来……”

“要是倒过来，”他打开车门，回过头意味深长地看一眼，“那我们玩的就是某个完全不同的游戏了，而且你会输得一丝不挂。”

“至少那样会让你开心点。”她嘀咕着解开安全带。

“这话说对了。”

震惊中混杂着愉悦。她清晰地回忆起上次他被引诱着玩牌的情景。之前他们还在一起的时候，有一次他们打牌论输赢脱衣服。打的是脱衣金罗美。回想起来，当时也是她赢了。

最让她感到吃惊的地方，是他引得她想起了那段往事。自从她从万斯手下逃脱以来，卡姆就一直对她异常挂心，关怀备至，而且……是的，还很霸道。但是除了那个奇怪的吻之外，他一直把两人之间的关系限定在工作领域之内。

如果在床上和她蜷在一起，抱着她直至她的心魔退散开去，也能被视作工作的话。

索菲亚颤抖着深吸一口气，跟着他走上那座小房子前面的步道。他们从未提过昨晚的事。而且更能说明问题的是，今天他没用那件事做筹码，说服冈萨雷斯，让她相信他对索菲亚参与这件新案子的担心是正确的。

“这地方……”他说道。她凑上去踮起脚，将她的嘴唇柔柔地贴在他的嘴上，打断他的话。

当她离开后，他眨眨眼看着她。

“我突然想到，昨晚的事，我还欠你一声谢谢。”她说着将手提包的带子往肩上拉紧些，从他身边走过，向那座小木屋的前门廊走去。

她听到他惊讶地说了一声不客气，她笑了。

他跟着她也走上门廊，那门终于打开了。一双机警的淡褐色眼睛凑在门缝看了看。

“啊，是你。”那声音中完全没有热情的意思。

“克劳森小姐，我还有几个问题要问。”

门开得更大了些，女人的身子站在中央。

“我们已经谈过两次了。我不知道你还想知道什么。”但是当她看到索菲亚的时候，她的表情中充满好奇，“这位是谁？”

“莫娜·基尔比医生。”索菲亚笑着说道，“我最近刚开始协助DCI，为这个案子做咨询工作。希望不会打扰到你，不过我想和你谈谈，有关于你所遭受的痛苦经历。”

“医生。”女人的嘴角沉了下去，但是她打开了摇摇晃晃的大门，“我看过一个医生，他说我没事。”她说着看向卡姆，“至少在监狱里待上两天是没问题的。”

“我很抱歉给你造成不便。”他们走进那座袖珍型的小客厅。地毯磨薄了，摆放在茶几和台灯旁边的沙发陷下去了，历史看样子则要追溯到二十世纪六十年代。

“说什么鬼话。”女人说道，“说我一天能吃三顿，我和梅斯在一起的时候，并不是每天都能吃够三顿。”她招呼他们到那张完全不吸引人的沙发上坐下，“最好还是坐下说吧。”

那女人虽瘦削，但骨架很大，化着很浓的妆，染过的金发已经露出了棕色的发根。屋子里没有空调，但她依然穿着牛仔裤，搭一件黑色吊带背心，脚上是一双男士人字拖。

她明显对索菲亚露出兴趣。

“你帮DCI都干些什么工作？”

“我是法医心理学家，也就是说我会问很多问题。”索菲亚坐在沙发上，并希望那女人也和她一起坐下，但卡姆却依然站着。

克劳森斜视卡姆一眼，坐在沙发另一头的边上。

“你是说，精神病医生。”

“心理分析医生。”索菲亚笑着纠正她，“我主要是关注人们思考的方式。他们为什么会做他们做过的那些事。他们是怎么想的。”

见克劳森没有回答，索菲亚扫视一眼屋子。透过旁边的那扇门，能看到那边是个小厨房，里面只有些很旧的设施和一个水槽。整个屋子里的家具都很少，她不禁想到，这女人应该还没被允许，从她之前所住的万斯的家中取回她的东西，如果她有东西的话。

“你怎么会在谢尔多尔？”

那女人一只肩膀猛地耸动一下，说：“是受害者服务处安排的。一个女士来看过我，给我一些地方让我选。我以前从没来过这儿，但是她说这是个很小的镇子……”她用两只手揉揉手臂，就好像突然冷起来了一般，“听着安全些。就好像如果人们知道我住在这，那如果我不见了，他们会注意到的，你明白吗？如果我需要帮助，这里也许有人能帮我。”

“就像你在阿莱曼时，也需要帮助一样？”索菲亚小声问道。

那女人垂下目光，迅速摇摇头。

“我想，那里没人知道我的存在。当梅斯……去做事……我一般都被堵住了嘴，不过他不喜欢那样子，他喜欢听到我痛苦的尖叫。”

这时候，柯特妮·范·惠顿的尖叫声划过索菲亚的思绪，犹如一阵参差不齐的尖风划过，在被唤醒的回忆中划出条条血迹。要把记忆的闸门关上，要挡住耳中搏动的回声很难。啊，太难了。

“有时候待在小镇上，存在感会更强。”克劳森环顾四周，“这房子不大，而且我只能在这儿住一个月。不过外面的那辆老克莱斯勒雷巴戎车，他们说也可以给我开三十天，足够我重新站起来了。下周我会开始申请工作。以前我在奥马哈的时候，曾经有一个很好的工作，在酒吧当服务员，有小费之类的外快，我干得还行。”

“奥马哈。”索菲亚朝卡姆投去一个惊讶的眼神，“你是在那里认识的梅森·万斯吗？”

朗达颤抖着吸一口气，然后呼气。她伸手抓住一绺头发，将其紧张地绕在食指上。

“是的，大概是十一二年前了。头一年里，我们处得很激烈，后来我厌倦了他的脾气，就离开了，在镇子那头找了个别的工作。他花了六个月时间找到我，又用了六个月时间叫我为离开付出代价。”

索菲亚被同情刺痛了。那女人的话显然说得很含糊。根据她的记录，她过去的选择也值得怀疑。但是她在梅森·万斯手上所受过的那些折磨，没人应该遭那样的罪。他的受害者都不应该。

“当离开公寓的时候，他会把我绑起来。”她放开那绺头发，接着又紧紧地缠上，又松开，那手势明显透露出她的紧张，还有她说话的慌乱语气，“他发誓说再也不会叫我离开他。我祈祷他会再次出门，把我一个人留下。我会饿得半死，但是至少不用再受折磨。”

卡姆停下脚步靠在墙上。索菲亚抓住这条新信息。

“他没给你留食物吗？”她声音中的同情真实可闻。要相信梅森·万斯的那种做法并不难。他远比这坏得多。

克劳森点点头，放下那绺头发，将两只手都放在穿着牛仔裤的膝盖上，说：“一开始他只是走一两个晚上。接着时不时地离开一个周末。最后有一次他把我留在那里一个星期。我不知道他去了哪。”她抬起头看向卡姆，眼神变得热切，“我发誓我不知道。但是我每次都真的很高兴。只是高兴可以被单独留下。”

“他把你扔在那里那么长时间，你是怎么活下来的。”

女人僵住了。接着她突然从沙发上冲了出去，吓了索菲亚一跳。

“你不明白，你根本无法明白。”她在房间里快速绕了一圈，搜寻着身上的口袋，翻出来都是空的，“我需要烟。”她看一眼卡姆，“你有烟吗？”

“在那段时间，你没被绑住对吗？他不用再把你绑住了。”

索菲亚镇静的声音中有什么东西触动了那女人。她停了下来，用一只手捏紧大腿，然后又放开。“就像是给狗打造的隐形栅栏，你知道吗？他们会给狗戴一种特制的项圈，牵着它出门，要是狗离那栅栏太近，项圈就会刺痛它。所以过了一阵子后，狗就会离栅栏远远的，哪怕不给它们戴项圈也是，因为它们不想再被刺痛。”

“因为到那个时候为止，他已经烙在你的脑海中了。”

克劳森转过头面对她。

“没错。但是没有人明白。没经历过的人不会明白。他会说：‘你乖乖待着，女孩。别叫我来逮你。’你知道吗？我就那么做了。他曾把我绑在浴室里，然后一走好几天，让我就待在里面。于是我就待在里面，哪怕厨房里就有吃的……逃出公寓就能得救……当他在内布拉斯加被捕的时候，我花了十天时间才鼓足勇气，离开那公寓。接着我就跑起来了，一直逃到得梅因，接着我去了图书馆，在网上找了些报纸，看到他害自己被捕了。”女人的嘴角浮过一丝苦涩的微笑，“我希望他能在监狱里得到应有的结局。但怎么也没想到，五年后的一天晚上，当我下班后，竟然看到他坐在我的货车里。”

“他是怎么找到你的？”这是卡姆第一次开口，他的声音叫克劳森抖了一下。

“我不知道。”她抱起双臂，重重地坐在沙发上，“也许是通过我过去的老板。当我要在便利店找新工作的时候，我曾叫过去的老板帮我做推荐人。但是他一出现，一切又重蹈覆辙。只是这一次他不仅仅是刻薄。监狱让梅斯变得恶毒了。”

索菲亚慢慢地，艰难地引导着她讲完了剩下的故事。他们在克劳森的公寓里待了几天，“重新熟悉了彼此”，之后万斯开车把她带去了阿莱曼的房子。在那里，她大多数时候都被锁在地下室里。她否认曾经长时间一个人待着，不过她承认，有一段时间，一连好几个星期，万斯整个下午都待在健身房，然后一走就是一晚上。她唯一被放开的时候，就是驾车带他去某个地方的时候。有时候是叫她去取食物，然后带回去拿给他。

克劳森讲话时压低声音的方式，比话语内容更让索菲亚相信，万斯再次迅速地控制住了这女人。到那个时候，就不再需要什么心理栅栏了。

半个小时后，索菲亚还在提问，但是她已经感觉到，那个女人已经快被逼近极限了。于是她打开放在膝头的手提包，在里面搜寻起来。

“你经历的这些事，得到过什么帮助吗，朗达？”她抬头，看到那女人脸上一副疑惑的表情，“我是说，情绪上的。要想从长期痛苦的经历中恢复，需要花上一段时间。有专业人士的协助，会容易一些。”她极力不朝卡姆的方向看。有时候帮助源自于心理咨询，有时候源自于安慰。然而，要想帮助朗达·克劳森从创伤而导致的羞愧、愧疚和情绪禁锢中摆脱出来，所需要的远远不只是一双结实的臂膀。

“街那头有座教堂。”克劳森将长发掀到肩后，看上去有些尴尬的样子，“我不是会去教堂的人，但是牧师的妻子来过两回。给我带了午餐。”她的声音中出现了一种惊讶，“甚至还说，她正在同布恩县的一座大些的教会合作，为我争取一项福利。她说我可以用这笔钱重新站起来。”她摇摇头，“我不知道她为什么要费力为我这样的人做这种事，不过就算这件事她无法坚持到底，我也会觉得很开心。我猜我已经忘了世界上还有这样的人存在了。人们做好事只是因为……”

索菲亚因为同情，声音也变温柔了：“那是她的善心。而且你值得得到温柔对待，程度远远超乎你的想象。”她在手提包里找到了要找的东西，递给那女人。不过那女人低头看一眼那名片，皱了下眉。“这张名片上的名字都是本地区的心理咨询师，他们会帮人克服心理创伤。所有人都是酌情收费，所以你可以找一个你觉得舒服的人。你不用付任何费用，直到你有能力为止。”

“精神病医生？”不过这时候这个词从她嘴里说出来，不如之前那么刻薄了，“好的，好吧……或许吧。”她站起来，将名片塞进紧身牛仔裤，接着看一眼卡姆，“那现在我能问个问题吗？”

卡姆点点头，索菲亚觉得他有些戒备。

克劳森皱皱眉，说：“那天在监狱的时候，你给我看了一张素描，问我以前见没见过那个人，有没有在万斯的家里见过他，我没见过。但是我刚刚说到的那个牧师妻子，她叫塔米，她给了我这边镇上的一家餐厅的免费餐券。今天早上我去吃了顿早餐，在电视新闻上也看见那张素描了，他们说警察正在找那人。”她的目光直视他，“你们为什么要找他？他是梅斯的朋友吗？”

卡姆回答时显然用词很谨慎：“我们也不知道。那正是我们想弄明白的。”

女人轻轻晃了晃身子。

“他会……”她舔舔嘴巴，然后继续说道，“你们觉得梅斯会派他来抓我吗？”她问话时将索菲亚也扩了进去，声音中有些恐惧，“他会找到我吗？”

索菲亚让卡姆去回答这问题，心里责怪自己之前怎么就没想到这一点。柯特妮·范·惠顿的医院病房里随时都有武装警察看守。索菲亚本人也在DCI的保护之下。但是这个据称被万斯虐待了数年而且还活了下来的女人，提出了这个问题，却只能坐以待毙，毫无保护。意识到这其中的残酷，她心里充满歉疚。

“正如你所说的，你在小镇上会很醒目。”卡姆的声音实际上一点都不能让人信服，“治安官正在密切关注你这个地方。不等那个家伙靠近你或你的房子，他就会发现的。”

克劳森并没有太安心，但是她猛地点点头，然后再次朝前门走去。

“你有手机吗？”

她一边回答索菲的提问，一边指向桌上台灯旁边的物件。

“受害者服务处给了我一台，只能拨打911，不过我所需要的也就是那个了，不是吗？”

“手机，还有警察也会关注你。”她紧紧握住那女人的手想安慰她，“你没有什么可担心的。现在你自由了，只需要计划接下来的人生。”

女人脸上的担忧放松了一些：“是的，我自由了。依然还有些难以明白其中的意思。有时候我会在沙发上一坐好几个小时，醒过来才意识到，如果我想，我就可以站起来，走出去，出去走走。”她的目光越过他们，朝前门外的小院子看去，看到更远处，“也许我可以那么做，等晚点。”

“听起来像是个好的开始。”

索菲亚任由卡姆领着她走出那屋子，回到车上。但是等他刚刚驾车离开那房子，她却拒绝他直接离开小镇，一定要他找到朗达刚刚提到的教堂。接着她诱导塔米做出承诺，等他们一离开，就去探访朗达·克劳森。

待到他终于被允许离开小镇时，他斜了索菲一眼："我本来还想多听她讲一讲，万斯在进监狱之前，把她丢下好几天时所发生的事情的。"

"我也是。"她说着低下身子，将手提包放在脚边地上，"但这只是第一次，我已经尽可能把她逼到极限了。她是两次从地狱里走出来的，她应该得到小心呵护。"

卡姆沉默了一阵子。索菲注意到车窗外闪过玉米和大豆田的影子。比起几天之前，她和范·惠顿从万斯囚禁她们的仓棚里逃出来的时候，那些作物似乎长高了些。但是仍嫌太短，不足以为刚从疯子手中逃出来的人提供庇护。她再一次被提醒着想起克劳森毫无遮掩的现状。

"这么说你相信她咯。"

索菲亚花了些时间才明白他的意思，说："相信克劳森讲的故事？她所描绘的她受到的心理创伤当然是真实存在的。如果她没经历过严重虐待，那她的演技不进好莱坞真是浪费了。更重要的是，我没有理由不相信她。"

她动了动身子，在座位上找到最舒适的姿势，面朝向他，继续说："之前在抓捕万斯的时候，我疑心可能有一组杀手。我知道这位不明嫌疑人是共犯。而且，克劳森身上有伤疤，此外，根据她所描绘的情况来看，她很有可能是万斯的第一位受害者。他拿来实施他的幻想的那个。所以，是的，我相信她。你不信吗？"

"她很显然受过迫害。"县公路上车有些多。他从一辆停在田里的小卡车旁开过去，田里有几个小孩在捡石头，"我只是说，她不是第一个因为受到囚禁者的心理或生理压迫，而帮助实施犯罪行为的受害者。”

他正在设法将话题带入存有大量争论的领域。

“在你所提到的那些情况下，那些女人依然是受害者。”索菲亚指的是与他正在暗示的情况类似的试验中，所得出的专业证词。按照她的估计，陪审团永远都不应该低估，长期情感伤害有可能达到的深度及其对行为产生的影响，“你刚才在她家里说的话是真的吗？真的有人在保护她吗，还是说执法机关只是想确认，在万斯被送上法庭之前，她不会逃跑？”

他在一个停车标志前减慢速度，等一辆SUV先过去后才又加起速度。

“这两者有什么区别吗？结果都一样。就当是我们孤注一掷好了。贝克特，就是布恩县治安官贝克特·麦克斯维尔在我们调查万斯的时候帮过忙，我相信他会看好克劳森，同时还会保证她不受伤害。这是……”

“双赢。”她已经习惯了他的惯用词汇。

索菲亚一边沉思，一边看着绿油油的庄稼地从窗外晃过，最后路边开始出现商业区。或许他是对的。在这个时刻，他是否完全相信克劳森并不重要，只要能保证那女人的安全就行。索菲亚的担心最好是放在陈尸所那些已经无法再受到保护的女性身上。有一些或许正在等待，冷冰冰地、沉默地躺在水边的墓穴里。

克拉森的经历已经远远不是骇人听闻所能形容的了，她所受到的情感伤害将花上数年时间来恢复。但是她和柯特妮·范·惠顿以及索菲亚一样，她们相比万斯的其他受害者，都已经算是非常幸运了。

至少她们都活了下来。

屋子里满是静电噪声。桑尼再也无法只靠漠视，或是记录那声音，就能让它平息了。那混杂的声音已经渗进了他的大脑，填满了他的思绪。等那噪音变得足够喧嚣，他会连自己在想什么都听不见了。

他放下记号笔，抓起枕头捂住耳朵。但是那样只会将噪音困在里面，并不能将它减弱。

妈妈的声音就像是一种持续不断的嗡嗡声，穿透了其余所有的喧嚣。药柜里有药，可以让那声音停止很长一段时间。但是吃药会让他困倦，让他感觉像在吸毒，昏昏欲睡。当他需要保持思维清晰，像剃刀一样锋利时，他就只吃一片。即便如此，那药还是会让他的反应变迟缓。而且药物不能阻止他看见她，站在门口，或是坐在桌子上。有时候他看到她的全身，有时候只有她的脸庞从眼前飘过，眼睛胀鼓鼓的，蓝色嘴唇张着。

无论吃不吃药，她的声音总会回来，像针扎一样精准地自动钻进他的颅腔。药物对她的防御作用有限。他知道这是他自己的错，因为当他把她杀死之后，没把她的尸体埋起来。但是他又怎么会知道呢？他那时还只是个孩子。

钻出厨房门，站到门廊上，脑海中的声音稍稍减弱了些。他眨眨眼看看正在变淡的阳光，他将那根贯穿在他脑海中的线抽出来，在这里思考会更容易些。

你不能待在这儿。脑内的喧嚣逐渐减弱，但是妈妈的声音却像钟声一般敲响。

你不安全，你不能待在这儿。

他一阵轻松。当然了。桑尼大笑起来，全不理会那笑声吓得一个正在人行道上遛狗的女孩匆匆走过他的屋前。妈妈是对的。他的照片已经上了电视了。虽然他现在样子有变化，但还是需要离开。他需要时间盘算。

他需要安静。之前在露西·贝纳利的房子里曾感受过的那种安静。在那里，他是安全的，而且那寂静抚平了他脑中的喧嚣，让它们化成了一片了无生气的低语。

桑尼强打起精神来，接着走回室内。他必须收拾好需要的东西，因为他再也不会回来了。一些衣服和洗漱用品，还有笔记本电脑，能让他在夜间行动而不被看见的装备，让他神不知鬼不觉潜进潜出某地所需要的装备。他还有些时间，他知道的。他的名字还没上电视，没上素描。他还有时间收拾需要的东西，然后将他们放在莫克斯利老妇的车厢里。

列行动计划能抚平他脑中的噪声，别的任何东西都无法达到这样的效果。

很快，很快他就能去找露西了。

是她帮助他找到了平静。

第11章

卡姆和索菲赶到河岸时，正好看见一具身上沾了泥土的尸体一动不动地躺在挖开的墓穴旁边的一张床单上。在帮助索菲走下岩石山脊时，卡姆想到，那样的场景他竟然也会感到那样熟悉，这真是让人毛骨悚然。

弗兰克斯看到他们走来，便迎上去。

“想听好消息还是坏消息？”

“还有足够改变局面的好消息？”他看向围在尸体边的人群问道，“说来听听。”

“这位受害者戴着一个类似手镯的东西，上面刻有东西。或许等清理干净了，那东西能为我们指出一个新方向。”

真是好一番假设，但是调查进行到现在这个时候，卡姆已经能够接受了。

“告诉我坏消息。”

汤姆没穿西装上衣，衬衫的袖子也已经卷了起来。他的领带也不知道放哪去了。卡姆没责怪他，天气太热，大半个下午都站在外面无异于受罚。

“坏消息是，潜水队很快就准备收工了。他们现在正在水底更深处搜寻，那下面相当浑浊，能见度很低。”

卡姆斜视着远处。他能看到水面上的小艇。在距离河岸两百码的地方露出一个高高的瘦长轮廓，船上有只狗激动地吠叫着。

“好的。也许那里本来就没有什么东西可找。”

“准备好听更坏的消息了吗？”

卡姆扫一眼那位比他年长的探员，说：“把重磅消息藏在最后哈？”

弗兰克斯的笑容显得很沮丧，说道：“发掘队认为，在他们刚挖出的那具尸体下面，还有一具。”

“妈的。”挫败感在他体内像是沸腾的水一般翻腾起来。他两手握拳撑在髋部，“这他妈的到底几时是个头？”

他感到索菲的手扶住了他的手臂。

“现在就已经结束了。万斯进了监狱，他的同谋在逃。对他们的受害者来说，这就是结束了。”

他咬紧下颌，看到汤米的表情中似乎还有些别的什么东西。

“不要告诉我，还有更坏的？”

那探员用手掌擦掉后颈的汗水，然后在裤子上擦干。从他裤子上的汗渍来看，这动作一整天里应该已经重复了许多次了。

“只是想说，你在开车过来的路上，一定是错过了四十五分钟之前的媒体发布会，只是时间早晚的问题……”

卡姆听出他的言外之意了。他拿出手机，拨通达拉斯县治安官的电话。简要交谈几句之后，两人达成一致，治安官办公室和自然资源部应该增派人手来阻止无知看客，该派些人手上船。接着他走开几英尺，拨通冈萨雷斯的电话，做好准备要对她的反应保持冷静。

电话过了很久才接通。

“这简直是场公关噩梦，”她语气激动地说道，“我们得尽快把这事解决掉。你还需要多久才能抓到人？”

“正在进行挨门挨户排查，还有线索在进来。”卡姆将手搭在眼睛上，看向远处水面，船上有个人在招手。岸边的训犬师罗伯茨朝卡姆小跑过来，他将无线电通讯器举到嘴边，狗则跟在他身旁，“有情况了，我晚点再打给你。你应该知道，这里已经有媒体安营扎寨了。你希望看到这样的结果吗？”

“绝对不希望，”女人的语气很重，“米勒希望，每一条公告都由他的办公室发布。”

“我无所谓。我晚上打给你。”卡姆绕过那条包围洞穴的山脊，朝罗伯茨的方向奔去。索菲和弗兰克斯也跟在他身边。

“潜水员觉得他看到某样东西了。”乔治·罗伯茨转身朝船队中的一艘船指去，“声波定位系统显示，他看到的可能是棵倒掉的树，但是等他触碰到……才发现应该是某种袋子。”

那长形的黑袋子躺在河岸草坪上，卡姆同一个刑侦专家并排蹲在那袋子面前。乔治·罗伯茨从口袋里掏出一块手绢递给索菲亚。索菲亚感激地接过来，做好准备。那袋子又沉又笨重，之前就在发掘现场的证据搜寻小组已经完成拍照、测量和擦拭工作。卡姆和弗兰克斯加入搜救小组，才帮忙把它抬上船。等运到河岸上，动用了四个人才将它展开。

索菲依然坚持着，希望那袋子里装的是……别的什么东西，汽车零部件、违法垃圾之类的。卡姆和证据搜寻技术员穿上泰威克纤维防护服和帽子，以预防可能会出现的最坏情况。

但是在内心深处，她知道他们将会在袋子里发现什么。

当卡姆用两只戴着手套的手指拉开拉链时，她将手绢捂在鼻子上，目光紧盯那场景。虽然已经差不多猜到了，但是那白色颅骨闪露出来的情景还是让她感到震惊。当袋子被打开后，手帕也没能完全遮挡住防腐剂和尸体腐败所散发出的可怕气味。

索菲退后一步，试着轻轻呼吸。

那骨架并不完整。一些骨头上包着一层白色蜡状物质，她意识到，是尸蜡。身体的软体组织分解所形成的。她想着，随着时间的流逝，袋子底部陈放的砖块，是否将一些骨头磨松了，或者河水的流动导致了那种情况的发生。

卡姆起身走开，一位刑侦专家拿着一支大镊子和一支放大镜俯下身去。卡姆摘掉帽子，将防护服解开到能掏出手机的程度，开始拨号。索菲亚看着那刑侦专家工作，与此同时卡姆则提醒法医办公室和取证实验室，需要换一班新的人手过来。

那颅骨空旷的眼窝里似乎有什么东西，让那眼睛看起来似乎很绝望。甚至比尸体被从那个尸坑里挖出来时的揪心画面更让人感到悲伤。索菲亚认为，那是因为水葬比土葬显得更草率、无情、随便。迅速被抛弃后，那受害者对于罪犯来说就不再存在了。

她颤抖起来移开视线，将目光投向船上那些正隔离旁观者的执法人员。她看着那缓缓流动的水波，思考着浣熊河深处还埋藏着什么骇人的秘密。

“我可以把你送回家。”卡姆下巴上的肌肉震动一下，他的语气很生硬，“可以让米琪·洛林在那边等我们。冈萨雷斯和米勒希望就河边发掘现场情况召开记者发布会之前，先了解些信息。”

正如他并不期待即将同那两位展开的谈话一样，他也丝毫不嫉妒他二人的公关工作。

“如果没问题的话，我可以先四处晃晃。我想更新罪犯简况报告，把我从克劳森访谈中发现的信息打出来。而且，如果有机会的话，还想吃些东西。”

他这才想起来，自从早餐以来，两人还从未吃过东西。他拐进下一家得来速餐厅，不顾索菲皱起的鼻头，帮两人一起点了单。

“太油腻。”当他把袋子递过去时，她全无热情地说道。

“刚好不在食物金字塔中。”卡姆严肃地说道，接着拨开汉堡的包装纸，一边驾车出发，一边啃了起来，“我很想知道，那遗骸在水里待了多久？”

“我们甚至还不能确定，那是位女性。”但是她并不完全相信这番争辩。他二人都知道，受害者与他们正在调查的案子有关。再加上墓穴就在近旁，几乎不用怀疑那遗骸与案子的关联性。

“托尼·鲍尔，就是那位刑侦专家，已经确定了性别。”

那位专家只对骨盆做了两项简单的测量，目前只能确定这么多。但是法医办公室将汇报接下来的信息。而且还有加文·康纳利，那位法医人类学家咨询师。

“那具完全变成骸骨的，应该是那地方埋葬的第一位受害者。不过闻起来像是做过防腐处理。我在想，那罪犯是否……”

卡姆的手机铃声打断了索菲的发言。他投过一个抱歉的眼神，接通电话。

电话里是比彻姆的声音。

“我们正在查访热线电话提供的一个线索。一个名叫卢·维特尔的家伙宣称，罪犯素描看起来和他的邻居长得一样。不幸的是，他也不能确定那邻居叫什么名。或许是司各特、索耶什么的，也可能是史蒂夫。”那探员模仿举报人的语气说道，“他认为绝对是以S开头，姓氏的首字母是B，贝克尔、巴克斯特、班纳什么的。我们已经敲过那邻居的门了。运气不好，也敲过另一边邻居的门，维特尔说那边住的是个从不出门的老妇人。可那边也没人应门。我先把这些信息带入文件夹去比对过，浪费了好多时间，不过还是觉得应该再查一遍那名字。于是我找了殡仪馆前员工的名单。发现有两个对得上号。一个叫西恩·贝克尔，一个叫桑尼·巴克斯特。维特尔发誓就是那名字。”

“哪个名字？”

“某一个，或者两个都是。我想那家伙打这电话一定烧死了太多脑细胞了。能派上用场的线索出现了。根据维特尔所说，那片地区的所有房产都是出租屋，里面包含设施的。他知道这个是因为，在决定搬进他现在所住的那座城堡之前，他看过隔壁的屋子。”

“联系到房东了吗？”

“有他的名字和电话，但是他没接。”

这完全就是那种所谓的绕圈子信息，实际上算不得有用线索，却给热线电话落了个坏名声。卡姆计算着交通灯变颜色的时间，在黄灯还没亮之前轻松冲了过去。

“我想你打这个电话一定是有什么原因。那人住什么地方？”

电话那头的探员念了出来，最后还多此一举地说了一句：“是在河湾社区，距离我们那家伙被发现的品特斯杂货店，不到两英里远。”

卡姆燃起兴趣来了，他看一眼索菲。从她的表情中能看得出来，她正在跟进这通谈话。

“最好不是我昨天撵的那家伙。”

“完全有可能。司法体制的境况最近不容乐观啊。”

索菲拿出自己的手机，从手提包里放的一张便条上找到一个号码，她迅速拨通。

卡姆喃喃问道：“打给费德洛维茨？”她点头，小声讲起电话来。

“等我几分钟，查个东西。趁等待期间，我先给你说一下今天的情况。”卡姆简要地向比彻姆说了下这一天的事。

“老天呐。那等明天换岗，我轮到的就正是我梦寐以求的工作了。从墓穴里啊，从河里啊，拖尸体什么的……等我一分钟。你闻到什么味道没有？”

“你不会想知道的。”卡姆皱着眉头说道。见索菲打完电话了，所以卡姆又说了一句，“稍等。”接着他以期待的目光看着索菲。

“费德洛维茨先生查完文件夹之后，他为我们列了个名单。上面有叫桑尼·巴克斯特的。”

一只拳头重重地砸在卡姆的胸膛上，叫他很是满足。

“或许。或许就要到头了。”

“还不止这些。那老人表示，他心里一直为那男孩留有一块柔软的地方，因为男孩曾经遭到残酷的虐待。他甚至还带他出去参加过几次射击活动，这样好让他学会如何保护自己。而且，”她顿了片刻，“他妻子留下的记录上记载着，男孩曾在福斯特葬礼服务公司当过清洁工。”

“值得一查。”两人目光交汇在一起。

“绝对值得一查。”

他又对比彻姆说道：“我们现在出发。继续联系房东，跟街上的其他街坊谈谈。我想先确定居住人的身份，然后再申请搜查令。最好是得到某个脑细胞还够用的人的证实。”

“遵命。”

在第一个岔路口，卡姆掉转车头，朝比彻姆念出的地址开去。这案子中弯弯绕绕的地方太多了，但是他们也该有个突破口了，他希望就是现在。他又掏出手机。

“你现在要打给谁？”

他嘴角撇了撇。

“冈萨雷斯。她和米勒只能在我不在场的情况下，召开那场新闻发布会了。”

桑尼透过莫克斯利家前面的百叶窗缝隙，饶有兴致地看着外面。那老蝙蝠之前总是把窗子关得严严的。这街上没一座房子有空调的。这座房子感觉封闭又闷热。但是那噪音在这里倒没那么严重了。嗡嗡声减弱了一些。足够让他听清妈妈的声音了，又清晰又尖利，就好像她就站在身边似的。

“你得离开。你在这儿不安全。”

“我在这儿很好，妈妈。”他心不在焉地小声说道，“莫克斯利死了，就和你一样。”

之前曾去过他家门廊，也来过这家门廊，按过门铃的那两位穿西装的男人，现在又下了车，开始过街了。

“是警察，妈妈。”桑尼认得出来。他们穿衣服的方式，他们开车的方式。他全都认得出来。他们在华氏八十五度的高温之下仍穿着西装，他知道那下面藏着枪。他看着那两人兵分两路，开始敲街对面的人家的门。一个女人从一扇门后露了面，桑尼感到一丝担忧。也许他已经耽搁了太久，早就该离开了。

他将手里的枪举到窗户位置，瞄准刚好站在这里正对面的门廊上的那男人。任何东西都不能阻止他接近露西。

任何东西都不能。

“你确定吗，女士？”

“确定。抱歉，我不知道他的名字。”那年轻女人朝比彻姆探员露出一副抱歉的神色，“我真的从来没和他说过话。这里不是那种社区。不过我每隔一段时间都会看到他一次。”女人抱在怀里的那个正在流口水的幼童拽住她一绺头发，女人将头发从孩子肮脏的小手中拉出来，说话速度并未减慢，“他开的是这种灰蓝色的轿车……”

当卡姆掏出手机，调出那罪犯之前曾被见过开到品特斯杂货店里的汽车的照片，女人惊讶得张大嘴巴。“就是那辆车！你怎么会……”惊讶换成了担忧，“你们为什么要找他？他很危险吗？”女人紧张地笑笑，抱紧那刚学步的小孩。

“你不会有任何危险。”卡姆安慰她，如果这女人之前就吸引了那不明嫌疑人的目光，那她就不可能站在这里了，“你之前从没在电视上看过这素描吗？”

女人茫然地看着他：“我只看有线电视。”

有线电视。他能瞥见房子里面几乎没有任何家具，所以她显然还有其他需要优先处理的事。

他轻轻摇头：“好的。我需要你今晚剩下的时间都锁紧屋门，待在里面别出来。好吗？”

女人的目光从他们其中一个移到另一个身上。当看到索菲的脸时，她停了下来。她看到的东西似乎说服了她。于是女人关上门：“我会的，我保证。”

于是他们四个人转过身，走下那女人家已出现裂痕的水泥台阶。

“比维特尔的话更可信，不是吗？”比彻姆拉长调子说道。

“比维特尔的话可信多了。”卡姆表示赞同。

他快速走回车旁，打开车门，从后座上拿出笔记本电脑。

“所以现在我们可以申请搜查令了？”

“现在我们可以申请搜查令了。”

三十分钟后，卡姆和比彻姆爬上罪犯家的侧走廊，查看出口。虽然前门锁闭着，但侧门并没有。那里将是他们的突破点。

街这边的房子几乎都是按照一个样子复制的。都有一小片草坪将坑坑洼洼的人行道隔开，一块巴掌大小的后院面朝一条小巷，独立式车库要从那小巷进去。罪犯的车库装了一扇新的电动升降门。房屋两边的窗户都用木板盖起来了。

卡姆叫得梅因警察局派了一个队伍来支援搜查，车库的出口已经被警车堵住了。如果那不明嫌疑人躲在屋内，那他就相当于被困在里面了。

卡姆目光注视着那房屋，伸手悄无声息地拉开纱门。他等到比彻姆钻进纱门里面，才拧开里面的房门把手。

“DCI！”两人冲了进去，先扫干净门附近区域，然后扫清整个房间，接着是隔壁房间，宽阔走廊两边的房间，“有人在家吗？现在立刻出来，立刻！手举起来。”

屋子里没有动静，四周静悄悄的，太过安静了。卡姆看一眼比彻姆的眼睛。他猛地一摇头，指向前门里面那座关着的衣柜。他们一齐向那衣柜走去，停在门口。

比彻姆猛地拉开门。卡姆则负责掩护背后区域。里面是空的，完全的空白，没有挂衣服。下面也没有鞋子。他花了些时间打开前门，好让塞缪尔斯进来，接着朝内走廊走去。但是直觉告诉他，这番努力白费了。里面空旷得几乎都要发出回声了。

小浴室和两间卧室都是空的。他派比彻姆同其他等在外面的警察去搜索车库，自己则走进厨房，看了看炉灶旁边那扇窄门。上面有门闩，挂了把新锁。他挥手让另一名探员走开，然后举起枪，子弹击碎了挂锁，将锁后面的木头也击碎了。

“掩护我后面。”

他打开门里面的开关，再次大吼起来：“DCI！双手举起来，慢慢走上楼梯。”

迎接他的只有沉默，和他预想得一样。他背靠着墙，手举着枪侧身走下楼梯。

那里面只是一个空房间而已，中间有一个火炉，角落里有一个热水器。那里空空荡荡的，只在一个角落整齐地码放着塑料床脚箱。那是卡姆对这整座屋子的另一个印象：整洁、干净，没有一处例外。他将手枪放回枪套。

“他不在这儿。我们去看看车库。”他和塞缪尔斯掉头爬上楼梯。

当他们再次进入厨房的时候，塞缪尔斯说道：“你想让我叫钱宁医生过来看看……这个吗？”那探员指指旁边的房间。

“我想她会觉得这很有意思的。”卡姆心中泛起一种似曾相识的感觉，掏出手机，给实验室打了个电话。

他们还需要另一个犯罪现场调查小组。

索菲亚缓缓穿过那不明嫌疑人的客厅，详细查看每一处细节。她之前曾怀疑那罪犯可能有精神疾病。这地方完全证实了她的推测。

墙上到处都用黑色记号笔写了字，有些写得一丝不苟，有些字母则很潦草，但大多数都可以辨识。不过在有些地方，那潦草的字母看起来充满了愤怒，似乎都能滴下毒液来了。但是那些文字传达的信息区别却不大。

去你的 妈妈 你死了 你死了 现在 你看 你能看见吗

索菲亚被深深吸引了，于是拿出手机，拍了张照，接着又多拍了几张。

那噪音好吵 太吵 非常吵 太多噪音 我需要安静 更多的安静

看看我为你做的 你强迫我做的 永远都不满足 永远 还有更多 更多更多

“上帝啊。”

她听到卡姆的声音。她因为看那潦草的字迹看得太入迷，几乎都没意识到他正站在身边。“这些文字就像是被困在那家伙的脑海里似的。真是怪胎。”

“感觉更像是，他看着这些东西能理清头脑。”她小声说着，将目光移到另一面墙上。沙发后面的区域，字迹几乎一直延伸到了天花板上。其余有些地方要低一些，但没有低过腰的。这实在是太过于教科书式的场景，以至于她一开始就质疑，这画面是不是故意设计来混淆他们视线的。

但是有些地方记号笔的笔迹还很新，衬着白墙显得很黑。其他地方则模糊一些，像是没了墨。有些地方看上去像是有人刷过漆掩盖了下面的文字，然后又在上面重写了。如果这场景是故意设计的，那么那罪犯一定花了很久时间才能做到。

你本该一直是死人的 你为什么不死 你应该永远都别回来

我要再次杀掉你 再次 这一次要把你深埋起来 非常深

索菲亚静静地走过卡姆身边，转身朝那条很短的走廊走去。

“你去哪？”

“去检查一下药品柜。”

浴室面积刚刚能够容纳一个人转身。里面一尘不染，就连通往淋浴间的门也不例外，她根据经验知道，水渍几乎是不可能清理干净的。她从手提包里拿出一张纸巾，用它来帮忙打开盥洗台上方的金属框架的柜子。她盯着那塞得满满当当的架子。如果说那罪犯逃走了，那他并未带走他的药。

索菲亚用纸巾包裹着小心翼翼地将一个个药瓶调转个方向，好看到上面贴的处方。氟哌啶醇、奋乃静、硫醚嗪、氯氮平。标签的数目之多让人眼花缭乱。

在卡姆开口之前，她先觉察到了他的出现。

“药瓶上写的名字是谁？”

“桑尼·巴克斯特。”她看向他，“隔壁那家伙至少把首字母说对了。”

他嗤了一声。

“他也许二十年才能记对一回。巴克斯特是疑病症，还是真的有病？”

“这些药都是强效精神病药物。可能是精神分裂症吧，不过可能未作出明确诊断。里面有一些只剩下一半的药量，瓶身标记的日期是八年前。最近的至少是三年前开的。”她拿起一个药瓶举给卡姆看。她不熟悉标签上的医生名字，不过那药是在附近的品特斯药店按处方抓的。

卡姆不带感情地说道：“三年是很长的一段时间。考虑到员工流动，还有他们一天中要看到的人的数量……不奇怪他们没认出来他曾经是药店的顾客。”他凑得近一些去看了看其中的一些标签，“所以说，这个人是疯的吗？”

她做了个苦脸，说：“你知道我讨厌那个词。”他咧嘴一笑，那表情告诉她，这正是他要用这个词的原因，“当然，这些药物说明他有严重的精神疾病。”

“这一点你之前就猜到了。”他插话道。

“其中有些药是用来治疗幻听和妄想的。病人经常会觉得没有必要吃药，或是当他们感觉有好转时就停药。或者是因为副作用。这些药所引发的身体反应相当强烈。”她突然感觉有些不耐烦。这些药物提供了大量有关罪犯的宝贵信息，将极大地反映出他的需求和动机，“我们必须拿到搜查令，去调查他的医疗记录。立刻。”

“我们会拿到的。”

“锌片可能也很重要。”她慢慢地说道。她感觉卡姆的目光正死盯着她，但她不能将视线从顶层的那排盒子上移开。四个盒子，几乎全都空了。

“为什么？”

“食品和药物管理局去年对锌片发出了警告。长期将它们作为感冒药来服用，被认为有可能导致嗅觉的永久性丧失。”

卡姆吐出一口气，用双手撑着髋部。

“天呐。你说的话都是对的，你难道就不会厌烦吗？”

她摇摇头。并非是为了回答他的问题，而是在静静地思考。单是这个药品柜就能提供那罪犯的许多信息了。客厅那面墙壁则让人能一窥他发狂时的心理状态。

“普雷斯科特！你绝对要看看这东西！”

卡姆立即做出反应。索菲亚也跟在他后面。地下室的门开着，约翰正站在一个狭窄的地窖里呼喊，那里面散发出强烈的霉味。他们跟着那两位探员走下楼梯，索菲亚意识到那整个区域是多么的干净啊。就和楼上一样整洁。这里没有蜘蛛网，地板上也没有灰尘。一个角落里还靠着一把扫帚，似乎正等待着再度派上用场。

约翰·塞缪尔斯正跪在那排塑料床脚箱边。比彻姆拿着一台相机站在他身边。

“打开前已经拍过照了，”比彻姆向卡姆担保，“看吧。”

索菲亚凑拢些去观察，每个箱子里面都整整齐齐地叠放着女人的衣物。其中一个里面装的是鞋子，另一个装的是上衣和下装，第三个里面装的是内衣。她的胃被抽紧了。

“我一开始还想着那家伙可能是异装癖。不过衣服的尺寸都各不相同。”

“一共有多少套？”卡姆的声音似乎是从很远的地方传来的。

那探员用戴着手套的手在中间的箱子里翻了翻。

“十四件下装。”

索菲脚下的地板晃了一下。她抓住卡姆的胳膊站稳。十四。与巴克斯特之前一直在侵犯的那具尸体背后的数字不相符。但是它代表着生命的丧失，让人感觉恶心。有多少是死在万斯手上，又有多少是死在巴克斯特手上？

她不得不移开视线。不得不那么做，以阻止胃里的恶心感愈发剧烈。连环杀手接受奖品的现象并不少见。一件衣服，或是一件首饰，或是受害人的一根手指。去年秋天她提供咨询的一个案子中，那杀手小心翼翼地割下了所有受害人的头发，拿来编了一条精致的围巾，之后他给围巾染了色，还戴到公共场合。

看到这些衣服，她完全不应该产生这么剧烈的反应的。尤其是当她已经看过比这还要糟得多的画面之后。

“你没事吧？”卡姆小声问她。

“这些不是纪念品。”她突然之间感到寒冷，于是抱住自己，“他只是在整理东西。”

卡姆抑制住情绪，盯着她：“你怎么知道的？他为什么不把这些东西丢掉？”

“以防她们回来。”

“什么……”

但是索菲亚已经在往外走了。她爬上嘎吱作响的狭窄楼梯，穿过厨房，停在前面的房间中。那里墙壁上潦草的字迹印在了她的脑海里，其中的狂乱思绪代表的是一段安静的精神病发作的时段。

我教她学会安静 如此安静 如此甜美和安静 我亲爱的 我甜美的宝贝 再见 我亲爱的

索菲亚在护壁板旁边的地板上发现一根黑色的记号笔。她走过去蹲在那笔的前面。接着抬起视线。

那些文字从墙上跳落下来。

滚出我的脑袋 滚出我的脑袋 滚出我的脑袋 滚出去 滚出去 滚出去 滚出去

“车库里有一份外卖食品，收据上的日期是昨天。”她听到卡姆在厨房里说道，“他离开没多久。”

接着他走进房间，来到索菲亚身边。

“他会去哪呢？”他小声问道。他的脸庞已经被汗水打湿了。他身穿的厚重的防弹背心一定就像一口锅，“你说过他是习惯性人格，离开熟悉的环境会让他不舒服。”

她强迫自己集中注意力。

“其他某个他很熟悉的地方，他在那里会感觉安全。现在我们知道他的名字了，解封他的人力服务部档案还能有多难呢？拿到他待过的寄养家庭名单会有帮助。”

卡姆点点头：“那是个好想法。你觉得他有可能会回某个家庭？”

“有可能。”她的目光重新落回面前的墙上，“其中某个家庭或许对他有某种意义。”

他在那里站了片刻，读了几条涂鸦。

“这一次你会死，你会死，这一次你不会回来，不会再次回来，死了就是死了，你死了就一直死着吧，妈妈，一直死着，一直死着。”他看看索菲亚，“你觉得他是在幻想杀死他妈妈吗？这就是这些东西的意义？”

这时候她突然感到精疲力尽。

“我想他已经杀了她。至少杀了十四次。在每位受害者身上，他都把她杀了一次又一次。”

“你在这儿藏了条死鱼吗？”赛斯·迪亚兹身穿泰威克纤维防护服，说着自以为聪明的俏皮话走进来，“还是说我闻到的是普雷斯科特的味道，刚从河边回来？”

“你咬我啊。”卡姆和善地开玩笑道。他正在翻厨房里的抽屉，检查橱柜，其余两名探员则将剩余的垃圾翻倒在从浴室里找到的一条毛巾上，仔细翻找，“我连享受八小时的睡眠，洗个泡泡浴都成了奢侈。”

迪亚兹将他那只带滚轮的硬壳行李箱放在地上，跪下来打开。

“服了你了，泡泡先生。或许你真该去洗洗。这里的味道倒是不算难闻，不过车道上……”

卡姆转过身，来了兴趣。“车道？”

“对，就是两座房子之间的车道。不过也许是从隔壁传来的。”

不等迪亚兹说完，那两位探员就走出了厨房门。

“你敲过那座房子的门了？”卡姆问道。

艾利克斯·比彻姆点头。

“这条街上所有的房门都敲过，两边都敲了。我去了那家前门，没人应。”

卡姆掏出手机，发短信让塞缪尔斯跟上他们。接着他目光再次转向隔壁房子的前门。那房子几乎就在巴克斯特家正对面，从这里能看到那房子的部分。卡姆朝那边冲过去，没跑到四步，那味道就击中了他。

当塞缪尔斯赶到时，他们已经到了那房子旁边，卡姆和比彻姆往房门走去，塞缪尔斯则站在侧面。

卡姆伸手敲响房门，大喊道：“DCI。我们需要和这里的主人谈一谈。”他停下来，仔细倾听。房子里面没有动静。

离这房子越近，那味道就越强烈。艾利克斯·比彻姆夸张地嗅了一下。

“知道这味道像什么吗？”

“像是合理证据。”卡姆试着拧了拧纱门把手，发现门没锁。

他和艾利克斯掏出枪，轻轻走进厨房，分散开来。卡姆最先走进小客厅。那里有张安乐椅，上面有只皱巴巴的垫子，但椅子上是空的。旁边是一只摆得很凌乱的电视柜，两边摆着几个药瓶，还有几个落在地上。

另外两名探员查看了小衣柜，发现里面堆满了衣服。卡姆的目光锁定在前窗上合拢的百叶窗上。其中的一个板条向下弯曲着，露出一道缝隙。就好像有人之前一直站在那里往街上看似的。说不定是个好管闲事的老妇人。

或者有可能是别的某个人站在这里看探员们仔细排查这片地区的动静。

卡姆向另外两人打个手势，然后三人一起走进一条和巴克斯特家几乎一模一样的走廊。和隔壁一样，这里也有两间卧室和一间浴室。他们一人一间，确认里面的情况。

那些房间也都是空的。不过至少其中有一间没空太久。

“有人从窗户翻出去了。”

第二间卧室里唯一的那扇窗户是开的，纱窗正躺在下面的地上。“我去查后面的车库，”卡姆回头说完便钻出窗户，“去检查地窖。”

“收到。”

卡姆轻轻跳到地上，朝巷子里那座倾斜的车库冲去。绕过房屋拐角，他看到车库老旧的木门抬起来了，隔间里面是空的。他慢慢跑到堵在巴克斯特车库门口的警车旁边。

“你们过来以后，有人从隔壁车库离开吗？”

“大概十分钟之前。”一位看着只有十六岁的生脸巡警指着北边，“就在你们探员返回这里之前。是一个推着步行器的老妇人，她上了车，往北边开去了。”

他肚子里像是被灌了铅。

“一个老妇人？你确定吗？”

“完全确定。看不清她的脸，但是她穿一条连衣裙，头上包着头巾。还穿着厚厚的护腿长筒袜，就像我祖母会穿的那样，脚上穿的是矫正鞋。拿着一个很大的手提包。”

卡姆用对讲机呼叫比彻姆：“有没有可能是房主几分钟前开车出去了？”

“不可能，”那探员的声音传来，“一分钟前在地窖的台阶上找到了她。她已经不可能开车了。她被勒死了。”

第12章

“你不可能现在就知道全部信息，”露西看了眼办公室墙上的时钟，“你都没有足够的时间做彻底调查。”

“初步发现中，你有哪部分是不明白的？”加文·康纳利用手捂住嘴打了个哈欠，缓步穿过她办公室的门，将他瘦削的髋部靠在她的桌子上。

为了弥补他所造成的小困扰，他交出了他的山露汽水，露西内疚地接受了。咖啡因是她的一个弱点所在。她之前是戒了的，因为会让她紧张不安。但是有的时候，当她痛饮的时候，她会觉得，咖啡因也能帮助平复紧张。过去几天中，有许多事情都让她战战兢兢。不仅仅是因为这个正站在她身旁的男人的重新出现。

她拧紧瓶盖，递还给他：“我从来都不会迷信初步发现。任何细节错误的代价我们都担负不起。对于任何严厉的法官来说，这个案子都太过重要……”当她的嘴唇被他的盖上时，她剩余的警告话语就消失了。那男人在这方面总会出其不意。他的嘴唇在她的上面动了动。诱人，且带着暖暖的性感。

他重又站直，双臂交抱胸前。

“不管你信不信，我在伯克利可是个大人物。”他揶揄般的语气剥除了那话语中的自大意味，“我真的会相当频繁地接到邀请，为全国各种高调的调查提供咨询。我离开之前的目标就是，让你承认我应该，只是应该而已，提醒你一句，明白我在说什么。”

“我又不是事后故作聪明……”

他仰过头，像是真的被逗乐了一般大笑起来。

“你刚刚就是在事后故作聪明，事实上你甚至没意识到，你那样子其实很可爱。”

她眯起眼睛。可爱这个词还从不曾被如此轻巧地用在她身上。

“好吧，那就再给我讲一遍。”她将注意力从笔记本电脑上转开，只专心看着他。

但她的举动似乎并未让他感到困扰，他停下来喝一口那苏打汽水，然后回答道：“要将骨架重新整合起来很容易。其中大部分都未受损伤。我猜它在河中所受到的冲击，将一些骨头撞松了。那河五年前泛滥过一次。不管是什么时候抛的尸，那袋子都应该距离原始的抛尸点有一段距离了，而且还会碰到木头，以及各种碎片。”

他停下来，伸手将她的一缕发丝从脸上拨开。这动作中的亲密意味吓得她不由自主地躲闪开去。

他的眼睛闪闪发光，继续说道：“初步检查发现，今天打捞的那具骸骨是女性。根据对骨盆的测量，以及对颅骨的检查，这一点很容易确认。几乎可以断定是高加索人。死亡年龄有可能在二十八到三十五岁之间，因为她的锁骨已经完全熔在一起了，但是颅骨上的矢状缝依然存在。我还做了一些测量和X光检查，一些牙科发现必须提交给牙医看。DCI有牙医吗？”

露西点点头，答：“爱荷华大学牙科学院的哈维·林德医生。”

“等我把汇总的信息发送给他后，他应该能证实我的年龄推测。再将这些数据提交进行牙科记录比对，这样这位受害者的身份的辨识应该会相对容易一些。”

“如果她是爱荷华州人的话。”露西小声说道。之前在新挖墓穴的棺材上发现的六名受害者中，有一些就是从爱荷华以外的地方被绑架来的。

他伸手从牛仔裤后面的口袋里掏出一包揉成一团的巧克力豆。

“我检查过髂骨上的耳状面，胸骨上右侧肋骨中的第三根到第五根的末端，以及耻骨联合部位，并与标准数据库中的标记做过比对。”他打开袋子，一边说话，一边将一些骨头放在手掌上，“舌骨断裂了，说明受害者可能被勒过脖子。不过也不能排除，袋子被河里的某样东西撞击，造成断裂的可能性。但是尺骨上的螺旋形骨折绝对是死前造成的。”

露西看着他将巧克力豆丢进嘴里咀嚼起来。她和办公室那台自动售货机之间一直有仇怨。像她这样经常工作到深夜的人，没办法总是按时用餐。那机器吞了她的钱，却总是拒绝吐出她所选择的商品。无论什么时候，只要她急切地想吃巧克力的时候，那机器都会提供不新鲜的花生，这习惯让人特别怀疑。

事实证明，康纳利可以劝服那拒不服从的机器吐出她总是买不到的甜食。他似乎就是有这个魅力，对女人和机器都是。想到这里，她感到一阵挫败，重又开始断断续续地迎合他的话。

“死前？你找到死前接受过治疗的迹象吗？”

他点点头，将巧克力咽下去。

“几乎看不见。你可以再确认一遍，不过我估计，那伤口至少是在她死亡的两周之前造成的。哦，还有，那些骸骨和洞穴里找到的那根指骨不是一个人。等我完成整合的时候，这具骸骨已经是完整的了。”他最后又吃了一些巧克力豆，将袋中剩余部分都递给了她。

露西急切地一把抓过来，她太饿了，已经顾不上不好意思。

“不坏嘛，几个小时的工作而已。”她说着。

能分享到他的巧克力，这让她感觉自己也变得一样慷慨起来。

“我想把那位DCI探员叫过来，红头发的那个，帮忙做一个面部重构，不过我得先经过法医的许可。那位女法医面对这类事情真的相当易怒。”

露西得意地笑笑，说道:“是吗？我倒听说那位法医是个圣人。也许你的要求提得很友好的话，她会接受的。”

作为一个很少会以比漫步更快的速度行走的人来说，他的步伐原来可以快得惊人。他握住她的手，将她从椅子上拉起来搂进怀里，速度之快令人眩晕。

“我能做到的可远远不只是友好。”他用微笑向她担保，他的双臂搂住她的腰。

露西可以把这都归结为巧克力的错，或者是睡眠不足。但是与她做出的怎样回应更有利的判断相反的是，她微笑着反击道：“你的能力怎么样，我记得清清楚楚。”

他拥有剥除她那与生命同价的防御心的能力，所需要的只是慵懒的微笑和犀利的幽默感而已，别无其他。他有能力吸引她，吸引她这个从不以纵容自己而著称的女人，让她忘记职责，时间长到足够同他一起放纵堕落。

而两人职业之间隔着数英里的缓冲带，那距离使得沉溺于加文·康纳利的怀抱之中也足够安全，安全到即便是像露西这样过于谨小慎微的个性也会觉得宽慰。她踮起脚尖用牙齿咬住他的下嘴唇，轻轻用力。

“你的酒店到底有几英里远？”当她感到他的身体在颤抖时，她感到很满意。

他退后一些好审视她的表情，然后说道:“我还从没进过你家门。也许我们可以点些外卖，然后去邦迪兰特，那样路上也有时间说话。”

他语气中有某种东西让她心里想要退却。同加文做爱就已经远远超出她的本性了，至于让他进她的家门，进入她的生活，则更是让她心里的防护墙迅速拔地而起。

“告诉你，康纳利。”她语气虽然是谈话式的，两只手却完全不是那么回事，“我们可以说话，或者我们可以……”她站高些，在他耳边轻轻发出提议。他的目光变得有些茫然。

“那我们晚点再说话。”他带着她走出办公室，只给她留出拿手提包和锁门的时间，“但是我们会有时间谈话的，露丝。”

“如果你之后还有精力的话……”她用挑逗般的语气小声说道，“我恐怕大不如前了。”

“我们从车管局查到了莫克斯利汽车的牌照、颜色、生产商和款型。现在已经拿到警戒令了，也已向周边县市发布了预警，总会有人看见他的。”

这时他们正走在卡姆家的车道。索菲亚累得几乎站不稳了，但是卡姆的声音却依旧警醒，他还在与指挥官讨论策略。天空中有斑斑点点的星星，月亮也发出银色的光辉，就好像被残忍地砍了一块之后不再圆满了似的。她感觉自己也是一样，仿佛这一天每出现一个新情况，都又削去了她的一层皮肤，最后她的神经都裸露出来，脆弱不堪。

“好的，那车库为我们提供了许多信息，那里就是他给她们进行防腐处理的地方。物资和工具都存储在其中，他还有一个冷冻间。我们还需要实验室检验结果，不过我想，他在等待抛尸的过程中，会将尸体存储在其中。正如钱宁医生所推测的，车库里面还有一艘小船和一辆拖车。”他听了片刻，然后将钥匙插进锁定插销，打开门，等两人都进去之后，他重启安全系统，接着又关上门，“我们往本地区所有的银行都派了人，但是没有发现任何支票或存折的迹象。品特斯员工称，他每次都使用现金消费。钱宁医生认为，他可能更多的是想回避同银行打交道。”

他听了片刻，然后斜视索菲亚一眼，说道：“是的。她说就算是做事有条理的罪犯，也可能会陷入混乱。她说他是因为精神疾病没有得到治疗才导致的，因此一次情感事件。你应该已经看过那些处方了。很难说巴克斯特是在什么地方同万斯搭上的，他没有案底。”

很难说哪种诱惑的吸引力更大，洗澡还是睡觉。索菲亚决定先摘掉假发和隐形眼镜，之后再做决定。

卡姆将西装搭在沙发背上，接着想起来把之前揉在口袋里的领带拿出来。

“是的，搜查令下来了，可以调查巴克斯特少年时代在人力服务部中的档案，不过要拿到会有些慢，那位养父保留的记录显示，他被安置到了波尔克县，我们已经在那边查询了，希望明天上午十点左右能得到答案。”他开始往办公室走去，电话依然没挂，“是的，明天早上也会开始河上搜查。简报会是八点，所以……”

索菲亚没有跟着他，而是走向自己的卧室拿出浴袍。听卡姆在电话中的安排，她还有不到七小时的时间来洗澡和睡觉。而现在，两样事情看起来都同样紧迫。

但是不知是什么原因，她按照以往的习惯，简单冲了个澡，梳好头发之后，爬上床睡觉却突然没那么大的吸引力了。白天所发生的事情的细枝末节涌了进来，无论往哪个方向想，她的思绪都会撞到那些细节。这些思绪一定不会唤来睡意。

她拿着收拾好的东西回到卧室，卡姆办公室的灯仍旧亮着。但是她已经听不见他的声音了，与冈萨雷斯的通话一定是结束了。她急忙将东西放好，然后转过身，视线落在整洁铺好的床上。

昨晚的情景闪过她的脑海。在她的创伤后压力心理障碍症发作后，卡姆给予了她安慰。躺在他的臂弯里，她感觉足够安全，最后闭上眼睛睡着了。

安全。这个词让她心里惭愧起来。她拥有心理学博士学位，创伤引发的反应，至少从临床上来说，是她所熟悉的领域。她有足够的自我意识，能够认清，在她的大部分人生中，正是那份安全和谨慎引导着她做出了一个个生活选择。她唯一一次偏离了安全的熟悉领域，就是选择进入法医界，而非只停留在临床心理学界。即便在那时，她就已经在孤注一掷的路上走得太过遥远，一个是学术生涯，一个是法医咨询公司，她试图在两份工作之间做好平衡。

现在她可以承认了，教职完全彻底地让她感到厌倦。

她走到梳妆台前，将梳子放在台面上。

她的父母和前夫都是学术界的人，她选择教职只是为了讨他们的欢心。但是沿袭着预先设定好的课程大纲、年级论文和大学里的小政治圈子生活，那样的模式，她从来就没有发自内心地喜欢过。现在她开始怀疑，如果当时她走进前夫的系办公室，没有看到他正在办公桌上激烈地干一个年轻的女学生，那么她到底还要欺骗自己多久，假装对生活完全满意。

她苦笑着想到，那件事已经成了改变她生活的一道闹铃。还有上个月同卡姆·普雷斯科特的那段短暂恋情也是，只不过是以完全不同的方式惊醒了她。

在与这个男人在一起的短短十二天里，她感觉到整个婚姻生活中，甚至以前都不曾感受过的激情。那段关系完全超出了她的本能，在挑选男人的方面更是如此。卡姆并不安全。他不是没有风险。但是他也绝对不无聊。

她转过身，慢慢走到窗口，拉上百叶窗后的窗帘。她离开他是因为，她对这个男人的感情过于本能，过于陌生，要承认这一点，她心里并不会太舒服。她之前并未做好准备去接受一段没有附加条件的关系。她，一个注重生活中的各种保证的女人，却意识到，与卡姆·普雷斯科特的未来并没有办法可以保证。并不能保证，他就会对他在她心中所引发的沸腾的情感，做出任何程度的情感回应。

梅森·万斯已经证明了，她生活在担心承担风险的恐惧之中，是多么的愚蠢。想到那男人，她的皮肤还一阵发麻。如果事情向另一个方向发展，那她可能已经死在万斯手上了，除了与前夫那温吞的关系之外，永远也不可能再有机会体验别样的情感。那种想法让她为自己感到非常羞愧。

被囚禁的经历对她的情感所造成的伤害依然存在。索菲亚一开始就承认，但是那并没有影响她在此次调查中的工作能力。而且还有一个因素没有囊括进来，那就是她意识到，自己差一点就让某件无限珍贵的东西从手指尖溜走了，就因为她之前一直忙着保护自己的心灵不受伤害。

这想法动摇了她。当她从梅森·万斯那里逃脱之后，卡姆曾一遍遍告诉她，她有多么勇敢。但是她之前从未意识到的是，让她从他身边逃离的原因，完全是出于懦弱。

索菲亚已经厌倦了逃跑。

她赤脚穿过卧室，当发现他办公室的灯灭了时，她颤抖了一下。她深呼吸一次，走到他的卧室门前，往里面看，是空的。

就在这时，她听到旁边浴室的淋浴开了，那声音几乎将她吓跑。她实际上已经在转身往卧室门口走了。

这时候她脑海中突然闪过，她第一次离开他的情景，当时她心里也是被同样的懦弱恐惧所填满了。她坚定目标，走到浴室门口，推开门。透过玻璃淋浴间，她能看到卡姆的身影，燥热的触须舒展开来，卷住她整个身体。就在这个时候，她看到，他也看到了她。他停止了动作，任由水花洒在脸上。

他愣了片刻，接着推开淋浴间的门。

“你还好吗，索菲？”他迅速打量她一眼，好似是在回答他自己的问题，“我几分钟后就出来。”

“还好。”她解开浴袍，轻轻耸肩，让袍子从胳膊上滑下去落在地上，“我真的很好。”她走进淋浴间门口，擦过他的身体钻进去。

她两只手立即抱住他的胸膛，手指收拢。他也举起两手，盖住她的手。他重重咽了口唾沫，粗声粗气地说道：“听我说，上帝才知道我要说出这话有多难，但是现在这么做可能对你没有好处。我不觉得……”

看到他表情中担心混杂着欲望，她想知道的一切都有了答案。

“没关系。”她凑近些，消除两人之间的距离，踮起脚尖轻轻咬了咬他的嘴角，“我已经就我们两个之间的事情考虑了许多。”她用两只胳膊环住他的脖子，用嘴巴贴住他的嘴巴，沉入深深的愉悦之中。

之前在怪胎酒吧门口坐在车上的那个吻太出乎意料，而且太过短暂。不等她放下防备享受其中，就结束了。但是索菲亚已经不想再建造防御抵抗这个男人了。这个想法很吓人，但也叫她兴奋，感到自由。

他的手臂环抱住她，将她搂得更贴近些。他张开嘴唇，伸进舌头来探索她的。他懂得该怎样亲吻一个女人，热辣，深邃，压倒一切，以一种叫周围世界都相形失色的一心一意的烈度。内心的火焰在燃烧，她将那一直盘桓不肯散去的隐隐的担忧推到一边，一头扎进那火焰。

他的味道犹如黑暗般诱人，对她的感官拥有致命的力量。她用双手抚弄他肩头的肌肉，指尖的愉悦感她一直不曾忘却。她之前就一直乐于看到，当他们赤诚相见、缠绵一起之时，他强劲的力道对上她的柔软，两人之间的迥异区别。而且她也很享受将他的力量剥除的感觉，将他压抑的力量点燃，直至到达不顾一切的境地，呼吸变得粗喘，双手也变得强硬狂热起来。

温暖的水花喷洒下来像茧一样将他们包裹其中，那一刻被无限延长，他们被一阵亲密的深沉热量裹挟起来。

他挪开嘴，索菲亚过了片刻才想起来还要呼吸。她的骨头都松懈了，像一滩融化的热蜡，她重重地靠在他身上。一直到她睁开眼睛，发现他正眯着眼睛凝视自己时，力量依旧没有恢复。在欲望没过之时，他的眸子会呈现出古董一般的金色，而那正是她此刻在他眼中所看到的颜色。不过让她的心彻底倾倒的，却是她在他脸上所看到的表情。

那里面有激情，是的，但是也显露出他已经成功牵制了将近十八个小时的疲累。他从本质上来说，是一名保护者，一名警察，一名坚韧的前陆军游骑兵，正如他瞳孔的颜色一样。或许也正是他那出人意料的温柔会拥有如此强大的压倒力量的原因所在。

正是那种温柔，以及那种激情，让她做出了与一贯的安全防御不同的决定。导致她渴望太多，感觉太深刻。那时候她从他身边离开了。确切来说是逃走的，从她自己的感情中逃走的。索菲亚之前的人生，出于各种意图和目的考虑，都是生活在规则之中的。而卡姆却远远超出了那些规则，他甚至根本就不应该出现在她的生活之中。

但是他出现了。而且曾一度成为她生活的中心，而且她还被他吓得逃走了，但是她却并没能成功将他所唤起的感情抛掉。这时候，她任由自己放肆地审视他。他深棕色的头发在水花的冲刷下，变得更暗了一层，他头发比大多数探员都要短。上个月她曾看到他的一张照片，那里面他的头发要更长一些，呈现出他所谓的秀气的波浪形状。当时她觉得，她喜欢他长头发的样子，但又怀疑自己有没有机会看到那一天。

他下巴上冒出了胡茬，眼睛被蒙在阴影之中，她突然感觉到一阵温柔的疼痛。他将继续勇往直前，直至最后，或者说直至将巴克斯特送进牢房。而且他完全不会考虑那样做对自己的身体将会造成的伤害。

但是正因为在他那双金棕色的眼睛中所看到的东西，她的脉搏才开始变得断断续续，意识思维才渐渐排空。那里面写着毫无掩饰的欲望，灼热的烟雾像触须一般将她包裹起来。之前的人生中，她一直致力于将生活划分得井井有条，掂量风险，将威胁规避在她所能平衡的范围之内。在她的内心深处，他就代表着她所遇见过的最大的危险，她已经不想再逃避心碎的可能性。

他们目光纠结在一起。他的手顺着她的脊椎，懒懒地轻抚上来，她也战栗着回应。一阵警钟在她脑海中遥远的凹陷处敲响。她曾经注意过那警钟一次了，而且她后悔自己当时的懦弱。如果说与死亡擦身而过教会了她什么的话，那就是，她本该抓住那些时刻的。

他低下头，用牙齿咬住她脖子上鼓起的部分，事实证明那并不是太疼。对于他俩未来的不确定曾经让她感到恐惧，直至她了解到，什么是真正的恐惧。而这个，这个却值得去冒一次险。

思绪变得朦胧起来，理智变模糊了。她将嘴唇擦过他的下巴，感觉到他的胡茬轻轻擦在她的嘴唇上，那触觉更坚定了她的决心。他是唯一一个能让她相信那些感觉，那些狂热而原始的感觉，比一段拥有共同兴趣的关系更加重要的人。他将她那规避掉风险的安全世界击得粉碎，而且他自己轻而易举地，就成了她世界的中心。

之前那让她如此恐惧的，坦率说来并不是肉体的激情，而是发现自己想要更多。这时候他的嘴唇擦过她的，她的腹部像被点燃了，迅速滚烫。

他用手掌捧起她的脸颊，嘴巴急切地含住她的，舌头互相追逐，呼吸交缠在一起，牙齿轻轻磕碰。他推着她往后退了几步，直至她感觉淋浴间的墙抵在肩头，他却依然没有将嘴巴挪开。她温柔地迎合着他，这正是她所渴求的。那丝原始的渴望唤起了狂野的回应，而她曾一度拒绝承认那渴望的存在。

他用膝盖将她的两腿分开，接着步入它们之间。他的勃起压在她的小腹，她抵着他开始蠕动，想用她的虚空和渴望来感受他。仿佛是意识到了她的失意似的，他双手伸到她的臀部，将她抱了起来。她双腿环在他的髋部，迎着他的坚实摇晃着，即便不睁眼去看，她也能感受到他的反应。

她的脑袋懒懒地靠在墙上，手指踏上感知的旅程，在他平坦结实的胸膛上，肋骨下方的凹处舞动，还有他肌腱和骨骼所铸就的山梁。

将注意力全部集中在触觉上，能让人感觉到一种精妙的快感。她一路抚过他的二头肌，他的双肩，而他的舌头则顺着水流的方向，舔舐她的肌肤。他啜饮着她锁骨凹陷处所聚集的水滴。每当他的双唇找到新一寸肌肤去品尝，去享用时，她都浑身战栗。

脉搏的欢跳让她感觉到熟悉，但醉人的程度却并没有丝毫减弱。他嘴唇的每一次擦过，舌头的每一次逗弄，对于即将到来的事情都仿佛是一次笃实的承诺，那让她体内充满了静谧的狂妄。他贴得紧紧的，她还想要他靠得更近，那样子似乎是在与她对阵。深埋在她身体里面，如此紧密，甚至就连跳跃的水花也无法从他们之间淌过。接着又贴得更紧，她想要他也战栗，想要他将压抑得那么紧的原始本能释放出来。直白说来，她想要剥除他的每一件防御，就像他击碎她的一样轻而易举。

为了那个目的，她放松手指，开始寻找能解除他的控制力的方法。他的舌头绕着她一只乳头画圈，逗弄得让它硬挺起来，接着他一口含住，用力拉扯，她的感触散落开来。她动用所有的力量，才将注意力集中在那些能让他战栗的地方，他手臂之下天鹅绒般柔软的皮肤。她用一只指甲擦过他的乳头，手指下滑，拂过他腹部因为她的触摸而开始跳动隆起的硬挺肌肉。

他抬起头，呼吸中所发出的嘶嘶声就是回报。因为他们贴得太过紧密，所以她能触及的地方有限，但是她的探索广泛而彻底。她用手指擦过他的背，感觉出血肉之中不时凸起的椎骨。在她的触碰之下，那些肌肉如同按捺不住的种马一般颤动起来。

索菲亚感觉他的目光快将她照射枯萎了。那光芒灼痛了她的脸庞，她的胸脯，让她的乳头变得愈发紧实。她根据经验知道，如果他愉悦了，那他会十倍返还，一想到这里，她的血管中似有彗星点亮了，从中穿行而过。

她弓起背，目光紧咬住他，像是一个挑逗性的邀请，她看着他颧骨上的涨红的线条。他的下颌咬紧了，她本能地知道，他正在控制一泄到底的冲动，而那冲动她并不会抗拒。她看出来了，他战胜冲动的那一刻，她看到他嘴唇轻微的起伏，那时候他伸出一根手指，擦过她肿大的脆弱的乳头。

她不自主地做出回应，猝然一动，而这一回应似乎点燃了他体内的什么东西。他伸出一只手托住她一只乳房，用拇指和食指夹起那颗紧绷的蓓蕾，然后将嘴凑下来，双唇含住她另一颗乳头。

眼睑之下各种色彩如万花筒一般旋转起来。索菲亚向后仰起身，与他的嘴唇贴得更加紧密，而他则对她这一未经言明的要求作出回应，更加用力地吸吮起来。他的牙齿与她的肉身触碰所发出的声音，让渴望向前迈了一大步，成了一只出笼的兽。她之前想要让他渴望，让他欲求的计划早已被抛之脑后。她用手指抓在他湿漉漉的发丝之中，催促他继续索取。

他挪开嘴，凉爽的水花让她的乳头变得僵硬，几乎觉出痛来。她吻住他的嘴唇，一切伪装都被剥除了。她在他的怀抱中感觉活了过来，那被暴力冲刷成灰黑的世界又恢复了色彩。热浪在她体内奔突，让她内心因为万斯的仁慈而变得冷冰的地方温暖起来。

她内心更理智的部分想要撤退，用情太深有危险。付出得太多，远远超出了卡姆所能回馈的数量。但是活着就是冒险。一颗完好的心同时也意味着，没有体验过爱情的深刻与广阔。

不管他的双手触碰到哪一处，都让她变得愈加激动难耐。脉搏已变得如剃刀边缘那般的锋利，其余的一切都黯淡了。在他那仿佛拥有疗愈力量的手掌的触碰下，她的肉身鲜活起来，那手掌滚烫烫的，抚摸到她身体的曲线时，充满渴望，爱抚到她受过伤的手腕时，则变得那样温柔。这其中的差异让她失去平衡，让她在欲求与柔情之间转换，复又重燃渴望。卡姆用一根手指追溯到她的大腿，挑逗般地绕着她两腿之间的火热画着圈，内心的警报平息了。

他俯下身来亲吻她。火热、潮湿、充满原始的肉欲。他手掌拢住她的隆起，那里潮湿了，满含欲望。他追索着她的舌头，甚至当他分开她那折叠在一起的光洁之地，一根手指探进去时，也没有停止。

她拱起髋骨，抗拒他的双重进攻。体内热血正搅成一团，像是白浪一般撞在一起，掀起泡沫。他的亲吻中，他的触摸中，蕴含着原始的渴求。面对那一渴求，她做出了应答。

索菲亚双手在他身体上极速游走，诱惑地，挑逗地，那覆盖住骨骼和肌肉的皮肤泛出一片暖色。他轻轻地又放了一根手指进入她体内，感官所受到的冲击愈发强烈。接着他发现她神情仍很紧绷，于是便有韵律地画起圈来，想让她更疯狂一些。

她一只手找到他那硬挺的勃起，紧紧握住，那瞬间她听到他发出一声生猛的喉音。他就像是一把包裹在软缎之中的蓬勃之力，他在她的手掌中搏动着，那股急切说明了他外表控制得有多么好。

他的触碰怀着一个欲念，一个希冀。在她还能抵御住那声色冲击之时，这种推论还无可抵赖。

这时他挪开手指，给她换了个姿势。索菲亚两只手臂搂住他的肩膀。他在她体内几乎失去控制般一阵突进，引得两人都呻吟起来。她以她自己的渴望，满足了他的欲求，她正狂乱地渴求完满，髋部于是开始拼命反抗。他则用强硬而不顾一切的手指控制住她的臀部，以更快的频率推进她。她的血液开始有节奏地跳动，流淌在皮肤之下，宛如焦枯的河。欲望在她的腹部盘绕。

他在她耳畔小声说着什么，声音粗重又急切，但是她听不见，她无法思考。那声音犹如一束烟雾，逃避般地分裂消散。在他们如此紧密地融合在一起的地方，神经末梢盘绕着聚焦到一处。韵律加快了。呼吸变得短促。

高潮先击溃了她，激烈而又狂暴。那涡流仍在继续，卷走了她的呼吸，她的意识。她的回应打破了卡姆的控制，他跟随着她手掌的急促动作，最后涌动了一下，迎来了欢愉时刻，那时间是那样的悠长，让人无法否认。

不知不觉间闪烁出的愧疚火花，打断了这原本应该是完美悠闲的深夜驾车回家的路途。露西坚持要和加文分别开车去他的酒店。她伸展身躯，在他上方，或是下方赤裸地度过的那几个小时，回想起来依然会让神经末梢战栗。

饥肠辘辘的他们叫了比萨饼，像一对凶猛的野犬，狼吞虎咽一扫而空。之后她看出他表情中的变化，于是先行提醒自己，他还没有忘记他的承诺，或称威胁——要和她谈谈。

显然，隐隐逼近的有关他们关系的讨论，让她的心中感到恐惧。露西是很看重道德的，这是由她工作的要求和个人的选择所决定的。这似乎要算是她的幸运，世界上有那么多男人，她偏偏挑中了似乎并不满足于没有附加条件的鬼混的那一个。

她成功地分散了加文的注意力，于是他们又用了一个小时，投入到一场让人倦怠的性爱之中。待他睡着之后，她便抓住时机……不是溜，这个词蕴含着一种负面的内涵意义，她是悄悄离开了。露西还从不曾同一个男人在一起过完过整晚，从来不曾有过。这样做就意味着最后会睡着，之后她就会变得脆弱，失去防备。

二十年前她母亲就是这样，同新交的“男朋友”一起喝晕了过去。最后那男朋友一把火把床点着了，连着睡在里面的她母亲一起。

露西将那段记忆推回到她平素用来保存所有童年记忆的保险柜中。她不需要思考，自己这种缺乏信任感的性格是怎样形成的。她大半辈子都是这么过来的，而且她不知道地球上还有哪个男人能明白这种想法，更别论接受了。

当然，她从不曾想过要向加文解释这一点。

当她把车子开上家旁边的那条长长的车道后，心里感到一定程度的放松。这处地产吸引她的就是私密性，还有其中提供的空间。但是她还没在这里过过冬天。露西有预感，一旦开始飘雪，她对房子后面的那座独立式车库的满意程度就会下降。爱荷华的冬天可不是为懦夫准备的，但是到目前为止，那车库还算不错，通往后部露台的步道边装了太阳能路灯，在这几近全黑的夜色之中，那莹莹的光辉让人感到温馨。

只是……她眯眼看着阁楼窗户透出的亮光，颈背一阵刺痛。昨天她曾上去过，翻箱子找了些夏天的衣服出来。但是当时她没开灯吧，不对吗？

她走到露台处转身，扫视一眼阴暗的庭院。车库门外的安全灯还亮着。屋后露台上其余的灯也都在底座上闪闪烁烁。她觉得没什么问题，紧张感平息了。她拿着钥匙走上楼梯，穿过露台来到后门口。

这时她的手机响了，她掏出来，第一时间想到是不是案子有情况，需要工作了。但是看到手机屏幕后，一阵愧疚席卷而来。是加文。

她犹豫片刻，接着将手机塞回包里。这样做更好，最好能让他学会接受，她所能给予他的以及她所不能给予的。

但是手机转到语音信箱之后，突如其来的静默却让她的心都抽紧了。与努力克服这让她不熟悉的涓涓悔恨相比，对那男人发火要容易得多。说到底，他到底有什么问题呢？他们才刚见过两次，都在这个月，远远不够打下基础谱写出童话般的爱情故事。他最好现在就意识到这一点，露西·贝纳利不喜欢童话，至少不喜欢童话爱情。根据她的经验来看，相信那些阴郁童话中的怪兽，倒是要简单得多。

她走进厨房，打开灯，将手提包放在桌子上。当她转身去关门时，一个声音攫住了她的注意力。她停下脚步，倾听着。房子里某个隐蔽的地方，一块地板响了一声。

露西紧张起来，但是之后并没有听到其他声音。她刚从持续不断的城市喧嚣回到相对较安静的乡村环境，这也就意味着，任何随意发出的声音都会令人惊恐，老房子沉降所发出的吱嘎声和咯吱声，蟋蟀在地窖里某个还不明确的地方发出的唧唧声，一只老鼠出来觅食结果却不幸惨遭厄运所发出的声音。

厨房的正上方是浴室和阁楼的楼梯。要是觉得有窃贼闯进了她锁着的房屋，然后舒舒服服洗了个泡泡浴，那就有点离谱了。

这个想法稍稍减轻了她的紧张程度，但是为了以防万一，她还是向前门厅的衣柜走去，想去拿她放在那里的棒球棍。拿到棒球棍，再挨个房间搜查一番，这样会感觉好些的。只有这样她今晚才可能足够放心，然后睡着。身后手机又响了，她突然被提醒着想起来，后门还没锁。该死的康纳利，自从他们在一起度过几个小时之后，她的大脑就成了浆糊。思绪都不清楚了。

他不知从哪里冒出来的，就那样从阴影里钻出来挡住了她的去路。她控制住才没有被吓得尖叫出声，他一只手朝她胸膛伸来，身后厨房洒过来的灯光足够照亮那人的面部细节。那人脸上长着邋遢的络腮胡，一件不成形状的开襟毛衫穿在他身上大了好几码。一条皱巴巴的裙子，下面的大腿穿着一条连裤袜，矫正鞋穿在他脚上太大。那身装扮显得很奇怪，但她还是立即就认出了这男人，他的素描图这几天新闻上到处都能看到。

下一秒钟她转身拔腿就跑，不是朝后门跑，而是往通向二楼的楼梯跑，去拿她放在上面的枪。

“你不想那么做的。”一声枪响打断了男人的话，子弹嵌在她旁边的墙上。距离如此之近，露西感觉到有少量泥灰洒了下来。她呆住了，整个身体都发起抖来，动作停在半途中，不知该跑，还是停下。有那么一刻，她开始后悔为什么要离开加文的床，但这时那男人又说话了，“我一直在等你呢，露西。”

是卡姆身体暖意的消失惊醒了她。索菲亚睁开眼，发现床上只有她一个人。旁边的浴室是黑的。她没有多想就翻身下了床，接着又犹豫了片刻，因为她想起来身上没穿衣服。上一次看到睡袍时，它正湿漉漉地皱成一团躺在浴室地上。

她走到卡姆的衣柜，从衣架上取下一件衬衫，不过今晚走向门口，卷起过长的袖子的是她。如果她发现他还在工作，那么她会威胁他，要他上床睡觉。他本来就已经睡眠不足了，要想恢复体力，他所需要的可不只是一个小时。

也有可能从前在那个跨部门缉毒小组的记忆再次卷土重来了。昨天晚上，当他走进她的房间时，他完全清楚她正在遭遇些什么，卡姆自己有时候也仍会发生创伤所引发的反应。

公寓里没有亮灯。但是当她穿过客厅后，她能听见他低声说话的声音。于是她在心里叹口气，打开电灯。

“说真的，你必须让这案子缓一缓了。”

他看向她，显然是惊呆了，他手机还按在耳朵上。他出来时没有穿衣服，好身材完全展露在外。

她感到自己脸红了，考虑到过去几个小时里所发生的事情，这反应实在是荒谬，不过这不自主的反应早就已经成为她的祸害了。他仔细打量她的神情，让她皮肤之下的触须又点燃了，一阵燥热。

“是的。谢谢你跟我通报，我会随时与你联系。”他粗鲁地切断电话，缓慢悠长地朝她投来一个微笑，“我想那件衬衣刚刚成了我的最爱。”他阔步朝她走来，“事实上，我想把这衬衣要回来。立刻！”

她绕到桌子对面，隔着桌子与他说话：“那通电话和案子有关吗？”

“是的。”他立即答道。也正因为如此，她意识到他是在撒谎。于是她体内的温热轻而易举地就被冰冷所熄灭，她回想起他上次对她撒谎时的情景。而那件事对于她当时决定终止他们的关系，到底起到了多么重大的影响呢？

“新规矩，卡姆。”她的声音很镇定，但双手却不是，于是她将手臂抱在腰上，“如果有什么事情你不想谈，那就直接告诉我。如果有什么事情你不想讨论，直接告诉我。但是烦请听我一句，别对我撒谎。我没做什么让你不能信任的事。但是你现在对我做的却正是这个。你不相信我，已经到了要对我撒谎的程度。”

他苦笑着牵起嘴角。

“那么多女人可以迷恋，我却偏偏挑了个精神病专家。”

索菲亚没有回应他的微笑，她不能。他的话在她脑海中回荡，发出回响。那么多女人可以迷恋……她膝盖突然之间软了下来。

他将手掌撑在桌子上，稍稍朝她倾下身，说道："不是。"他的声音很平静，目光直视向她，"不是案子相关的电话，至少这一通不是。是联邦探员德尔·哈洛打来的。是我在那个跨部门缉毒小组时，FBI的联系人。"

她不解地问道："那已经是一年前的事了，不是吗？这人有什么毛病？他打电话难道不看时间吗？"

他表情阴沉下来，说道："他有什么毛病？我只知道他是个满嘴扯谎的狗娘养的，除此之外我对他一无所知。按照他的辩护，他正从加利福尼亚南部往洛杉矶机场赶，那边时间要早两小时。"

这句话的信息让她的大脑运转起来："你那个小组是在加州南部。"她慢慢说道，"他对你撒什么谎了？他为什么现在还要联系你？我以为那墨西哥垄断联盟被捣毁后，那案子就已经完了。"她又想到另外一件事，"这事是不是与我几周前在你桌子抽屉里发现的那张照片有关？就是你和我说是你一个表亲的男人照的那张？"

他一副被震惊了的样子，说道："老天呐，你的思维真是……你为什么会这么问？"

"因为那是你上一次对我撒谎。"她直截了当地说道。还是冷，她用手臂紧紧抱住腰，"你不想回答关于他的问题。"

"你真是神了。"他的表情介于气愤和开心之间，"在被派去打入那个位于锡那罗亚州的贩毒垄断集团之前，我先去匡蒂科待过一周，在那里我学会了怎样击败测谎仪，这课程很有意思；还学了怎样抵抗针对身体的刑讯逼供，这个就没什么意思了。还学了些别的东西，但是你……你只需要看着我，就知道我什么时候在撒谎。你是怎么做到的？"

"我看你的方式，和其他所有人都不同。"这虽然是真话，但却透露了她的太多心声，让她感到不舒服。她无法再继续面对他的目光，于是便踱步走到墙角，假装对那里的一幅帆布油画感兴趣的样子。那画上画的是夜晚坐满球迷的金尼克体育场，装束隆重的人们分坐在黑色和金色不同区域。还有一大幅箭牌口香糖深褐色的老广告。

然后她装作不经意的继续说道："没关系。我不需要知道其余的事情。"

"你应该知道。"当她回头看向他时，发现他表情中写满疲惫，"鬼才知道，你现在已经完全被卷进这件事了。"

"什么事？"

"我的房子已经被FBI二十四小时监控起来了。"他直截了当地说道，"真人的，数字的都有，不过经我一再地坚持，摄像头都在外面。"

她惊讶地瞪大眼睛："为什么？我以为那案子早就结束了。"

"是结束了。"他面无表情地说道，"直至有一天，一个包裹夹在周日报纸中送到我手中。就是你想去艺术节的那天早上。我告了饶，因为必须给哈洛打电话。告诉他那垄断集团有人追踪我追到得梅因了，那信封里面的照片拍的有DCI总部，有我的车牌照，有我房子的地址门牌号，有我的照片……"

"还有一张是你和那个不是你表亲的人的合影的复印件。"她完全转过身面朝向他，"他通过某种方式在威胁你吗？"

卡姆举起一只手插进头发，说道："我们不知道。那男人……他名叫马修·鲍德温。我们在那里的时候，曾经很亲密。"她脸上一定是闪过了什么表情，因此他又添了一句，"他不完全是个卑鄙小人，他只是一个普通人。因为他妻子是那里的头头帕布洛·莫雷诺的侄女，所以他才被卷进了那个集团。锡那罗亚州那个集团要是觉得你得为他们工作，人们只有两个选择——接受或者死亡。马特接受了，他的妻子加布里埃拉没意识到她叔父的营生。”

“但是据说你们在那里精心策划了突袭，已经捣毁了那集团，削弱了他们的势力。”

他耸耸肩，说道：“是起到了作用，不过就像是砍掉了蛇的尾巴，蛇头还留着。那集团正在重建。莫雷诺恶毒成性。所有活下来的人都一定会接受严格的审查，以确定是不是叛徒。”

她皱皱眉说道：“但是根据他们掌握的情况，你在突袭中已经和其他人一起被捕了啊，所以他们怎么会找到你？”

他的微笑很苦涩，说道：“这个问题很难回答，不是吗？垄断集团有的是钱，他们可以插手各种信息。哈洛一直会通过司法系统追踪所有的被捕者，以确定他们是真的在坐牢。任何没进去的人都会被怀疑背叛了集团，然后被标记为处死对象。”

她感到似乎被冰层包裹起来了，说道：“他们……他们知道你是警察？”

“有人知道。”他的样子看上去像是后悔这整段对话的展开，“我不想你担心。如果不能确定这里的安全性的话，我永远也不可能把你带过来进行保护监控的。我觉得这里是安置你的最安全的场所。你不仅会得到昼夜不停的保护，还会有FBI的人监控这地方。一直都有人在跟踪我。”

索菲亚斟酌着这话信息之中的骇人之处，说道：“他们是在拿你当诱饵。”意识到这一点让她的胃部缓慢翻腾起来，“冈萨雷斯知道吗？”

卡姆再次耸肩说道：“说不好。是否要通知我的上级，他们需要有更高层的领导来做决定。我猜她不知道。哈洛乘飞机离开加利福尼亚是为了见某个线人，这就是我所知道的全部。”

“你相信他吗？”索菲亚问道。她心里充满了对他的担心，警报在她脑中拉响，“你刚说过，他是个满嘴扯谎的狗娘养的。”

“他确实是。”卡姆站直身体，将双臂交抱胸前。“在执行任务期间，我母亲心脏病发作。哈洛做为我和家人之间的联系人，应该负责帮我们传递消息。但他从未告诉过我她的病，只字未提。”他的表情难看极了，“我母亲住院的时候，他告诉我继父，说他联系不上我，纯属胡扯。等我回到家里，她都已经康复六个月了，但是那杂种从来没跟我提过一句。”

担心转变成了替他感到愤慨，她手握成拳，说道：“你说得对，他是个杂种。想到你的福利都掌握在他手中，就更不舒服了。”

他听到她的语气，轻轻笑了笑，说道：“这倒不是，探员的福利都是有监控的。如若不然的话，是的，我会很担心。哈洛这次只是个情报传递者。他得到了一份名单，上面列出了有可能已经追踪到我的人。我当然有掩护，但是以垄断集团的财力，坚持不了多久。现在我已经相当清楚，那些照片是谁寄来的。我猜就是我一直在怀疑的那人。”

她心里充满了对他的理解，这让她感到糟糕。

“你是说……和你一起照相的那人？”

“马修·鲍德温。”他慢慢点头，“我无视我所受过的训练，我所被教导的一切，拯救了那狗娘养的性命，我看我还真是做对了。”

第13章

卡姆用一只手揉揉脸，半转过身："长期的卧底任务会附带风险，所有人都知道。但是大多数人都没有意识到的是，当你和同一个人长时间待在一起时，你会产生怎样的人类自然反应。集团中有些成员只不过是些卑鄙的渣滓，尤其是执法打手。他们热爱杀戮，热爱暴力。他们和万斯比也好不到哪去，各有各的坏。他们以人类的恐惧为食。其余人……"

他耸耸肩："那只是一份工作，一份薪水很好的工作。墨西哥贫穷肆虐，这使得他们更容易被招募为成员。但是鲍德温……他是个体面人。只是因为跟加布里埃拉结婚才被卷进去。之后就待在里面保护家庭。但凡马特敢背叛，莫雷诺眼都不眨就会杀掉自己的侄女和侄孙。"

"你刚说鲍德温在那次突袭中没有被捕。"

他的笑容中没有丝毫笑意："因为我确保了他不会被捕。在突袭发生前十五分钟，用计找了个差事打发他走了。我想只要他听说这事，肯定会趁乱带妻子和女儿离开这国家。但显然他没那么做。而事实上，他平安无事一定会让莫雷诺大感到怀疑，因为马特应该参加那次集会的。”

这是他第一次大声承认他为鲍德温所做的事，没人知道。甚至包括那位FBI联系人，也包括在他之后打入那垄断集团的那位缉毒局探员。做出这个决定对他来说并不轻松，从事情过去以来他一直心怀愧疚。

但是很少有人能理解卧底警察。黑与白交融在一层层朦胧的灰色之中。一直处在身份曝光的威胁中会导致人们的观点扭曲。一个场景从他的记忆中闪现，那是莫雷诺断断续续一直在进行的“忠诚度测试”中的一次。卡姆被拖进一座废弃大楼，或集团用作将毒品运进美国的路线的地下隧道。接着会有一支枪管抵着他的太阳穴，与此同时打手则用俄罗斯轮盘玩一个变态游戏，同时询问有关他过去的种种，他的身份，他的背景之类的。

在那样的环境中，信任求之难得，人的性命全无价值，他开始珍视他与马特之间缔结的友谊。

或许他从来都知道，他得为那判断失误而付出代价。

迷失在记忆中的他甚至没注意到她的移动，直至他觉出她贴在他后背上，双臂环抱住他的腰。

“那个特遣小组真是一次可怕的危险任务。”她厉声说道，“而且它至今仍在消耗你。无论你救不救鲍德温，莫雷诺都会追踪每一个被捕的人，都很有可能发生这样的事。”

卡姆深呼一口气。她的话很对。但是很有可能马特是最适合追踪他的人，他们曾有太多的时间都待在一起。他对卡姆的了解超过其余任何一个人。

“莫雷诺的力量仍然很弱。他的几位副手在那次突袭中被端掉了，有两个供出了消息。”他没告诉她，那些人中有一个在联邦拘留所被处刑了。那样的消息无法减轻她的恐惧，“他有大量的金钱和经历都要用在重建工作上。铺设新的路线，重新贿赂官员……那次打击很惨重。”至少根据哈洛所说，对那人所造成的即时压力是他所无力承担的。如果那探员说得对，莫雷诺在远方的势力将被抑制一阵子。

他松开她的手，转身将她搂在怀中，享受着这一时刻。在她的脸上，惊讶赶走了担忧。他所告诉她的，远远超出了应该的范围。就和这些年来索菲曾面访过的所有那些罪犯一样。她有一种聆听的本领，能将那些不愿透露的信息都挖掘出来。意识到这一点叫他有些不安。

“我们为了讨论这无法改变的事情，正在牺牲睡眠时间。”他抱着她大步朝门口走去，停顿片刻，她体贴地关了灯。接着他带她回到卧室。“莫雷诺的事会有FBI的探员来应对。”索菲安全待在他身边，这让他感觉稍微好了一些。

他将她放在揉皱的床上，跟着也躺了上去，拉起被子盖在他们身上。接着他伸出一只手臂环在她腰上，将她搂紧些。“啊，钱宁医生？”他说着用额头抵住她，合上眼睛。“等这事结束，我得把这件衬衫镀铜保存起来。”

“这里是个好地方，安静。上一次来我就注意到了。到这儿来，立刻。”

露西的腿像是灌了铅。她只能强迫它们遵守那命令，同时思绪则匆忙思考他所说的话。

他上一次到这来？而且他这一次是怎么来的？外面没看到有车。

“这里对你不安全。”她按照他的命令移动，声音极其镇定，“警察正在通缉你。你得走得远远的，这样他们才不会抓到你。”她环视四周，想寻找任何能用作武器的东西，但看到的最致命的东西只是一盏台灯。她压抑着没有凄惨地笑出声来。用一盏台灯来对付一把枪，而且拿枪的人已经杀过不知多少人。她不喜欢这其中的不平等。

“这里感觉很安全。”他嘴唇卷了起来，眼中的神情有些像是在幻想，“上次我过来的时候，就这么觉得的。这里感觉是多么的安全啊。当然，把你卧室里的那把枪处理掉就更安全了。”

这番话浇灭了她甚至都没意识到自己之前一直紧抓不放的唯一希望。

“你应该离开。我有钱能帮你。而且你可以开我的车，拿我的电话。不等任何人发现，你就已经走了好久……”当她第一次看到沙发上面的墙壁时，她的声音逐渐低了下去。她之前挂在墙上的所有东西都被取下来了，整整齐齐堆在地板上。米黄色的墙面漆上潦草地写着黑色字迹，读来让她感觉寒冷。

和露西在一起是安全的 可爱的 可爱的露西 如此安静 这里是如此的安静 她知道该怎样保持安静

“你回来得相当晚啊，”他看到她目光所向之处，语气依旧无动于衷。“记日记能让我平静，不过我在等你。我很擅长等待。我只等待对的女人。”

寒意掠过她的皮肤。这男人曾追踪过柯特妮·范·惠顿，她惶恐地回想起来。一个帮助特纳探员画出这男人素描的证人，在范·惠顿失踪的几天之前，曾在公园中看到他跟踪那女人。或许他就是万斯派出去跟踪下一名目标受害者的人。

受害者。这个词让她的四肢恢复了些力量。

如果任由自己成为这无耻变态的受害者，那她真是该死了。

“我能帮你逃走。”她朝厨房走了一小步。她的目光重又不自主地落在被乱涂乱画过的墙壁上。

安静 如此安静 露西和我是灵魂伴侣 我将教会她保持安静 非常非常地安静

她胃里一阵抽搐。她突然之间相信了，无论万斯在那些绑架和折磨中扮演的是什么角色，这个人才是最终杀死那些女人的凶手。

“我认出你来了，第一次看到你在河边对待詹妮丝的样子就把你认出来了。我看到你待她是那样的温柔，就知道你就是我要找的那个人。多么温柔啊。”他小心地朝她靠近，枪依旧举着。

“你……你看到过我们？”她立刻意识到这事是多么的简单啊。那地方两边都是树林，那样茂密的树林，又是夜里，他可以藏在任何地方，没有人会发现他。

“我很开心是你。”他又靠近她一步。露西则又退后一步，“我当时就知道你和我是一类人。我们都喜欢死人。”

厨房里有刀。哪怕是一砧板的刀可能也无法同枪相抗衡，但是肯定能扳回劣势。

“河畔那些受害者做过防腐处理，是你做的吗？”

她又挪开一小步。让他一直说话。这样他也许就不会注意到，她正以极小的步伐在穿过房间。

他点点头，脸上露出一丝愉悦。她第一次发现他毛衫松垮的口袋里有一支记号笔。她意识到一定是他从厨房抽屉里找到的。

“做过防腐处理后，她们会爱我久一点。我知道你看出来了。我知道你能理解。”

“啊，是的。”她不露声色地肯定他的说法。她绷紧肌肉，准备逃走，“我完全理解。”

“贝纳利！”

一瞬之间，露西血管中的每一滴血液都结了冰。她听出来后门口传来的是加文的声音，虽然她之前从不曾听他大声叫喊过。他平素的语气总是很友善，但这时却明显能听出他声音中的愤怒。

但那声音似乎也点燃了站在她身边的那男人的怒火。

紧随着加文叫声的，是一阵足以将整个房子都震动起来的敲门声，那声音打破了她神思恍惚的状态。趁着对手分心的时刻，她朝房间对面那盏台灯冲去。手指刚要够到台灯，身子却被男人凌空一跃擒抱住，那力量将她撞倒在地，她大口喘着气。

“别出声。”那男人小声说道。枪管抵在她的耳朵下。

“我们两人之间发生的事，你以为你一个人就能做决定吗？你别以为激烈地做做爱，说些刻薄话，摆出一副傲慢的态度，就能把我甩掉。虽然这三条你都做得十分在行。”

加文的声音让她更难呼吸。在这个时刻，让她保持住完全静默的，是他所处的极其危险的境地，而非抵在她耳下的冰冷金属。只要他发现她没来应门，他就会放弃，走开。那时候她唯一需要担心的就是她自身了。

这个想法实际上给了她一线希望。快走，加文。这些话语几乎从她脑海中脱口而出，她想要发出命令，发出恳求。求你了，求你了，快走吧。

但下一秒传来的一个微弱的声音，粉碎了这一渺茫的希望。厨房门把手在转动。

她想张嘴发出警告，但一只手盖在她嘴上，打断了她的念头。她能感觉到，对方一动不动地压在她身上。她知道虽然他的枪仍抵着自己，但他所有的注意力却集中在即将逼近的危险之上。露西在他身下拼命挣扎，想重新拉回他的注意力。厨房传来一声脚步声。她奋力挣出一只手，想将男人的手从她嘴上掰开。尝试失败后，她设法挪出一只脚，尽量伸到足够远的地方，无力地踩了两脚作为提醒，以免那闯入者因为她的腿而绊倒。

“为了与人保持距离，任何可用武器你都不会放过。”加文的语气中，愤怒里掺杂着一丝温柔，那让她双目刺痛落下泪来。“我了解你，露丝。不管我们才认识多久，时间并不重要，我了解你。而且我们……”

眼睁睁看着他走进走廊，她心如刀割，太痛苦了。要在一瞬间目睹这幅画面。还要大气也不敢出地等待，等着刹那之后，袭击她的人将枪瞄准加文。她体内的一切都被调动起来，为那一刻做好准备。

“这是我的车钥匙。”在那骇人的一瞬之间，加文的目光与露西交汇之后，他看到了那罪犯，慢慢举起手臂，任由钥匙从手指落下来，继续说，“那车上的牌照是租来的，所以你开着向西走，公路警察不会多想。在西部有许多地方可以供一个人消失。黄石、俄勒冈的威拉米特森林，或者是洛杉矶。”他露出一个总是能削弱露西意志力的左右脸不对称的微笑，“在数百万人中消失和在荒野中一样轻松。你有许多选择。你需要做的就是走出这里，挑一个。”

当她感到那枪离开她喉咙的瞬间，她忖度出那罪犯准备做出回应了。于是她在他身下猛地翻个身，挣出全身力气让他偏离目标，与此同时，加文扑向厨房桌子寻找掩护。

枪击声震耳欲聋。第一颗子弹击中了加文的肩膀，他撞在地上，滚到一边。罪犯站起身，将露西一把拉起来，一只胳膊扼住她的脖子将她拉出好几英尺远，朝门口冲去。

加文在厨房台面处，从砧板上抽出一把刀。

露西朝罪犯撞去，撞得他失去平衡。但是在那一瞬间，他再次扣动了扳机。

时间定格在那骇人的千分之一秒，犹如一个让人眩晕的慢镜头。枪声击碎了寂静。加文的白衬衫上溅出血来。他看起来像是被震晕了，挣扎着抓住厨房灶台。露西深呼一口气挣脱出来，朝加文冲去。但她很快便被抓住，她绝望地看着加文的手从台面上滑落。他跪在地上，表情茫然。当他们目光相对时，他眼中的绝望感钳住了她的心。他跪在地上，刀依旧抓在手里。

接着那刀哐啷一声落在地上，跟着是加文的身体。

露西看着抓捕她的人，看出他的注意力依旧集中在加文身上。

“现在我懂了，看着我，看着我。”

她语气中的坚定终于分散了男人的意图。他放开扳机，看着她。

“他的灵魂已经离开了。”加文可能已经奄奄一息，意识到这一点后，她胸口所感受到的足以压倒一切的压力让她几乎说不出话来。但是如果再射出一发子弹，那加文就必死无疑，“现在没有任何东西能阻拦我们了。我们可以去某个地方，更深入地了解彼此。”

这变态之前跟她说过的话，让她很难启齿。她狠心将那记忆推开，集中精力设法将他从正躺在地板上流血的加文身边拖开。

“我有个地方，我们可以去。那里不会有人打扰，我们可以一直待在那里，尽情了解彼此。”现在露西吸引了他的注意力，于是她也强迫自己专心。

“我祖父母在纳瓦霍族保留地有间泥巴盖的木屋。那里空了许多年了，但是没人叨扰，周围景色简直激动人心。”她八岁以后就没去过祖母的木屋了，完全不知道那屋子还在不在。露西还不到十岁生日时，母亲就把卖地换来的钱挥霍一空。

“那里不会有人打扰我。没有人会在意我出现在自己的土地上。”

男人的脸上露出怀疑。

“你在撒谎。女人有时候会撒谎。你之前就想骗我，我为什么要相信你？”

她听到一声几乎轻不可闻的声音。也许是加文在呻吟，或者也可能是她的幻觉。她提高声音盖住那声音，她眼睛牢牢盯住那罪犯，话说得越发的快。

“你刚刚杀死的男人是想要威胁我。现在我自由了。可以随意去做我想做的一切事。”

她看到加文的脚还在抽搐，只是很细微的一下，但是那情景却让她松了口气。她一只手搭在那陌生人的胳膊上，好让他的注意力集中在她身上。这小小的亲密举动让她身体一阵哆嗦。

“这正是我想要的。一个新的开始，和一个我可以相信的人。我能相信你吗？”

男人狠狠盯着她看了一刻，两刻。她动用每一分意志力，控制着不转移注意力，虽然她内心极度嫌恶。虽然这男人在他们看来做了那么多可怕的事，但她在他的眼中却看不出邪恶。

她要疯了。那样反而让她更感到恐惧。

“木屋背后的远处，能看到纳瓦霍山。清晨那里是粉色和灰色的，如果能在清晨看到那画面，你的心里会充满平静，那是许多人穷极一生所寻觅的平静。那是个非常特别的地方。”

“我把詹妮丝和其他人也带去我的特别之地了。”他慢慢地说道，

“我能听到附近河水流动的声音，它们告诉我，一切都安然无恙。在那里没有人会伤害我们。”

露西重重咽了口唾沫。她一刻也不能忘记，没有人会伤害那些河畔的女人，是因为这男人已经将她们杀死了。她提醒自己，发疯并不意味着他的危险程度就有所降低。事实刚好相反。

“我去过你那个特别之地。现在我想带你去看看我的。”她心里没有具体的计划，只想着赶紧把他从这里拉走。公路旅行途中会有许多逃亡机会，眼下她必须把他拉出这房子，远远离开加文。

似乎过了无限长的时间，他空着的那只手才举起来，快速碰一下她的手。

“我也想去。但是首先我必须把活儿干完。死人都得埋起来，不管是埋在地里，还是埋在水里，不然他们会回来的。妈妈就是那么做的。你有铲子吗？我们可以先把他埋在屋后，然后再离开。”

“不用的。”她将重心轻轻移向门口，“我每天都跟死人打交道。他的灵魂已经离开他了。我们需要赶在别人来找他之前离开。”

她稍稍施加的压力似乎起效了。他将扼在她喉咙上的手松开，放在她的肩膀上。

“我们在小木屋里真的不会有人打扰吗？”

“我上一次过去时，那里最近的邻居也隔着好几英里地呢。”她当然无从得知那地方现在是什么模样，但是有什么关系呢，至少现在没关系，“那里只有我们两个人。这是你所希望的吗？”

“正是我希望的。”男人向前走去，当他弯下腰去拿加文的车钥匙时，把她也按着同他一起弯下腰。他们穿过厨房朝后门走去。露西从眼角余光看到了刀架。有一瞬间的工夫，她想着要不要像加文一样，也挣着去拿一把刀。

但是接着她就放弃了那念头。他仍然举着枪，她无法预知，他现在会不会朝她开枪，但是她相当确信，如果他看出加文还有任何活着的迹象，那他一定会朝他开枪。康纳利唯一的生存机会，就取决于她是否能将那威胁从她房子里拖出去。

所以她随着这个被怀疑至少杀害了四位女性的男人一同走出开着的后门，用她身体的每一根神经祈祷，这样做能为加文换来一丝生还的可能性。

那希望虽然渺茫，但却是她拥有的全部。

他们穿过露台，走下楼梯。每走一步她心中都在挂记她留在身后的那个男人。他流了多少血？在那第一个骇人瞬间之后，她再也没敢去看。露西内心的力量曾帮助她熬过了一件件改变了她人生的大事，但是她知道她没有勇气去看那个画面。

他们走到加文的车前。

"我很抱歉，露西，但是我必须这么做。"他从牛仔裤后面的口袋里掏出两条束线带。将它们拿到她面前。

一股寒意沉入她的腹中。露西努力做出渴切的表情，看着绑架者的脸："信任不是这样建立的。"

"晚点再说信任吧。我首先必须把你带出爱荷华州。"他一个流畅动作将枪举起来，轻轻晃了晃。"把这些套上，这样我就能相信你。如果我不能……"

那未说出的话中所蕴含的威胁意味不言自明。她无声地将手腕钻过束线带，当男人弓下身子，用牙齿将束线带拉紧时，她咬紧牙关。那尼龙带紧咬住她的手腕。接着他摸索着遥控钥匙上的按钮，打开车厢。

露西惊恐地看着缓缓掀开车的后备箱。即便是双手被铐住的情况下，她仍能解开安全带和车锁。但是这里……她看着里面黑暗狭窄的空间，然后回头看向绑架者。

“我会听话的——我保证。”谎言从她口中仓惶而出，“但是别让我进那里面。我有幽闭恐惧症。我做不到。求你了，求你别逼我。”

“进去。”他推搡的力量可一点都说不上温柔。

她怀想着即将迎来的厄运，遵从了吩咐。或许她可以在路上把束线带解开。等他来开车厢的时候，她就可以发出闪电般地一击。

男人从口袋里又掏出一根束线带，熟练地绑住她的双脚，这时候就连那一丝渺茫希望也丧失了。绑完后，男人冲她轻轻笑笑。

“进去吧。你会没事的，我的爱。我保证。很快我们就能一起开始新生活了。”

后备箱盖缓缓下落时，她剧烈颤抖起来。她当然不是真的有幽闭恐惧症，但是她从没被关进后备箱过。还是在手脚被绑的情况下，和一位不知名的杀人犯一起逃离州境。

她还从不曾干过，把心中唯一牵挂的人留在厨房地板上等死这种事。

引擎发动了，汽车开始移动。即使退一步说，露西也只能算是宗教上的异教徒。她信仰的是祖母教给她的纳瓦霍传统思想，以及根据过往人生经验所吸取的一知半解。但是这一刻，她却在向所有肯聆听的神祇祈祷，祈祷加文能活着。祈祷有某个人，能以某种方式来救他。

车子开下她家的车道，路上的碎石嘎吱作响。

露西是个现实主义者，她知道加文的命运看起来多么糟糕。她知道救援能及时赶到的可能性是多么的渺茫。很有可能，加文就那样被她留在厨房地板上流尽鲜血死去。她本是为了救他的举动，却只害得他孤零零地死在那里。

比起自己被这个疯子囚禁来说，那个可能性更让她感到痛苦。

他没死。加文几乎不敢确信。他对于死后有可能出现的情景几乎一无所知，但是他相当确信，那里不会出现冰凉的瓷砖，就像他脸颊下面正贴着的那些一样，还隐隐散发出柠檬味的清洁剂的味道。

他之前听见了露西的声音，她在劝说那杀手离开房子。他听到汽车开走的声音。意识越来越模糊。但是一想到她要和那个僵尸狂魔一起上路，他的心里就一阵战栗。

她家没有固定电话，但是他的手机还在口袋里。他所需要做的，就是坐起来，拿出手机，拨打911。

加文用意识驱动身体活动，但是没有动静，没有一块肌肉肯听使唤。他能感到手臂和腰侧的灼痛，感到温暖的血液正在离开他的身体。他又试了一次，命令双腿移动。但是它们也失败了。

他正躺在受伤的胳膊上。血液从另一侧流下来。他再次对身体下达指令，感到没受伤的那侧手臂上，手指蜷了蜷作为回应。接着他从地板上稍稍抬起几英寸，之后又松了劲。

他转换策略，在脑中调出露西同那个谋杀并埋葬了至少四位女性的男人走出门口的画面。或许还有更多。这一次，他弯曲手臂向臀部够去。

他忍受着巨大的痛苦，慢慢地，将手指一寸一寸地挪向牛仔裤后面的口袋里放着的手机。当他设法将手机掏出来时，那机器只咔哒一声落在他身边的地板上，加文筋疲力尽。他是有理由的，很紧急的理由，需要打电话。但是逻辑溜走了，昏迷的渴望越来越难以战胜。

是露西。和露西有关的某件事。

他咬紧下颌，挣扎着冲破蒙在他思绪上的迷雾，命令手指工作。一寸一寸地挪动手机。他停下来，挣扎着回忆该怎么使用。

他唯一所能做到的，就是迅速拨号，然后将手机贴在嘴上。脑海中一阵迷雾将他包裹起来，即将将他吞没，完全吞没进去。

一阵模糊熟悉的声音传来："我是普雷斯科特。"

加文残存的力量已经耗尽。他眼皮闭上了。无论怎么命令，也无法叫它们再睁开。

"康纳利？是你吗？"

"露西。"加文咕哝着，"我的车。他……带走了……她。西边。需要救护车。在露丝……"

真奇怪啊，意识还在那里，准备好了要说话，但是他的舌头却重得抬不起来。他强挣着想要说的话还是没能说出来。

他清晰地意识到，死亡一定就是这样的感觉了。接着他抵抗的堤坝崩溃了，无意识世界席卷而来，将他拖入黑暗之中。

"康纳利？康纳利？"

索菲亚摇摇晃晃地从床上坐起来，眨眨眼睛看清身边胸膛裸露的男人，她挣扎着清醒过来。当然，卡姆睡觉时总是把手机放在床头柜上，她也一样。

片刻之后睡意散去，她清醒过来，心里充满恐惧："怎么了？"

"还不确定。"他的语气很简洁。他已经挪动双腿准备下床了，"你的手机在哪？"

他姿态中的紧迫性，促使她从床对面的桌子上抓过手机，无声地递到他手中。

"有些不对劲。是康纳利打来的电话，但是他现在不说话了。我不想挂断电话。”她跟着他走下床，然后迟疑了瞬间，因为她意识到自己没穿衣服。她从地板上一把抓起他那件被揉得皱巴巴的衬衫套在身上，跟在他身后小跑着冲向办公室。

“拿着。”他将手机递给她，“电话不挂断我没法看我的联系人列表。注意别断线，试试看还能不能听到他说话。”

索菲亚跟着卡姆走进办公室。

“贝纳利住哪？”

“呃……”她花了片刻去回想，“邦迪兰特，不在市区。她在乡下买了套房子，她喜欢清静。是露西出事了吗？还是加文？”她将手机举到耳边，还是没有声音。

卡姆在电脑前坐下，迅速调出一个联系名单。

“不能完全确定，不过康纳利听着不太好。我想他是想说罪犯劫走了露西，他们正往西边去。”

想到勇敢而孤单的露西落入她正在做简况侧写的那变态嫌疑人手中，她的心陡然下坠。露西，别人为了维护隐私会筑起防御，她却因为同样的原因而选择用咄咄逼人的方式来伤人感情。露西，她将纳瓦霍族厌弃死尸的传统抛之脑后，将整个生活都投入到研究尸体之中。

卡姆用她的手机拨了个号。她一边注意听，另一边则试着召唤她仍握在手中的手机那头的男人。

“加文，你在吗？我是索菲亚。你受伤了吗？露西呢？”

卡姆大声发出指令，要求派一辆救护车前往露西·贝纳利在爱荷华州邦迪兰特乡村地区的住宅。不过他并未因此而满足。

“我他妈怎么知道地址！你应该有员工住址记录吧，有吗？找找，赶紧。”他挂断电话，再次浏览电脑屏幕，又拨出另一个号码。

“加文，如果你在，就请回答我。”索菲亚的声音很低，很温柔。她竭力探寻手机里的声音，但是里面什么也没有。甚至连呼吸声都听不到，她的心被揪了起来，“你受伤了吗？露西呢？”她一直这样单向沟通，希望如果那人还在，如果他清醒过来，至少能听到一个熟悉的声音。

但是有一种让她感到寒冷的恐惧念头占据了她的思想，那就是，他失去了意识，或者更糟。

“抱歉这会儿打扰你，达斯丁，不过我要派一辆救护车前往露西·贝纳利在邦迪兰特的住宅。不确定具体地址，所以可能需要你帮帮忙。我们有理由相信，本案正在追捕的嫌疑人可能去了她家。就是桑尼·巴克斯特。他离开时可能掳走了露西。”卡姆沉默下来倾听电话那头的男人说话，“是的，不管派哪个警察去，只要离那边最近就行，把这个电话告诉他。”他凭借记忆，一口气念出索菲亚的手机号。“不，我就待在这儿，要打电话调遣手下的人。只要有人能动身了就向我汇报，感谢。”

他看一眼索菲亚的方向，接着又转向电脑屏幕，“有康纳利的消息了吗？”

她摇摇头，嗓子里被填得满满的，接着才后知后觉地意识到，卡姆不可能看到她的动作。

“没有。我也听不到他的呼吸声。不过电话没断。”

在等待电话接通的期间，他的目光再次与她交汇。

“继续说话。如果他还在，有声音和他说话也许会有帮助。”

如果他还在。这话语在她脑海中四处弹跳，哪怕当她继续向手机中自言自语时也不例外。她无法为手机那头的沉默找出合理解释。除非他受伤了，不能说话。

或者如果他……她的思绪立即从刚刚冒出头的想法上跳过，那想法她不想考虑。

“一切都会好起来的，加文。救援的人正在赶去。救援很快就到。”更多的沉默。

索菲亚想着，当救援人员赶到露西的家中时，究竟会看到怎样的场景。

时间慢得令人痛苦。卡姆给弗兰克斯打了电话，告诉他最新情况，要求他通知小组其他人，让他们随时做好准备。这会他开始给冈萨雷斯指挥官打电话。索菲亚去厨房拿水，她的声音因为持续不断地讲话而嘶哑了。

“加文，跟我说说露西的事。他把她带走了吗？他们去哪了？”她打开冰箱，但是在拿水的过程中，她的手却吓呆住了。

“露丝……”

那声音是那样的微弱，以至于一开始索菲亚还以为是自己的幻听。

“对的，加文。露西。露西在哪？”

“保留地……”这会他的声音变大了些，但是很含混。“西边。露丝。给他们……地狱。”

索菲亚用一只手捂住电话，匆忙跑回卡姆的办公室。

“他还活着！他在说话。”

“等一分钟。”他立即打断电话那头的通话人，看着她。“问他是不是桑尼·巴克斯特。露西是否还……”他顿了一下，修改了措辞，“她是否没事。”

索菲亚按照指示做了，但是听到的又只剩下沉默。

“我想他的清醒状态时断时续。”她瞅一眼卡姆电脑屏幕上的时间。距离卡姆派出救护车，已经过去十一分钟了，“但是他说到保留地。还有西边。”这两个词让人疑惑，“露西是在纳瓦霍族保留地长大的。在犹他州，我记得她好像说过。他为什么会带她去那里？”

卡姆虽然仍在对电话中讲话，但嘴角却划过一丝冷笑。

“是，我还在。”接着他对索菲亚说道，“就好像你之前说过的一样，每个人都有一个锚定目标。也许那里就是露西的。或许她觉得应该将那男人从康纳利身边引开，带去一个对她有利的地方。”他说完又转向手机，“我在跟进，会随时向你更新信息。”

他挂断电话，揉揉下巴。洗完澡后，他刮过胡须，但脸上已经又冒出了胡茬。光是看着，她有片刻又回想起之前他抵在她赤裸大腿上的光滑感触。

索菲亚猛地摆头，将那记忆的闸门狠狠关上，专心听卡姆的话。

“如果他正在往保留地去，那只能是因为露西说服了他。所以他才会离开熟悉的环境，离开他的锚定地。这说不通，不是吗？”

“除非他在这里已经没有锚定地了。”索菲亚思考片刻，翻阅着脑海中的文件夹，“他一定知道他的房子不再安全。他有可能从新闻中得知，你们发现了玛莎·莫克斯利的尸体。万斯的家正处于监控之下，但是克劳森说，在她被囚禁在那里时，她从未注意到有其他人去过那房子。而且街坊中也没有人认出你手下的探员向他们出示的素描。”她说完沉默下来，思绪高速运转。

卡姆站起身，看了看她没有动静的手机，在房间里踱起步来。

“我们知道他足够聪明，会远离车流量大的公路。”她思忖道。那罪犯之前在绑架了范·惠顿之后就是这么干的，他避开了路况监控摄像头，“所以如果他真的往西边去了，他很有可能会这么做。而且，他可能会从之前六名受害者被埋葬的墓地附近走。”

他突然转过身，惊讶地看她一眼，问："你怎么知道？"

她轻轻耸肩："那些区域是他所熟悉的。你应该给费德洛维茨打个电话，看看巴克斯特有没有出过得梅因地区。如果巴克斯特觉得莫克斯利的车子不安全，那他可能会开露西或加文的。"她突然停下话头，仔细倾听仍贴在耳朵上的手机。

"听起来像是救护车赶过去了。"她体内突然涌起极大的轻松感。

像是被她那句话召唤了一般，卡姆的手机也响了起来。索菲亚大气也不敢出地聆听着，不知电话那头是谁，他的声音简洁干脆。当他大步走出办公室，朝卧室走去时，她紧随其后，想看看能不能听到露西房子那边的情况。卡姆从衣柜找出一条裤子，坐在床边用一只手给自己穿上。接着他走向梳妆台，从抽屉里拉出一双短袜。

"感谢汇报。如果有任何新情况，随时告诉我。"

他将手机扔在床上，再次坐下来，套上短袜。

"可以挂了，把手机换回来。"

索菲亚不情愿地挂断电话，横过去递给卡姆，然后拿起自己的。

"怎么说？"

"康纳利情况不妙。"他站起身又走回衣柜挑出一件衬衫，"至少受了两处枪伤，大量失血，但是还有呼吸。根据描述，附近只有贝纳利的一辆车。"

"所以巴克斯特开走了加文的车，或是莫克斯利的。"索菲亚推测道。

"莫克斯利的车已经有二十多年的历史。他要是聪明的话，应该早就丢了转开露西的。他可能开走了加文的。"卡姆扣上酒红色的衬衫，将下摆塞进灰色长裤，然后系紧，接着返回衣柜找出一件西装上衣。

“那就说得通了。他可能推测，我们已经知道莫克斯利的车牌了，他觉得开那车时间太长会不安全。除非……”听到她声音越来越小，他目光凌厉地透了过来。

“除非什么？”

“除非他的精神完全崩溃了。”这样一来，当然也使得他的行为更难以预料。

卡姆抖抖肩膀套上西装，两脚蹬上一双皮鞋。他走到梳妆台前拿起警徽，接着从床上抓起手机，一只手搭在索菲亚的背上，朝门口走去，将她领出房间。“趁你穿衣服的期间，我来对莫克斯利和康纳利的车发布警戒令，再到四县交界处朝西去的公路上安排拦截点。有好几英里要顾，而且他已经领先一步了。”

“所以你需要提醒内布拉斯加州警察局，可能还要通知南达科他州。”

他将手从她背上拿开，扫到衬衫下方，拍了拍她的屁股。

“我马上就能将你训练成警察了。我们五分钟后出发。”

这句话催着她加快穿衣速度。他的紧迫感很有感染力。想到露西正和一个不明杀人犯在路上，她的血液都凝固了。

“就算是你，这么短时间也穿不好衣服。”她冲身后喊道，不过这抗议更多是出自于无意识。

露西正身处险境。加文受了重伤。真正重要的并不是她能有多少时间穿衣服。

而是一切是否都已太迟。

第14章

后备箱里不是该自我指责的地方。但是当她扭曲身体，动来动去想获得自由时，那些却是她心里最突出的想法。

如果不是她，加文可能永远也不会去她家。永远不会撞到那似乎觉得露西和他是灵魂伴侣的疯子杀人犯。想到这事实，她体内在烧灼。如果她当时有勇气，能在办公室按他的想法和他谈一谈，那事情可能早就完了。他可能就回了他的酒店，或许就带着受伤的自尊心自己回去了，平平安安地。

想到这里，她体内的某个地方发出嘲笑之音。康纳利就像是毛茸茸的混种狗身上扎的芒刺，要甩掉谈何容易。再加上昨天共度的那个夜晚，他的心意只会更加坚决。唯一能避免他跟着她回家的方法就是，她留在酒店同他过完整夜。

想到这里，她感到极度的苦恼，就像想起把流了一地血的他丢在厨房里时所感受到的一样。

露西对希望没有抱太大的信心。她曾相信她母亲许下的事情会发生变化的空头承诺，是她最新找到的工作会让他们变富裕，是她最新交的男朋友会把她们带出保留地，带出那被她母亲所鄙视的地方。

露西的弟妹在过了她已经不再相信那些的年纪之后，依然坚守着那错误的希望。但是他们可以相信的。在那个时候，露西已经上班了，能挣到足够多的钱，能够养家糊口。她曾确保每年都会有圣诞树，上面会挂着每个人的礼物。希望是无用的，决心往往才是解决问题的办法。

直至现在。因为她没有理由相信加文还活着。她上过医科学校，知道失去那么多血意味着什么。但是她固执地希望，自己的想法是错的。

如果相信另一个答案，那她几乎无法提起勇气，准备逃亡。

似乎她越挣扎，束线带就扎得越紧。露西曾经在YouTube上看过一个视频，讲述该怎样摆脱束线带，但是她尝试了几分钟，结果只割断了自己的血管，她当时还准备追踪视频里那人的信息，要求他道歉。

如果是她开的那辆箱式小货车，那车厢里会有足够的空间，可以让她翻身，可以四处寻找能帮她逃出去的东西，无论是什么。但是加文租来的这辆运动型小车型却几乎没有空间可供她活动。在男人同意她的决定时，这车子看着像是一个能有利于她摆脱他的便利车型，她当时没想过会有任何障碍。很有可能，这空间是专为她才空出来的。

她停止挣扎，思考了片刻。到了某个时间，那罪犯可能必须停车，好找地方去方便。在那个时候，他可能也会让她出去做同样的事。在那个时机来临之前，她必须做好准备。能真正对他造成伤害的方法就是荡起双腿，蹬出去踢在他的脸上。如果脚上的束线带无法解脱的话，她就不可能取得成功。

脚踝被绑住的情况下，想要逃跑也无法做到。

车厢内的逼仄空间，让她几乎蜷缩成婴儿的姿势。只要再多用点力，她就能将膝盖贴到胸部来了，她被绑住的手就将能够到脚踝了。想挣断束线带的努力或许不会奏效，但是如果能用两只手去帮忙，成功的几率可能会更大。

这时候，记忆突然在她脑中闪现，像彩色电影般栩栩如生。

加文曾不管不顾地纠缠着让她说出她中间名叫什么。她一如以往那般拒绝回答，于是他便开始猜测。猜的都是些稀奇古怪的愚蠢东西。

“是山叶吗？”

“白痴。”她这声咒骂遭到了惩罚，屁股上被迅速掐了一把，“那是日本名字好吧，不是纳瓦霍名字。”

“雅思敏？尤兰达？扬基？杨希？雅帕妮？”

“不不不不，呃。”

他沉默片刻，手几乎是无意识地在她背上游走。

“如果你告诉我你的，那我也告诉你我的。”

“可是我又不想知道你的中间名。”

他抱着她翻了个身，用双臂的重量撑起身体趴在她身上。

“那如果你肯告诉我的话，我就闭嘴。”

“终于，”她调笑道，“有个叫我无法拒绝的提议了。”不过她还是又忍了些时候才告诉他。倒不是说她有任何理由需要保密，而是因为分享这个私密的小细节会让她有些不自在。

尤其是考虑到他们现在的姿势，显得就更荒谬。

“是亚娜哈，意思是勇敢。”

“亚娜哈。”加文重复一遍，像是在品味那名字一般，“很适合你。”他将她头发从脸上拨开，那动作几乎可算得上是爱抚了，“因为有某个理由告诉我，你是我所遇见过的最勇敢的女人。”

记忆模糊了她的双眼。她眨眨眼让泪水消散，为这软弱的表现而感到愤怒。她没觉得自己勇敢。她觉得她在加文面前脆弱、无能又容易受惊。她告诉自己，他也并不软弱。但是她曾给受过枪伤的受害者做过解剖，知道子弹撕裂穿透人体会造成怎样的损伤。

一想到他们对加文所做的事，她的胸膛中就像有把钳子正越钳越紧。

车子停了下来，她待着没动。片刻之后，车子又启动了，期许从她体内烟消云散。根据停顿的时长来算，应该不是等红灯，所以只可能是遇到了停车指示牌，而且不是在车流量大的公路上。如果那男人有脑子的话，他会避开州际公路。爱荷华州境内有十字纵横的县公路和碎石路，那上面车流量会稍小，而且巡警也更少。

想到这里，却只让她的决心更加坚定。在这种情况下，就和她人生中的大多数时候一样，她只能依靠自己。当车子停下的时候，它总有不得不停下的时候，她将做好准备。

但是她想逃走并非只因为那样更安全，她还想要这个男人为他对加文·康纳利所做的事付出代价。

“爱荷华州立公路巡警已经在主要公路和县公路上到位了。”卡姆通过无线电收发装置向组员发布消息，他们开了一个专用调频，“周边县市的治安警察部门已经打电话来，都调拨了人手，帮助巡查车流量较少的沥青路。”他驾车时也看了索菲一眼，“钱宁医生认为，巴克斯特很有可能非常熟悉碎石路和乡村沥青路，尤其是头六具尸体被发现的乡村公墓周边。她认为巴克斯特可能会因为这一原因，而选择从那些地区走。”

如果巴克斯特知道他们追赶在后，那他可能会先北上或南下，之后再西进。但是那男人不可能知道加文还能活下来提醒他们。他们的一切行动都是建立在康纳利提供的信息准确无误的基础之上。卡姆有预感，这将是他们能抓住巴克斯特的最后机会。而露西·贝纳利能否生还，就看他们是否能成功了。

卡姆在最后给探员们布置了任务。他对索菲的预测寄予了很大期望，将手下人都分配到之前六名受害者被埋葬的各县。他自己则往达拉斯县的方向开去。索菲希望能顺道去一趟克劳森住的小屋。根据范斯坦办公室的说法，那女人早上出门去找工作时，曾说过晚上想和一个朋友用晚餐。但是直到打电话时为止，她都没有归来。

卡姆挂断电话，看向索菲，却发现她也担忧地望着自己。

“各县西部地区的巡警将在每条主路和公路上设置拦截点。我们还在他有可能跨越浣熊河的所有地点设了路障。除非他打算游过去，不然只要经过，就一定会被发现。”但他这番安慰性话语并未赶走她脸上的担忧。

“我担心的是克劳森的失踪。”她双手紧紧抓住膝盖，“看起来像是，如果是万斯命令巴克斯特去杀的我，那么他也有可能想要摆脱范·惠顿和克劳森。我们所有人都能证明他与几宗罪案有关。”

“就算巴克斯特知道了克劳森的住处，那她今天早上至少是安然无恙地离开谢尔多尔的。克劳森在外出找工作期间，撞见了他，这应该不太可能。”

“除非是巴克斯特设法引诱她出去的。或许他正是克劳森提起的晚餐伙伴。”

在他们身后，天正在破晓，天空一点一点地照亮起来。

“她说过，她从没见过他。而且我们知道，她看过那素描，所以她会提高预警的。”

“我觉得你最好把她的车也描述一番，发给巡警注意。”

过了片刻，他伸手照做了。接着他再次放下无线电，问道：“这下满意了？”

“并没有完全放心。”她摇了摇戴着土褐色假发的脑袋。

卡姆发现自己急切地想要看到她脱下伪装的那一天。而且并不仅仅是因为，那样做就意味着，她最终脱离了危险。还因为那段记忆，她金黄色的长发铺洒在他的小腹和大腿上的画面，瞬间就让他激动起来，接着他猛地将注意力移回眼前的问题上。

“克劳森是案子中未完结的部分。而万斯不是会对不明之处坐视不理的人。”他仔细扫视前方十字路口的交通状况，按开车顶的仪表盘LED爆闪灯，接着没有减速就穿了过去。他犹豫着后面一个想法要不要说出来，最终还是说道：“她也有可能是离开了。我们没有理由限制她的行动，事实上她昨晚未归就暗示，这个可能性是存在的。”

“我希望你是对的。”索菲调整坐姿，换到一个更舒服的姿势，“这么说当然能减轻我的恐惧。我担心等我们找到她时，她已经死了，被扔在那里，就和我们找到玛莎·莫克斯利时一样。”

她话音刚落，他的手机又响起来。卡姆皱着眉头想到，或许是时候该把这要命的手机粘在耳朵上了。但是那头说话的是一个不熟悉的声音，他立刻提起注意力，“是人力服务部。”他小声告诉索菲，看到她也期待地坐直了身体。但是过了好几分钟，他才能够回答那明显写在她脸上的问题。

“费德洛维茨是对的。”卡姆终于打完电话。他减慢车速，等一辆刚从农家场院驶出来的拖拉机开上公路，之后他超越过去，“巴克斯特犯事的原因很多。他的母亲曾用他向恋童癖借钱。打他、烧他，等他长到九岁时，他母亲的男朋友和她动粗，有一次把她绑在公寓里。女人想让儿子去把她解开，但他却想把她掐死。”

“天呐。”索菲亚的声音含混不清，“那种虐待……所造成的伤害需要数年密集的治疗才能恢复。”

“考虑到他药品柜里那数不清的药瓶，心理治疗已经不能完全满足他的需要了。”他拿出太阳镜遮挡清晨闪耀的日光，“听起来好像那女人再未获得监护权。不过巴克斯特从他最后一个寄养家庭中逃脱后，人力服务部就失去了他的踪迹。”

“于是他就在自己的精神疾病中煎熬了许久，最后重演了他童年时代记忆中的画面。在每一位受害者身上，一遍又一遍地掐死他的母亲。”

卡姆再次打开LED爆闪灯，冲过沥青路上一个没有车辆的十字路口。他无限希望索菲语气中的同情是针对受害者的。因为尽管巴克斯特出身悲惨，但是他成人之后的行径，才应该是考虑的重点。

等他最后被捕，也不应该对他寄予同情。

“不好，妈妈。一点都不好。”桑尼透过挡风玻璃，瞄一眼前方道路堵住的一排车辆。他摇下车窗，探出脖子去看出了什么事。他刚上路的时候，路上几乎还看不到任何车辆。但是大概四十分钟过去，车流量稳步增加了。他从碎石路开上了乡村沥青路，他喜欢走最熟悉的路。

他曾经为一个叫施万的公司干过两年，负责冷冻货物递送。那时候他就喜欢走其他人都不爱走的乡村道路，因为那样就能将更多的时间花在驾驶上，可以减少销售。但是桑尼喜欢乡村公路，他喜欢一路的风光，以及那份寂静。他曾花过大量时间，沿着河道探索这片地区。树林总能平复他脑海中的喧嚣。那些时候是他记忆中最快乐的片段。尽管因为不能按规定路线走，他最终丢了工作。

但是今天他没能按照脑海中所计划的道路走。路上有个地方在施工，于是他绕了个弯，打乱了计划。现在他觉得再往北开个一两英里应该就能到佩里了，他觉得这条路上的车会比北边少。所以除非是出了车祸，不然警察没理由会出现的。

前面排了三辆车。他能看见一位警察俯下身子，在同前面的一位司机说话。在那警察的前面，有两辆巡逻车堵住了十字路口。

他们在追你，桑尼。现在就逃吧。赶紧逃吧。

他不理会脑海中的声音，眼见着警察招手放行了第一辆车。他想看看会怎样。两辆巡警车让开，放那车穿了过去。他在心中估算了一下那距离，意识到根本不可能闯过去，三个警察会开枪拦住他的去路。

他喜欢胜算更大的选择。

车厢里一直有重击的声音。是露西，她完全不安静。他能感觉到，头就要开始疼了，于是一下子就来了脾气。他必须对她保持耐心，需要给她上课，她很快就能学会的，她们都是那样。重击声再次传来，这次更大了，一直响个不停。桑尼能听见，脑袋后方爆发出静电般的噪声。一直持续的低低的嗡嗡声。但是它会越来越严重，严重得多。

后备箱有那个噪音，他不可能一连开上好几天的。他必须在抵达新家的很久之前，就开始给露西上课。

那警察还在前面车子旁边忙碌。一个女人从车上走下来，冲那警察喊着什么。争吵声引得桑尼前方的司机都将头从窗户探出来观望。他看一眼后视镜，发现一辆小卡车开过来了。现在是时候得行动起来了，趁那警察的注意力还在别的车上，赶在被后面的车堵住之前。

露西开始喊了。那样的喊声和重击声，他们开过去应该不会被发现。但是如果附近没有人的话，他一定能听见。他脑海中的噪声被调到了最大音量。

他在路中央掉了个头，加速沿原路返回。这时候他又看了一眼后视镜，警察的注意力已经不在那女人身上了，他将无线电举到了嘴边。桑尼知道那意味着什么。

他踩下油门，他不担心，并不真正感到担心。那警察处于劣势。是他桑尼抢占了先机，而且他完全了解自己正要去的方向。

而且等他一到了那里，他要做的第一件事就是解决露西·贝纳利。

范斯坦治安官是对的。朗达·克劳森一直在住的屋子里一个人也没有。她正在用的车也没见着踪影。卡姆和索菲试着从窗口往里看过，但是百叶窗拉上了，什么也看不见，就算卡姆打开镁光手电筒也无济于事。

当他们驾车向东穿过达拉斯县的时候，他没有提起那一趟浪费的时间，而索菲亚知道，她应该为此心怀感激。但是她反而感到恐惧。虽然他们查清了，或者说什么也没找到，但是她之前对那女人的担忧却拒绝消散。梅森·万斯不是一个会把证人留下不管的人。克劳森有理由相信，没人比她更了解那男人。索菲亚开始希望，那女人已逃走了。比起被巴克斯特找到，被他当作搭档的最后一个证人除掉，还是逃走更安全。

按照卡姆的要求，她拿出iPad上网找出各县地图。她一步一步打开一个个网站，直至每一个设了路障的县区数字地图都打开可用为止。索菲亚之前不知道有这样的地图存在。在GPS出现之前的时代，这些地图可能曾用来为本州纵横交错的碎石路提供导航。

无线电响了。她的肌肉紧张起来，虽然自从离开得梅因以来，他一直在同队员、军队和治安官办公室保持联系。

“卡姆，我是珍娜。我在佩里镇南P58号公路。我们认为，刚刚发现一辆类似加文的车掉头离开了，没有等待通过路障。”

希望在索菲亚的心中迅速升起。邦迪兰特几乎就在安克尼正东方向，再往东就是佩里。她俯身朝卡姆手执的无线电讲话：“有露西在里面的迹象吗？”

“没有。”卡姆在下个路口右转，朝珍娜所在的位置疾驰，“我们甚至没能看清车牌号。不过我们正在追赶。”

索菲亚花了片刻时间，才调出对应的县地图，举起屏幕给卡姆参考。

“P58。如果他在那片区域，那么其他能过河的地方只有几个。佩里以北的144号，或是明本县以西的F31号。你现在能看见他吗？”

“看不清。我们正在追赶他车子扬起的烟尘。他在第一条碎石路上向南开去了。真要命。”无线电没有声音了。

“特纳！珍娜！”

索菲亚用手指在屏幕上沿着珍娜刚刚指的路追溯。

“那条路相当弯啊，像锯齿似的。”她嘟囔道。

珍娜的声音又从无线电中钻出来了：“抱歉刚断了。差点没来得及拐弯。两只车轮都冲出道路了。还以为要把科布拉斯基警官甩进沟渠里了。”

“继续追，随时汇报。”卡姆将无线电递给索菲亚，她无声地做了交换，把他的手机递还回去。

片刻之后，他拨通了达拉斯县治安官的电话。

“我正站在县地图和地址簿前。”莫特·范斯坦接通后直切主题。他显然已经同手下警察详细了解过情况，“我们已经把他唯一的过河通道封锁了，所以他要么是掉头向东……”

“那样走他就会撞见波尔克县或斯托里县的拦截点。”卡姆插话道。

“或者他可以走下一条公路过河，也就是F31号。”

“那样走的话，我预计我们大概会将他堵在一个五段区，在他掉头的169号国道和F25、169号国道以及F31之间。”

“无法理解，他在这个时候怎么会北上。”电话那头的治安官表示赞同。

“我会保证拦截点到位。我现在就调派探员去彻底搜查那些区域。你有没有数字地区图地址录？发一份到我邮箱。”

那治安官语气听起来很惊讶：“当然，你觉得他会在那里找个地方躲起来？”

卡姆减慢车速，开进一条短短的农场车道，这条路从公路越过水渠，通往相邻农场的栅栏线。

“他被包围了，虽然他自己可能还不知道。他可能会试着冲破某个拦截点，那样的话我想他成功的几率很小，他可能会下车藏起来，等我们过去。如果他对那块区域很熟悉的话，会方便许多。”

电话那头停顿片刻。接着治安官又说话了：“我刚把地图发到你邮箱了。上面有本县所有居民的信息，包括户主、居住者和地址。不过听起来如果你是打算挨家挨户搜查的话，你只需要关注一个镇。如果需要增援，尽管打电话来。”

那通电话结束后，卡姆立即又打了一通，命令调派一个州巡逻飞行联队前往那个五段区。索菲亚意识到，那样他们就将拥有空中和陆地两个视角。捕捉桑尼·巴克斯特的套索正在拉紧。

她等到卡姆讲完电话后说道：“他可以沿着河岸找一片树林，就和他选择的那个抛尸地一样。某个他以前去过的地方，某处能让他感觉自在的地方。我想他应该不会突发奇想钻进某座乡村住宅，如果他不了解那屋子的话。他不是爱好社交型的罪犯。虽然如果给他足够的时间，他也有组织的能力，我们在他屋子里已经看到了，他距离真正的彻底崩溃，只剩下多么近的距离。他想要安全，他想要熟悉。他知道他需要换辆车来躲避侦查队伍。”

“你觉得他不会干脆就偷一辆吗？”

“或许会。”看到卡姆泄气的表情，她轻轻笑了笑，“但是要从一个能让他感受到一定程度安全的地方偷。”接下来想到另一件事，她冷静下来，说，“随着他所承受压力的不断增大，他会变得更加反复无常，难以预测。但是有一件事可以肯定，他所承受的压力越大，露西就越危险。”

车厢里的黑暗影射出露西的思绪。她当时知道，那汽车停下时，是她吸引周围人注意的最佳时刻。但是司机掉了头，加速离开。

她可以花上一整天的时间，为那罪犯的突然掉头编织美好的理由。但是她一路上没有听到警笛声，所以她不能自欺欺人，不能寄希望于在附近的某处会得到帮助。现在他们又开上了碎石路。从石子不断撞击底盘所发出的砰砰声，以及钻进车厢缝隙让她咳嗽的烟尘，她能分辨出来。她知道爱荷华州的碎石路多如牛毛，显然是根据经常从上面穿行的县工程师和农民的意见所绘制的宏伟计划图而建设的。现在他开得飞快。碎石路的养护不像沥青路那么频繁。每当他开过坑洼和沟槽时，她都会被甩起来，撞出去，有一次她头撞在车厢顶上，几乎眼冒金星。

露西咬紧牙关，紧紧闭上眼睛以阻挡灰尘。那变态就自求多福吧。他亏欠的东西正越来越多。

这时候她想起加文，心似乎被钳子钳住了。他躺在她家厨房地上，鲜血不断渗漏的画面实在太过清晰，被她牢牢铭记在脑海里。于是她就故意调转方向，回忆他其他时候的模样，一个能激起美好回忆的模样。康纳利慵懒地靠在她的桌子上，或是陈尸所里的不锈钢台面上的画面，她用手指穿过他金黄的直发的画面，他蓝色的眼睛被开心点亮的画面，他因为烦恼而眯起眼睛的样子。他的头发只比她短几英寸，每次当他解开束发带时，他总喜欢把头发掀到脑后。

而他出现在她面前时，就在烦恼。他一定是在她穿好衣服溜出酒店的不久后就醒了。接着，他一如往常地穿过黑夜追着她，不愿意她就那样轻易地躲过了他们说好的谈话。她可能永远也遇不上比他还要固执的男人了。

可能也正是那份固执，让他遭遇了杀身之祸。

车子慢了下来，拐了个急弯。露西被甩到一边。她努力摆正身体。她的背因为一直被坑洼的路面颠簸而酸痛起来，但是当她意识到另一件事后，疼痛都被抛在了脑后。

他们又停了下来。

她立即准备尖叫，但是她吃了太多的灰，嗓子又干又哑。取而代之地，她就拼尽全力，开始用双脚猛蹬车厢的侧面。在第一次停车之前，她就设法睁开了脚上的束线带，所以她的脚现在自由了。

她只希望能有机会让它们派上用场。

有碎石被轧过的声音传来。接着车厢盖突然被掀开，刺眼的光亮让她躲闪不及。

“你真是非常不听话。”男人伸手拉住绑在她手上的束线带，猛拉一把就将她拽出了车厢。

不等她站稳，男人一记清脆的耳光打来，她的耳朵嗡嗡作响。下一把打来时，她躲闪了一下，于是被打中了肩膀。

“对不起，对不起，我只是想吸引你的注意。”她把头低着，希望能扮出一副吓坏了的样子。这期间，她一直在用眼角余光偷偷地观察他们周围的环境，“我必须上厕所。对不起，我也憋不住。”

她挣扎着站起来，觉得这样会更有利一些。如果他还没注意到她脚踝的束线带已经挣断了，那么没有理由引起他的注意。

“我明白。”男人的手穿过她的头发，抚弄着她的喉咙，几乎像是在爱抚了。她回想起来每位受害者被发现时，脖子都是断的，她厌恶地发起抖来，“课程会很难。但是你越快学会安静，我们相处起来就能越融洽。”

因为她依旧低着头，所以看不见他拳头过来了，等发现时已为时过晚。那一拳打在她下巴侧面，打得她摊开四肢趴在地上。

等他将她拉起来时，她依然不辨方向。

“看到你逼我的下场了吗？我不喜欢动武。我真的不喜欢。但是相信我吧，这些课程比我妈妈教我的要容易得多。”

他妈妈？这心理扭曲的变态到底是发的什么疯。

“我现在明白了。真的明白了。”

“你明白了？”他伸出一只手，将她脸上的头发拨开，“真明白了？”

“比你以为的还要明白。”她站起身，在这个过程中，她将两只被绑在一起的拳头向上打出去，击中他那遮盖在松垮长裤之下的胯部。男人疼得直不起腰来，手指狠狠抓住她的头发。她瞄准他的大腿狠命踢出一脚，当男人高声尖叫出来时，她跟着又将拳头向上砸中他的鼻子。

鼻血喷溅出来，但是她头发依然被死死地抓着。

“该死，你这个该死的小贱货！我现在就杀了你，我要杀了你！”他右手抓住她头发拧动。她看到枪在他松垮毛衫的右口袋里，当男人松开手指想去掏枪时，她抢先一步抓住。

她的手指被束线带勒得都麻木了，刚捉住枪柄，双手就被砸开了。她从男人的一侧绕到另一侧，又踢又打，同时也因为挣扎之间，头发被死死抓住而疼得呲牙咧嘴。男人使劲想将她推开，以便于掏枪。她再次尝试，终于将枪从他口袋掏了出来，落在地上。

男人猛推她一把，笨拙地弯下腰想去捡枪。露西奋力一跃扑向男人，将枪从他手中踢掉，接着用脚跟狠踢男人大腿上似乎一直很注意的部位。男人再次吼叫起来，一只腿跪在地上。这时候她便头也不回地狂奔起来。

她迂回躲避之间脚步踉跄起来，她沿着之字形的路径前进，只有傻瓜才会以为那样就能躲过子弹。她觉得随时都可能有嗖嗖的声音擦过耳畔。感觉到子弹刺透她的身体。

她全速冲过一座农家场院，钻到一座生锈的机库后面。当她看到那圈起田地的栅栏并没有围住整个农场时，她几乎哭了出来。这农场可能是故意留了口子，好让机器设备方便进出。

现在对她来说那里却意味着自由。

露西没有回头。她不想知道那罪犯是否追上来了。她不想看见那枪瞄准她的样子，因为她知道子弹随时都能钻进她的身体，就像钻进加文的身体一样。恐惧让她双脚像添了翅膀，她弯弯绕绕地，迂回地穿过那片不平整的田地，不觉愧疚地踩在地里长出的豆苗上。

当她心里已经准备好赴死的时候，她想起了那个被她留在厨房地上鲜血汩汩的男人。

“我们正在对那个五段区内的住房进行网格式搜索，我们认为那家伙可能藏在那里。幸运的话，还将搜查目前为止那里所有自住房屋。我已经将部队分派出去，仔细搜索每一英亩地区。”卡姆简要概括一番折返车子。冈萨雷斯当然想知道最新情况，但是眼下她的电话却会干扰他的心神，他无力承担。到现在为止，他已经查过四个地方，但都没有任何情况可汇报。而且他能感到，时间在飞速流逝。

但是每一步进展都向指挥官通报，是保持资源畅通的必要方式。现在正进行的大规模搜捕意味着会消耗州政府大量资金。光是飞行联队的支援就已经是一笔巨大的开支。所以即便他憎恶规则，但也只能按规则行事。

“公路拦截队没有消息可汇报。”他之前已经在索菲的iPad上打开了邮箱，现在正在研究范斯坦发送给他的地址录，“他没有再尝试过河。但这并不意味着，他就没有这个打算。”他听了片刻，发出一声赞同的声音。

“如果他在这里，我们一定会找到他。我会随时向你汇报。”

他挂断电话时，索菲正在使用一个APP工具，突出屏幕上的道路和房屋位置。

“我们已经查过这些宅地。”她说着指指四片突出显示的区域，“其他我用颜色标记出的地方，是探员们目前为止还没查过的。”

卡姆凑近些去观察那地图。探员们已经铺展开，正朝中央搜进。希望能堵住巴克斯特，除非他以某种方式，再次从他们身边溜走。弗兰克斯和罗宾斯被分到的是靠近河岸的林地。不过不可能做到覆盖浓密的森林，他们所需要做的只是找到那辆车，让搜捕队伍能相应地调整方向。

“这条路上还有另外两座宅地，之后就会到达这条碎石路。”索菲用手指沿着屏幕上所显示的那条路划过，“到了那个岔路口，我们必须决定，是继续在这条路搜索，还是转到东西向的碎石路上去。”

卡姆盯着车子。这时候应该到了队员们再次汇报的时间了，之后他们将重新估计形势。他正走在出农场的车道上时，无线电发来呼叫声。他再次停下脚步，接通接收器。

“我是普雷斯科特。”

他能听见背景音中飞行联队马达的呼啸声。

“我看到一个人正跑着穿过一片田地，朝北边去了。我准备绕着那块地转几圈，下降到更低的位置。如果发现汽车，我会向你汇报。”

索菲抓住他的胳膊，即便她不做出这种反应，他体内肾上腺素也已开始飙升。

“你的坐标是多少？”

那飞行员报出他的经纬度，索菲用工具在屏幕上相应的地点打个×。卡姆仔细盯着那里，说：“我离那里有四英里，我往那边去。”

“听起来是好消息。”

他发动车子开出车道，碎石在车后飞溅。他咧着嘴朝索菲大笑：“我猜我们在十字路口得右转。”

她的目光与他交汇。他意识到，她今早忘了戴灰色隐形眼镜。或许，只是或许，伪装很快就没有必要了。

“如果那飞行员看到的是露西，那就意味着她逃脱了。她还能站立。”她说道。

“如果是露西，”他谨慎地说道，到了下一个转角，他几乎没有减速，绕了个大弯迅速提速，“但是还有一个大问题没解开。那巴克斯特到底出了什么事？”

第15章

桑尼疼得几乎直不起身子，他用两手捂住耳朵。有上百万只愤怒的蜜蜂在他的脑海中拼命地钻，那喧嚣让他无法思考。能听见的只有一个声音。就是那总能像刀刃般精准找到位置，切透那噪音的声音。你搞砸了。真叫人失望。你他妈的就不能做好一件事吗？

“我会再次杀掉你。”他冲那声音咕哝道，“这一次我还要把你埋起来。你将再也不会回来。永远不会。”但是当他抬起头，看向露西逃走的方向时，那声音就散去了，剩下的只有愤怒。

那都是警察的错。该死的路障！露西无罪，她只是乖乖地待在后备箱里，再给她上几堂课，她就会变得非常可爱，他理解的。他们将一起探索死亡，而且她已经开始发现了，桑尼知道她一定会发现，究竟是什么让他对死亡产生了兴趣。他们本可以组成完美的一对的。

可现在他已经一无所有。

他捡起枪，挣扎着站起来。那小贱货下死力踢中了他受伤的大腿。他能感觉到，卷在裙子下面的牛仔裤已经湿了，他知道伤口又撕裂了。他必须处理，把伤口清理干净，然后思考下一步该怎么做。

他转过身看向那宅地，他被吓到了，与第一次看见时相比，这地方发生了多么巨大的改变啊。消失的苹果园曾经让房主格拉蒂丝·斯图尔特那么的骄傲。再也不会有他之前送货路过这里时吃到的苹果派了。吃完派之后再也不能边喝咖啡边闲聊了，曾经格拉蒂丝总是坚称，他刚从冷冻送货车上下来，需要暖暖身子。

无意识之间，他朝着那座整洁的农场平房走去。他已经有多年没见过格拉蒂丝了。之前他从不知道自己有多么地想念她，直至这一刻。他穿过院子，爬上两层混凝土台阶走到后门处，拉开纱门。撞匙还在他口袋里，这会儿派上了用场，他从后门走了进去。

过去与现在支离破碎地抽象融混在一起。地垫还在那里，他在上面擦擦鞋子。格拉蒂丝总坚持进屋要擦鞋，那是她特有的方式。桑尼走过物品寄存室和洗衣区，右转穿过厨房，当他看到她时，他停下脚步。

“你他妈的在这里做什么？”

他皱起眉头。那根本不是格拉蒂丝。正站在客厅里，腰上系着一件睡袍的，是他的妈妈。格拉蒂丝的语气永远不会那么刻薄。格拉蒂丝总是温柔又善良。

“你听见我说的话了吗？你为什么不打电话？你知道你不该出现在这里。”

桑尼非常安静地站在那里。这样有助于他控制脑海中的噪音。妈妈朝他走过来，绕着他转圈，像是只愤怒的丛林大猫。

“我有麻烦了。我的露西……”这时候他突然涌起一阵失落感，于是他压抑地哭了起来。他伸出空着的那只手，擦干突然之间模糊了他视线的眼泪。

“哭什么哭？你他妈的到底有什么毛病？”妈妈重重一拳砸在他

肩上，“你需要先像个男人，才不会把每件事情都搞砸。我已经跟你说过上百万次了，暂时先别过来。我会打电话指挥你该怎么做。或者我会去你的地方。”

“我不喜欢你去我的房子。”他低声含糊地说道。她的影子在那里扎了根，总在他最不想见到的时候冒出来。当他用玻璃杯倒水时，她就叠坐在台面上。当他闭上眼睛准备睡觉时，她就出现在天花板上，“离我的房子远点。”

她尖锐地笑出声来。

“这话我也要对你说，你这肮脏的擦屁股纸。听着，你需要钱吗？我再多给你些。但是你必须回家，老老实实待着，等我再联系你。警察找到你丢的那些尸体后，正满世界地找你。”

忧伤漫过他的身体。他那个特别之地，消失了。就和詹妮丝一样，消失了。还有露西，他努力争取的每一样东西，所有曾经属于他的东西……全都消失了。而原因呢，他生命中一切坏事的原因，就站在他面前。

“那不是我的错。”他扬起一只手，用枪瞄准她，“怪你。我失去了所有的东西，都是你的错！你永远都不应该再回来的，妈妈。你应该永远都不要再给我机会，让我再杀你一次。”

“我已经找到与你给我描述相符的汽车了。”飞行员的声音很镇定，他读出坐标。

“我就要到了，谢谢。”

“如果还需要别的，尽管告诉我。连线完毕。”

卡姆立即用无线电通知了队员：“所有车辆都开到下面这个地址。”他读出那条路的地址和坐标，“我们在那里发现了康纳利的车。”

无线电里传来其他探员此起彼伏的声音，他们纷纷报出自己的当前位置，以及预计到达时间。他们都已经逼近一直在搜索的网格中心地带了，所有人离那里的距离应该都不会超过几英里。

珍娜的声音传来："卡姆，我已经看到飞行员看见的那个女人了。我们正准备去接应她。"

索菲亚在他身边轻轻叫了一声。卡姆看见她用双手紧紧捂住了嘴。他想着，她是不是想起了几天前她从万斯手下逃脱的恐惧经历。

"很好。"他告诉珍娜道路前往那相隔不到半英里地的宅地的坐标，"我正在召集所有车辆集合。那里的车道上已经发现了康纳利的车。如果巴克斯特现在不在那里，那他应该也没走远。"

"我不到场先别开始。"现在尾声即将到来，卡姆能感觉出，一阵冰冷的平静降临在他身上，"我不能承诺任何事情。"

妈妈举起两只手。

"哇哦，冷静。你最近好好吃药了吗？我们两个都需要保持头脑清醒。"她继续绕着他转圈，转圈。桑尼也只能转身，以便将她保持在视野内。"你帮了这么大的忙。"她的声音低沉下来，让人感觉抚慰。那一点都不像妈妈的声音，"你已经完成了我要求你做的每一件事。你把妈妈照顾得很好。世界上最好的男孩，说的就是你。"

"我累了。"他小声说道。他觉得骨头里充满倦意。他觉得悲伤，觉得挫败，"我不能过河。我们正准备去露西的特别之地，但是我没法通过路障。如果我不能经过那些路障，我该怎么去西边呢？"

"路障？"妈妈的声音又变得尖利起来，"他们在追你？你把他们引来找我了？你他妈的到底在想什么？"

他躲闪着，就像童年时代躲避那伴随着冰言冷语而来的殴打一般。只要妈妈失望了，就意味着他必须付出代价。付出代价，付出代价，付出代价。

“我想见格拉蒂丝。我想念格拉蒂丝。”

“老天呐，你这个变态。”他本想去找他的朋友的，但她用一只手抓住他的毛衫，让他停下来。“这里是你的事业，是你一手打造的，老天呐，真是干得漂亮。格拉蒂丝再也不会出现了，不过她那四百英亩地产的租子会继续为我们提供舒适生活的，我们想收到什么时候就收到什么时候。你看到这附近的地价了吗？我在寻思着，找个办法，把这整片地都卖掉，但是这比拿她的地租要复杂得多。你为什么不现在就回家去，想想该怎么卖她的地呢？”

她的笑容真的很灿烂。她的脸庞摇晃着，接着变成了一个骷髅。只剩下两只空洞的眼眶，和一只咧出牙齿的下巴。

“你应该一直死着的。”他用枪追随着她的动作，“这一次我要把你埋了。当我把她们埋掉以后，她们就一直死着。”桑尼皱皱眉，“我想是这样的。我不知道钱宁怎么样了，她可能也会回来，她没有被埋掉。”

“当我回来的时候，你看着是多么的悲伤和孤单啊，是吧？当时你住在那个糟糕的小寄养家庭里，是我找到了你，让你过来和我住的。”

妈妈一直在绕着他转圈，跟着她转圈让他感到眩晕。

“我照顾的你，我帮助你，让你有了出息。”

他摇头，脸部肌肉因为疼痛而抽搐起来。

“不对。你让我去找女人。帮你伤害她们，然后花她们的钱。你不是个好妈妈。你把坏男人带进家里。你从来都不是个好妈妈。”

这时候，她朝他扑了过来，将他撞得跪倒在地。她想要那把枪，而他任由她拿走了。枪不会让妈妈闭嘴。只有一种办法能让她闭嘴。他站起来，用手指掐住她的喉咙，拼命挤。她喘着粗气，伸出手指抓他的手。但是他很强壮，比上次杀她的时候强壮多了。

“这一次你会一直死着。”

枪声震痛了他的耳朵。桑尼低头去看。他的手指从妈妈的喉咙上松开。奇怪，第二枪打得他前后晃动，这下他感到痛了，那灼热的痛感。比她让那些男人用他的时候还糟，甚至还要更糟。第三枪让他倒在她身旁的地上。他脑海中的嗡嗡声停止了。

接下来的两发子弹，他永远也不可能感觉到了。

“该死，该死，该死！”那个被叫做朗达·克劳森的女人吼叫着站起来，“你毁了所有的一切，你这个蠢货。所有的一切！”她踢了一脚桑尼那毫无生气的身体，一遍又一遍，直至那动作让她平静下来。接着悔恨穿透进来。她的小桑尼，她的小儿子。得有人为此付出代价。

她跑到电视前面，打开开关，调到本地频道。一个男新闻主持人沉重的面孔出现在屏幕中。

“……县搜捕队正在搜捕被许多人称为僵尸狂魔的男性罪犯。据称他是梅森·万斯的同谋，后者正在等待检方提起的谋杀罪审判……”

朗达不想再继续听了，于是匆忙赶到次卧。如果她那个白痴儿子正在跑路的话，那警察应该就在后面不远。但是他来了这里，这样就把他们这个每年将近能挣二十万块的顺当的小营生给毁了，还没算上那些女人给他们带来的收益。该死。她抓起一个包，开始往里面塞进存折、现金、记录和收据……所有那些能让杂种警察们有迹可循的东西。

她冲过房间，跑出屋子，全速奔向那间独立车库，那里面停着梅斯刚刚买的一辆崭新的四驱卡车。那家伙曾经喜欢开这车的。她将包扔到后排座位，爬上卡车，点燃发动机。

等警察们赶到，她毫不怀疑他们已经在路上了，他们会发现那孩子，发现桑尼。或许最后也将发现老格拉蒂丝·斯图尔特，如果他们刚好搜查了仓棚后面那座废弃的水箱的话。

朗达将车子开出车道，朝碎石路上开去，她撞到了一片松散的碎石，卡车后部打滑了。那位探员，普雷斯科特……她有预感，他从来没有完全把她的故事当真。只是时间问题，他早晚会发现真正的朗达·克劳森早在差不多八年前就死了。

是时候抛弃这个身份了。然后回到过去，做回薇琪·巴克斯特。

形势很快就清楚了，罪犯藏在那座农舍。索菲亚还在讶异之中，就看见卡姆一闪就冲到房子后门，待队伍包围那房子的几分钟后，他就招呼她进去。探员比彻姆、罗宾斯和帕特里克从后门走出来，在那片宅地上成扇形分散开。

“不明嫌疑人在里面死了。”艾利克斯·比彻姆从她身边经过时说道。

一阵压倒一切的轻松感袭来。索菲亚仍旧站着没动，深呼吸几次，待膝盖重获力量。

结束了。那句话在她脑海中回响，像潺潺的流水般，泛起旋涡，使得它们难以被抓住。不会再有新的受害者了，不会再有新的尸体了，她做了个苦脸，想起卡姆在和队员包围这座房屋之前，接到的那个电话。不会再有新的尸体了。露西还活着。

她攀爬上屋后的两级台阶进屋，迅速为柯特妮·范·惠顿祈祷了一番。现在唯一能让这结局完美的事情就是，得到那位在她逃出以后很快就陷入昏迷的女人苏醒的消息。

巴克斯特的尸体躺在客厅。索菲亚看到那奇异的场景，畏缩了一下。他还穿着莫克斯利的衣服，侧身倒在一片还未凝结的血泊里。

“自杀？”

卡姆毫无疑问正在打电话。他捂住话筒说道：“他杀。我想时间应该不超过十五分钟。或许更短。”他回头继续讲电话了，索菲亚小心翼翼地检查着这座房屋，在取证小组到来之前，不触碰任何东西。

屋子的装潢过时了。在一间卧室里，她找到一张双人床，床脚放着一条整齐叠好的阿富汗床罩。根据墙上挂着的结婚照里的发型来判断，那照片一定至少有五十年历史了。她用上衣的袖子包住衣柜门，好把它打开。里面的长杆上挂的是女性衣服。索菲亚看了下尺码，是十四号。看起来全部都是好几年前的款式。

当她与卡姆在书房重新会合时，他已经打完电话了，正蹲坐在尸体旁边。

“根据地址录，这座房子属于格拉蒂丝·斯图尔特名下。”

“那她……”索菲亚痛恨把她脑海中的想法组成词句，“还活着吗？”

他的声音听不出感情：“我猜晚点会弄清楚的。刚刚是实验室打来的电话。她们清理了从一位受害者身上发现的手镯，只是条批量生产的橡胶手镯，但是他们做了还原，足够确定上面刻的信息，写的是‘为伊万祈祷’。”

根据他脸上的表情判断，他显然以为那条信息会让她想起什么。但是她没有。

“那句话是什么意思？”

“根据实验室的说法，伊万·科伦斯基是诺沃克市一名五岁的男孩，患了一种罕见的白血病。那手镯是为了募捐钱款，帮助父母为那孩子寻求实验医疗救助。男孩六年前去世了。”

“六年……但是……万斯六年前还在监狱。”

“这似乎把事情引向了一个新方向，不是吗？”他坐下来，拿出一副应该是从厨房找到的剪子，开始剪巴克斯特尸体上的毛衫和里面的衬衫，从背部整齐地将它们剪成两半。

“你在做什么？”但他的动作就和刚刚他说话的语气一样充满挫败感。

尸体的处理权限归法医部。结束了，整个搜查。

“有件事我在怀疑，所以得确认一下。人力服务部称，巴克斯特小时候曾受过他母亲的殴打，还会被烫。我刚刚想到了克劳森。如果你不去理会她讲过的她是万斯第一位受害者的故事，看看事情会发生怎样的变化。”他将剪子放回西装口袋，小心翼翼地将那两半衣服拉开。

索菲亚也不自觉地凑拢去，看他身上会有什么。她几乎呕吐出来。

巴克斯特皮肤上的伤疤很老了，都褪了色，但是它们毫无疑问组成了一个数字：二。

“老天呐！”她喘口气，脑海中的拼图终于组装完整，但是整幅图仍看不真切，“克劳森撒谎说不认识他，她一定认识，或许他们三人在万斯被关进内布拉斯加的监狱之前就有某种联系。”她摇摇头，这些碎片还是说不通，“费德洛维茨认为巴克斯特的年龄是二十八岁。当万斯在监狱时，他才只有十几岁……”

“这四颗子弹，不，是五颗，不是万斯打的。”两人目光交汇，他们都明白了。

“克劳森干的？”

“贼间无道。或者说，具体到这个案子，是连环杀手。”他站起身，“我想，探员在外面的某座建筑中应该会找到，克劳森被分到的那辆旧车的残骸。”

索菲亚没回答。她无法回答，因为到现在为止，在这房子里发现的细节并没有像她一开始设想的那样。

有件事无法否认，那就是这案子还没完。甚至连尾声都还没看到。

在被带领着走向米奇餐厅户外露台上的餐位时，卡姆环顾了四周。

“我没有忘记这地方的重要意义。过去的几周以来，我越来越喜欢这地方了。”

她镇定地微笑。上个月他们第一次一起过夜的那天晚上，卡姆正是在这张餐桌上碰见了她，当时她就已经不是完全清醒，正抱着一杯玛格丽特在喝。前夫即将成为父亲，再加上他宣布的婚礼信息，威力足够强大，将她吞没在悲伤之中。这时她皱着眉头笑了笑，惊讶地想到，被绑架、殴打、几乎遭到强奸和杀害，这些事情会给女人的优先考虑带来怎样的改变。

不过这么说就给梅森·万斯分配的功劳太大了。坐在对面的这个男人才是她做出一反常态的改变的原因，是他让她从一个双脚结结实实踩在地上的女人，变成了现在这个不加防护网，而在高空走起了钢索的女人，至少在情感上是这样。

侍者端来索菲亚之前就点好的饮品。她的是一杯葡萄酒，卡姆的是一瓶蓝月亮啤酒。卡姆喝了一口放下酒瓶，脸上露出满足的神情。

“能休息一下子，感觉真好。可以想一想最近做对的事情。”

索菲亚举杯与他干杯："露西还活着。加文也会好起来。"虽然还要进行第二次手术，经历痛苦的复原，想到这里她感到一阵伤痛，"根据博格斯探员妻子的说法，他正在家里迅速康复。太多值得感恩的事。"

他又喝了一口放下酒瓶："我刚才又收到一批新的检验结果，需要过一遍。法医办公室也打来电话，通知明天对受害者进行剖检……"

"先把案子放在一边吧，就一个小时。"索菲亚伸手拢住他的手，"六十分钟，或者就一顿饭的长度，不管哪个更长。我们应该休息一下，你觉得呢？"

"你说得对。"他轻轻抽出手，将她的手握起来，"你需要的远远不止如此。你无法否认，这案子十分耗人。"他用手指轻抚她的手。

"在这里用餐期间，不要说案子了。"

"哇哦。"他轻轻说着将酒瓶又举到嘴边，"你好严格，听起来还挺火辣啊。如果你穿上皮衣，发号施令会更惹火，不过现在这样也不坏。"

"你真是死不悔改。"她没有开心的语气，"我刚不是命令，只是……建议。"

"好吧，你说是就是。"他将她的手拢在手中，"我现在很容易被建议说服，尤其是你的建议。"

趁此机会，她深吸一口气。

"那就好，因为我还有另外一个建议，是有关我们两个的。"她告诉自己，她已经做好准备，敢面对他表情中迅速闪现出的谨慎神色了。但是根据胸中心跳的频率来看，她一直是在自欺欺人。她要鼓足一定的勇气，才能继续与他对视，"我知道，你觉得那天晚上我到浴室去找你，是反常举动。”

他不自在地动了动肩膀。影子将他的眼睛蒙住了，显得深不可测。

“我用的不是那个词，不过对，是那样的。”索菲亚俯身向前，“不是那样的。我非常清楚我当时想要什么，而且现在也知道。过去几周以来，我其实已经想清楚了。”

这一次他拿起酒瓶，喝的时间更长，好像是在积蓄勇气一般。当他放下瓶子时，他看起来已经谨慎挑选好了措辞。

“你是职业心理医生，索菲。你曾经同各种经历过创伤体验的人打过交道，我想在你告诉他们的事情中，有一件会是，在情绪稳定下来之前，不要做任何足以改变人生的决定。在这方面我很有权威，激烈开场的感情从来走不到最后。”

她抽出手坐回去，心情介于受伤和好笑之间。

“虽然我知道那是一句电影台词，而且我很少看电影。”他举起一只手，“是桑德拉·布洛克和基努·里维斯演的《生死时速》。但是那话语说的是事实。心理创伤会影响我们的思维方式。所以该死的组织才要确保，我因为特遣小组的任务所遭受的创伤后应激障碍症得到控制之后，才让我重新复职。”

“你忘了一件事。”她等到他目光与自己交汇，“我们的关系在这个案子还没发生之前就开始了。”

“我没有忘记任何事。实际上我们的关系在案子开始前就结束了，而且我敢肯定你有你自己的原因。虽然你没告诉我，但是你当时一定有原因。”

“在当时，那些原因看起来是有道理的。”想到那次尴尬的分手，她有些想逃避，“我一生中从来都只做安全的事，合理的事。但和你在一起却将这两点都打破了。”她说话时用手指弹了弹玻璃杯的杯柄。那有节奏的敲击动作让她不安的神经平静了些，“但是你猜怎么着？做安全的事并不意味着就能确保安全。保持理智也并不能确保幸福。所以我已经不再只局限于做安全的事了。”

她看着他的眼睛。他几乎看不出在呼吸。

“我那晚与你做爱，是因为我想那么做。因为我不想再逃避我自己的感情。我计划还要那么做，再频繁些。所以你就把我这番话当成警告吧。”

索菲亚慢悠悠站起身，绕过桌子，弯下腰来吻了他很久，之后才起身。

“现在我要去趟卫生间，好让你有机会想念我一下。”

不等她离开，他又将她一把拉回来，更深入地吻了她一番。分开时，两人都重重地喘着气。

“我现在就已经在想你了。”

索菲亚慢慢露出笑容：“我目的就在于此。”

卡姆看着她一路穿过一张张餐桌，走进室内。在进门前，她停下来回头看了他一眼。他靠在椅子上，长呼一口气，感觉像是刚被斧子砍过一般。任何有心跳的男人都无法拒绝索菲亚·钱宁所发出的那种邀请。不管她戴没戴假发，扮没扮伪装，她都依然还是索菲。依然那么迷人，捉摸不透，性感到让人揪心。

如果他完全忠于自己的内心，那他很可能会比以往任何时候都更受触动。他很容易把自己对她的感情糊弄成保护欲、担心。但是正如她所说的，他们的感情早在案子开始之前就萌发了。而且她离开之后，他的感情依旧没有黯淡。

他用拇指盖蹭着酒瓶上的商标。很有可能会有那么一天，可能就在不远的将来，她会再次恢复理智。她会意识到，第一次分手的每一条理由都依旧有效。他任由那种想法在心里变得越来越肯定，将他的肌肉都绑束起来。她不是个愿意承担风险的人。她无需告诉他的。

但他是。如果说有什么风险值得他去尝试，那就是索菲·钱宁。他站起身，从钱夹里抽出两张钞票扔在桌上，然后朝她消失的门口走去，他要去找她。

有六十分钟的时间，还有比吃饭能让人更加愉悦的方式去度过。

索菲亚涂完口红，对着镜中的影子微笑一下。那看着她的女人依旧让她感觉陌生，但是倒不是因为伪装。而是因为刚才的勇敢行动，她把自己的感觉告诉了卡姆，那行动比她的预期更耗费勇气。他并不是太相信，至少现在还不太相信，但是如果他有机会的话，他会愿意尝试的。

她关上手提包，离开洗手间，那份急于回到餐桌的心情简直让她觉得可笑。一个男人撞到了她，他小声道了歉。“没事。”她说道。但是那男人又转过身来大声叫道：“莫娜·基尔比，是你吗？老天呐，多久没见了？”男人一把将她拉拢过去，小声凑在她耳边说道，“我的枪已经瞄准了你。速战速决，照我说的做。”

她听完呆住了。她想推开那男人，至少离开足够的距离，好看清他的脸。成功之后，她的心跳都快停了。

是马修·鲍德温。

卡姆赌上职业生涯救下来的那个男人。或许也正是那个因为卡姆捣毁了锡那罗亚州的垄断贩毒集团，而赶来爱荷华州想要杀掉他的人。

她迅速思考起来："我的车就停在门前。我们为什么不上车……去说呢？"

男人龇一下嘴："你真够冷静的。"他一只手插在外套口袋中，外面温度有华氏八十度，他竟然穿着外套。她看到那口袋里有凸起的部分，"我刚好还知道，有一个正百无聊赖的联邦探员，车子就停在离你车不远的地方。所以我还是不去了。"

"你想要什么？"

"我想和卡姆谈谈。"他一只手撑在离她脸很近的墙上，他俯下身来，那样子就像是老朋友在叙旧一般。路过的人们都没有在意，"我估计再过几分钟，他会过来找你。到那个时候，你不准乱喊乱叫，也不准做你脑子里现在正计划的那些歪主意。不然他一过来，我就往他脑袋上开枪。明白了吗？"

她舔舔嘴唇："我明白。"她丝毫不怀疑，这男人会按他威胁的那一套来做，而且她也同样肯定，她会尽一切可能来阻止那种情景的发生。她突然喘口气，接着开始气喘吁吁，假装哮喘病发作的样子，"我……我哮喘发作了。求你了。"她开始笨拙地往手袋摸去，钥匙圈上挂有一小瓶辣椒喷雾，是米琪·洛林送她的礼物。索菲亚将一只手伸进手袋，想要找到那钥匙圈，但包却被一把夺走。

"想找喷雾器？还是……想找这个？"他拿出她的钥匙，握紧那罐喷雾，冲她龇牙咧嘴地笑了。

索菲亚双手握成拳，等下一个人经过时，她会推开这男人，然后冲去警告卡姆。男人在众目睽睽之下不会开枪射击她的。她几乎可以肯定。

"好了，看来有人等不及了。"

索菲亚顺着男人的目光看去，她的心像是骤然掉落了一般。卡姆正朝餐厅后部走来了，她注意到，卡姆在那一瞬间，也发现到了他们俩在一起。

他脸色僵硬起来，面无表情。索菲亚注意到，正一步步走近的卡姆手里也拿着枪。这虽然并未减轻她的担忧，但却提高了他们获胜的几率。

“老伙计，职棒联赛现在形势怎么样了？”

卡姆面不改色地盯着他：“马特，为了跟我聊聊棒球，你这一趟跑得够远啊。”

“哎呀，那是我的爱好嘛。”他打量卡姆一眼，“还是监狱更适合你，不过话说回来，那次突袭之后，你没进监狱，是吧？”

“你也没有。”

他们的对话充满言外之意。

卡姆又看了他片刻，然后说道：“这事我们一对一地谈。没必要把她牵进来。”

鲍德温摇头说道：“我不能冒这个险，她会通知你在门外的联邦探员同事。她留下，我没带枪。”他将放在口袋里的手拿出来，两只胳膊都离开身体。卡姆迅速对他进行了一次彻底搜身，然后点点头。

“行，但是我们不出去。我不是不相信你，老伙计，我只是不想在巷子里碰到你安排的任何人。”

“非常公平。”那男人转过身，找到一个敞开的包间，便朝那边走去。索菲亚觉得有些超乎现实，但还是跟着卡姆走了进去。

“莫雷诺抓了加布里埃拉和佐伊。”那男人没有浪费时间，直接说道，“她们现在正在莫雷诺的庄园。佐伊前阵子病得很厉害，他假装是在为她们提供保护，但是她们不能自由离开。加布里埃拉确信这一点。她很担心女儿。”马特重重地咽了口唾沫，“我很担心她们两个。”

卡姆沉默了片刻，说道：“听到突袭的消息后，你为什么不离开？莫雷诺当时还没软禁她们。你有机会的。”

“你以为我不知道？”那金发男子俯身向前，“我当时正要返回集会地，隔两个街区的时候，我看到那地方到处都是警察。我跳上车就往回赶，一心想着接上加比和女儿就去机场，去哪里都行。会留下不利痕迹，但我可以晚点再担心，只要她们母女安全。至少一开始这并不重要。”

他用手指关节轻轻敲击桌面。

“但是当我到家以后，加布里埃拉正急着送佐伊去医院。她的感冒转变成了肺炎。她在医院住了八天，四天是在急救护理病房。”他笑得很凄惨，“这也给了我没去参加突袭的理由，我的小女儿差点死掉，所以这事就成了莫雷诺留我活下来的唯一理由。”

这番解释很接近哈洛那天晚上给他打电话的真实原因。或者说是哈洛给卡姆提供的错误信息，才让他现在听到的话更像是真话。

“你确信你说的是真话，对吗？”卡姆揉揉下巴。

“我确信。”那男人缓缓点头，“尤其是当我被分配到任务，来查看实情，如果发现你没进监狱，就杀掉你。”

索菲倒吸一口气，卡姆在桌面下牵住她的手，紧紧握住让她宽心。

“但是我的打算是，”鲍德温依次打量过他二人，“我打算同你一道从前门走，我要向联邦警察自首。突袭结束后，我并没有被升职，莫雷诺的重建工作非常艰难，他们还在对他的组织施压。我知道内情，他的新贩毒路线、装船日期，我会把我所知道的一切都告诉警察，但是首先他们得想出一个可行方案，把我的家人从莫雷诺手中